UWE KLAUSNER

Der Sturz des Ikarus

Im Verborgenen London am 7. Februar 1601, zwei Jahre vor dem Tod Elizabeths I. In einer Müllgrube in unmittelbarer Nähe der Stadtmauer wird der Leichnam eines als vermisst gemeldeten 17-Jährigen entdeckt. Brendan O'Reilly, Chief Coroner der City of London, wird auf Anhieb klar, dass dies kein Mord wie jeder andere ist, sondern dass das Mordopfer von seinen Peinigern auf bestialische Art und Weise zu Tode gefoltert wurde. Doch dann geschieht etwas Unerwartetes. Chief Constable Sefton Fitzroy, Polizeichef von London, untersagt jede weitere Beschäftigung mit dem Fall. Auf wessen Anordnung, erfährt O'Reilly nicht. Strafverteidiger Clayton Percival, Studienfreund des Leichenbeschauers und per Zufall Zeuge des Geschehens, ignoriert die Order des Polizeichefs und ermittelt auf eigene Faust. Nicht lange, und dem Detektiv im Anwaltstalar wird klar, dass es sich bei dem Mordopfer um einen Edel-Prostituierten handelt, der bei der Londoner Upper Class ein- und ausging. Und dass Stuart Brannigan Kunden hatte, die um jeden Preis anonym bleiben wollen …

© Braune

Uwe Klausner, Jahrgang 1956, ist in Heidelberg geboren und aufgewachsen. Sein Studium der Geschichte und Anglistik absolvierte er in Mannheim und Heidelberg. Heute lebt er mit seiner Familie in Bad Mergentheim. Neben seiner Tätigkeit als Autor hat er bereits mehrere Theaterstücke verfasst.

Bisherige Veröffentlichungen im Gmeiner-Verlag:
Historische Romane:
Pseudonym – das Shakespeare-Komplott (2016)
Die Fährte der Wölfe (2015)
Die Stunde der Gladiatoren (2013)
Engel der Rache (2012)
Die Bräute des Satans (2010)
Pilger des Zorns (2009)
Die Kiliansverschwörung (2009)
Die Pforten der Hölle (2007)

Kriminalromane:
Blumenkinder (2016)
Führerbefehl (2015)
Walküre-Alarm (2014)
Stasi-Konzern (2014)
Eichmann-Syndikat (2012)
Kennedy-Syndrom (2011)
Bernstein-Connection (2011)
Odessa-Komplott (2010)
Walhalla-Code (2009)

EARL OF ESSEX.

UWE KLAUSNER

Der Sturz des Ikarus

Clayton Percivals zweiter Fall

GMEINER SPANNUNG

Besuchen Sie uns im Internet:
www.gmeiner-verlag.de

Im Ehnried 5, 88605 Meßkirch
Telefon 07575/2095-0
info@gmeiner-verlag.de

1. Auflage 2017

Lektorat: Claudia Senghaas, Kirchardt
Herstellung: Mirjam Hecht
Umschlaggestaltung: U.O.R.G. Lutz Eberle, Stuttgart
unter Verwendung der Bilder von: © https://commons.wikimedia.org/wiki/File:Robert_Devereux,_2nd_Earl_of_Essex.jpg
und https://commons.wikimedia.org/wiki/File:Elizabeth_I_Darnley_Portrait.jpg
Druck: GGP Media GmbH, Pößneck
Printed in Germany
ISBN 978-3-8392-2013-9

Welch ein Meisterwerk ist der Mensch! Wie edel durch Vernunft! Wie unbegrenzt an Fähigkeiten! In Gestalt und Bewegung wie bedeutend und wunderwürdig! Im Handeln wie ähnlich einem Engel! Im Begreifen wie ähnlich einem Gott! Die Zierde der Welt! Das Vorbild der Lebendigen! Und doch, was ist mir diese Quintessenz von Staube?

What a piece of work is a man! How noble in reason! How infinite in faculty! In form and moving how express and admirable! In action how like an angel! In apprehension how like a god! The beauty of the world! The paragon of animals! And yet, to me, what is this quintessence of dust?

Hamlet II,2

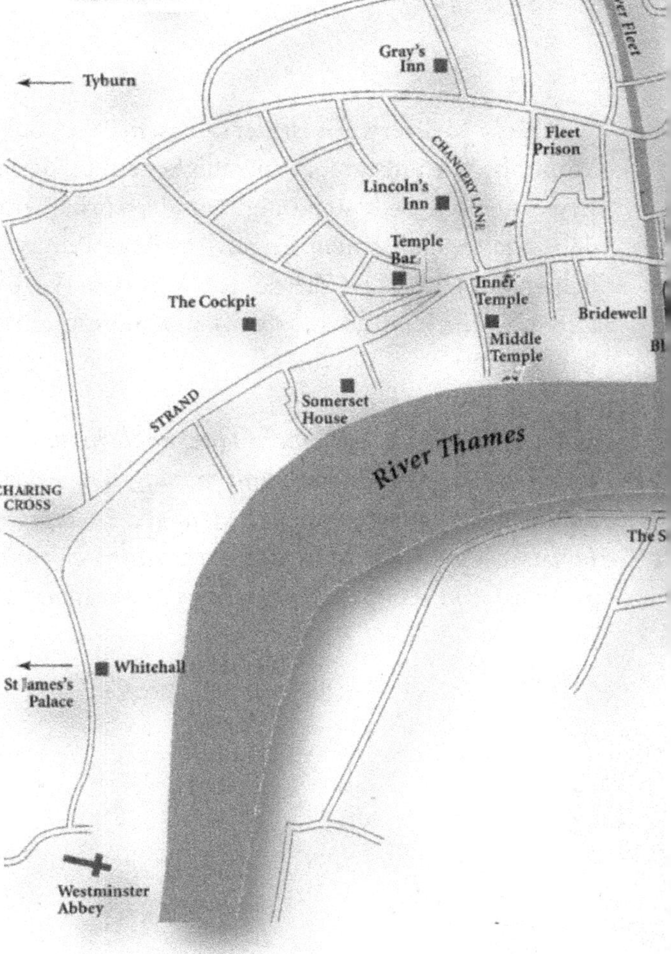

River Fleet
Gray's Inn
Tyburn
Fleet Prison
Chancery Lane
Lincoln's Inn
Temple Bar
Inner Temple
Middle Temple
Bridewell
The Cockpit
Strand
Somerset House
River Thames
Charing Cross
Whitehall
St James's Palace
Westminster Abbey

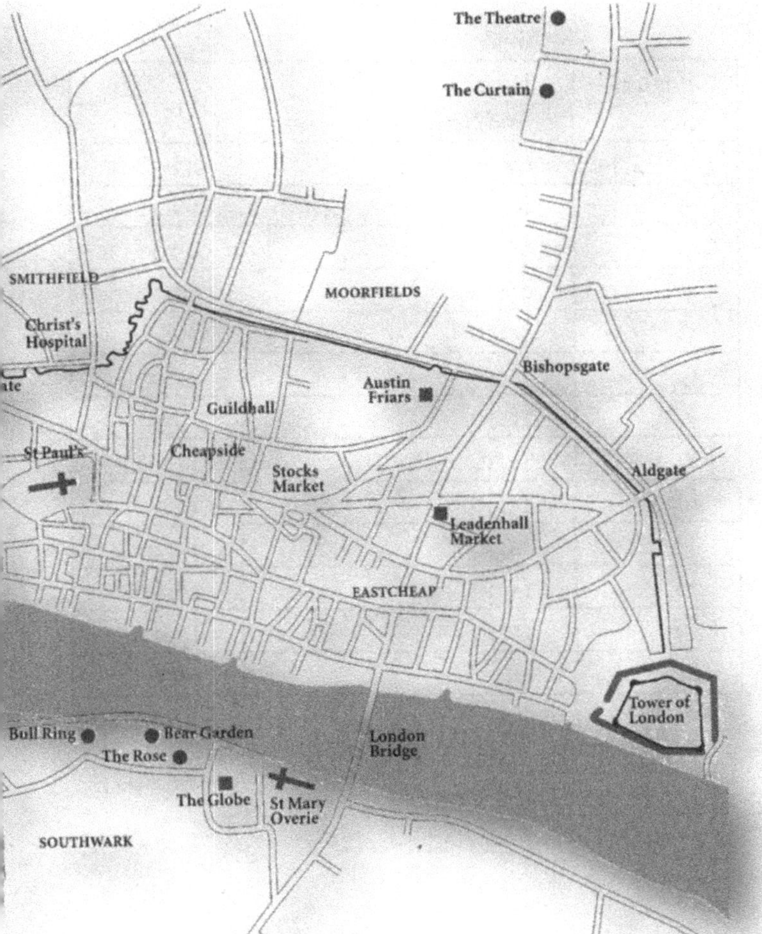
The Theatre
The Curtain
SMITHFIELD
MOORFIELDS
Christ's Hospital
Bishopsgate
Austin Friars
Guildhall
St Paul's
Cheapside
Stocks Market
Aldgate
Leadenhall Market
EASTCHEAP
Tower of London
Bull Ring
Bear Garden
The Rose
London Bridge
The Globe
St Mary Overie
SOUTHWARK

London 1601

TAGESEINTEILUNG

Beginn der	Februar und September von	bis
1.	07:00	07:50
2.	07:50	08:40
3.	08:40	09:30
4.	09:30	10:20
5.	10:20	11:10
6.	11:10	12:00
7.	12:00	12:50
8.	12:50	13:40
9.	13:40	14:30
10.	14:30	15:20
11.	15:20	16:10
12.	16:10	17:00
Stunde	Uhr	Uhr

Dauer der Tagesstunde: 50 Minuten
Dauer der Nachtstunde: 70 Minuten

WÄHRUNGSEINHEITEN

Goldmünzen		Silbermünzen Stirling-Silber: 925 Anteile Silber und 75 Anteile Kupfer **1 Pfund = 12 Schilling**	
Bezeichnung	Wert in Schilling	Bezeichnung	Wert in Pennies
Sovereign (23 ½ Karat)	30	1 Schilling	12
Sovereign (22 Karat)	20	1 Sixpence (Tester)	6
Ryal (Rose Noble)	15	Groat	4
Half-Pound (Angel)	10	Threepence (thruppence)	3
Half-angel (Angelet)	5	Half-Groat	2
Half-crown (Quarter A.)	2 ½	One and a half penny	1 ½
		Penny	1
		Three-farthings	¾
		Halfpenny (haypnee)	½

Quelle: Richard Tames, *Shakespeare's London on Five Groats a Day*, London 2009, S. 10.

LÖHNE UND PREISE

(d = Penny, s = Schilling)

Löhne	
7d	Tagesverdienst einer ungelernten Arbeitskraft (1560)
1s 2d	Tagesverdienst eines Zimmermanns oder Schreiners
10s	Monatsverdienst eines Lehrlings
£3	Jahresverdienst eines Hausmädchens
£5	Jahresverdienst eines Tuchmachers
£6	Jahresverdienst eines Hufschmieds / Metzgers
£10	Jahresverdienst eines Brauers
£10	Anwaltshonorar (Obergrenze)
£30	Jahresverdienst eines Chirurgen (St. Bartholomew's Hospital)
£40	Ausbildungsgebühr pro Jahr an einer der Londoner Anwaltskammern (Inns of Court)
Preise	
8d	zwei Dutzend Eier
1s	Schuhe (mindere Qualität)
1s 3d	Helmbrünne
2s	Hemd (mindere Qualität)
7s	Mietpferd (sechs Tage)

8s	Sommerstiefel (gute Qualität)
2d	Eintrittspreis für die Galerie im Theater
zum Vergleich:	
£ 9.535	Ausgaben für die Garderobe der Königin pro Jahr: 9.535 Pfund [in Worten: neuntausendfünfhundertfünfunddreißig (!)]

Quelle: Liza Picard, *Elizabeth's London*, London 2004, S. 322f.

VORBEMERKUNG

Um die Authentizität zu wahren, wurde die englische Schreibweise bei Ortsbezeichnungen, Eigennamen und feststehenden Begriffen so weit als möglich beibehalten. Auch auf Anführungszeichen wurde in den genannten Fällen verzichtet. Die Titel von wissenschaftlichen Werken, Dramen oder Gedichten etc. erscheinen dagegen in kursiver Schrift.

Die vor dem Hintergrund der sogenannten Essex-Verschwörung angesiedelte Handlung ist frei erfunden. Auch die Protagonisten sind fiktiv, historische Persönlichkeiten wie Sir Walter Raleigh (circa 1554–1618), Königin Elizabeth I. (1533–1603) oder der Earl of Essex (1567–1601) natürlich ausgenommen.

MYTHOS

INZWISCHEN WAR DAEDALUS KRETAS und der langen Verbannung überdrüssig, und Liebe zu seiner Heimat ergriff ihn; doch war er vom Meer umschlossen. »Mag Minos auch Land und Wasser versperren, steht uns doch der Himmel offen. Wir werden diesen Weg gehen. Mag er auch alles besitzen, die Luft besitzt Minos nicht.« Sprach's, und in unbekannte Künste versenkt er seinen Geist und schafft die Natur neu. Er legt nämlich Federn der Größe nach nebeneinander, angefangen mit der kleinsten, immer die längere neben die kürzere, so dass man glauben könnte, sie bildeten eine Böschung: So steigt die ländliche Panflöte aus ungleichen Schilfrohren allmählich an. Dann befestigt er die Kiele in der Mitte mit Leinen und unten mit Wachs; und nachdem er sie so zusammengefügt hat, verleiht er ihnen eine leichte Krümmung, um die wirklichen Vögel nachzuahmen. Der Knabe Ikarus stand dabei, und ohne zu ahnen, dass er mit seiner eigenen Gefahr spiele, strahlte er übers ganze Gesicht und haschte bald nach den Flaumfedern, die ein vorüberziehendes Lüftchen bewegt hatte, bald knetete er mit dem Daumen das gelbe Wachs und behinderte durch sein Spiel das wundersame Werk des Vaters. Als an das Begonnene letzte Hand gelegt war, schwang sich der Meister in das Flügelpaar und schwebte in der Luft, die er bewegte.

Er belehrt auch seinen Sohn und spricht: »Halte dich auf mittlerer Bahn, Ikarus – lass dich ermahnen! –, damit nicht, wenn du zu tief fliegst, die Woge die Federn schwer mache oder, wenn du zu hoch emporsteigst, das Feuer sie versenge. Fliege zwischen beiden! Und du darfst auch nicht Bootes oder Helice und das gezückte Schwert des Orion ansehen. Ziehe deine Bahn unter meiner Führung.« Zugleich unterweist er ihn im Fliegen und passt den Schultern die neuartigen Flügel an. Über der Arbeit und den Ermahnungen wurden die Greisenwangen feucht und die Vaterhände zitterten. Er gab dem Sohn einen Kuss, den er nicht mehr wiederholen sollte; und von den Federn emporgetragen, fliegt er voraus und fürchtet für den Gefährten, wie ein Vogel, der die zarte Brut aus dem hohen Nest in die Luft hinausgeführt hat; er ermuntert ihn nachzufolgen, lehrt ihn die verhängnisvollen Künste, bewegt die eigenen Flügel und schaut zurück auf die des Sohnes.

Die beiden erblickt einer, der mit zitternder Angelrute Fische fing, oder ein Hirte, der sich auf seinen Stab, oder ein Ackersmann, der sich auf den Pflug stützte, und war erstaunt; da sie den Äther durchmessen konnten, hielt er sie für Götter. Schon war Junos Insel Samos zur Linken – Delos und Paros lagen weit zurück –, zur Rechten befand sich Lebinthus und die honigreiche Kalymne, als der Knabe an dem kühnen Flug Freude bekam, seinen Führer verließ und, vom Drang nach dem Himmel ergriffen, seinen Weg höher nahm. Da macht die Nähe der zehrenden Sonne das duftende Wachs, die Fessel der Federn, weich. Hingeschmolzen war das Wachs; er rudert mit den nackten Armen, bekommt ohne sein Flugwerk keine Luft mehr zu fassen, und der Mund, der noch den Namen des Vaters hinausschreit, wird vom blauen Wasser verschlungen; es bekam von Ikarus den Namen. Doch der unglückliche Vater, kein Vater mehr, rief: »Ikarus, Ikarus«, rief er, »wo bist du, unter welchem Himmelsstrich soll ich dich suchen? Ikarus«, rief er noch, da erblickte er die Federn in den Wogen, verfluchte seine Künste und legte den Leib in ein Grab. Auch das Land ist nach dem Bestatteten benannt.

(Ovid, *Metamorphosen*, Achtes Buch)

DRAMATIS PERSONAE

(in der Reihenfolge des Erscheinens,
historische Persönlichkeiten fett gedruckt)

Sir Walter Raleigh (um 1554–1618), englischer Abenteurer und Schriftsteller, Favorit von Königin Elizabeth I., die ihn 1585 in den Adelsstand erhebt. Von James I., ihrem Nachfolger, des Hochverrats bezichtigt und hingerichtet

Robert Devereux, 2. Earl of Essex (1567–1601), englischer Soldat und Höfling, berühmt geworden für seine (intime?) Beziehung zu Elizabeth I.

Clayton Percival, Anwalt und Strafverteidiger

Margery Burke, genannt Margie, Percivals Haushälterin und ehemalige Amme

Sefton Fitzroy, Chief Constable der City of London

Robert Cecil, 1. Earl of Salisbury (1563–1612), englischer Staatsmann, der seinem Vater William Cecil alias Lord Burghley im Jahre 1598 ins Amt des leitenden Ministers nachfolgt und die Zügel während der ersten neun Amtsjahre des Nachfolgers von Elizabeth, James I., auf geschickte Art und Weise in Händen hält. Garant für politische Kontinuität, als die Macht nach dem Tod Elizabeths I. in die Hände der Stuarts übergeht

Ein Marktschreier

Joscelyn, Medizinstudent und Assistent des Chief Coroner

Brendan O'Reilly, Chief Coroner der City of London

Eileen Brannigan, Wäscherin und Schwester des Mordopfers

Brad Tennyson, Müllkärrner

Jack Draper, Bordellwirt

Lucy, seine Tochter

Kassiererin im Globe Theater

Maroni-Verkäuferin

Handwerksbursche

Maxwell Barnes, ehemaliger Studienkollege von Clayton Percival

A. D. 1601

Mittwoch, 25. Februar

PROLOG

Ich weiß, dass ich zwar den Leib eines schwachen und kraftlosen Weibes, dafür aber Herz und Mark eines Königs, noch dazu eines Königs von England habe.

I know I have the body of a weak and feeble woman, but I have the heart and stomach of a king, and of a king of England, too.

Königin Elizabeth I. von England (1533–1603)

I

POST MORTEM

Sir Walter Raleigh, Lordleutnant von Cornwall, Vizeadmiral, Parlamentsabgeordneter der Grafschaft Dorset und Hauptmann der Königlichen Leibwache an Ihre Majestät Königin Elizabeth I., von Gottes Gnaden Königin von England, Frankreich und Irland, Verteidigerin des Glaubens etc.

Privatissime!

Zeitpunkt der Niederschrift: 25. Februar 1601, kurz nach Beginn der zweiten Stunde

[08.00 h]

Es ist vollbracht, Majestät. Der Hochverräter wurde ausgetilgt. Verbannt vom Angesicht der Erde, wo er seine verabscheuungswürdigen Ränke spann. Gerichtet durch das Beil des Henkers, wie es arglistigen Intriganten geziemt. Ein Judas ohne Beispiel, devoter Gefolgsmann des Leibhaftigen, Verräter an Gott und seiner Statthalterin auf Erden.

Wehe dem, der seinem Beispiel nacheifert. Und wehe all jenen, die dem heimtückischen Treiben Vorschub geleistet haben. Der Zorn des Allmächtigen wird sie treffen, dessen bin ich mir gewiss. Wo auch immer sie Unterschlupf finden, in welches Rattenloch sie sich auch verkriechen, um ihre niederträchtigen Ränke zu spinnen, die Feinde unserer Nation werden ihrer Strafe nicht entgehen.

Majestät können versichert sein: Nicht nur ich werde alles in meiner Macht Stehende tun, um Schaden von unserem Land abzuwenden. Darauf gebe ich Euch mein Wort, auch wenn die Gefahren, die sich vor mir auftürmen, noch so riesig sind.

Doch nun zu dem Auftrag, mit dem ich, Euer ergebener Diener, betraut wurde. Getreu Eurer Weisung, einen lückenlosen Bericht über die Exekution des Niederträchtigsten aller Konspirateure anzufertigen, begab ich mich zum Tower, wo eigens zu diesem Zweck ein Schafott errichtet worden war. Es berührt einen zutiefst und spricht für die Herzensgüte Eurer Majestät, dass Ihr einem Schurken ohne Beispiel auch dann noch mit Nachsicht begegnet, wenn er das in ihn gesetzte Vertrauen mit Füßen trat, dass Ihr bereit wart, den letzten Wunsch des Delinquenten zu erfüllen und ihm eine Hinrichtung im Angesicht des Pöbels zu ersparen. Ich persönlich, das sei bei allem gebührenden Respekt vermerkt, hätte mich dazu nicht durchringen können. Wie jeder Hochverräter, der sich gegen Gott und gegen den über ihn gesetzten Souverän versündigte, hätte dieser Schurke eine Hinrichtung auf Tower Hill verdient gehabt. Egal, von wie vielen sensationslüsternen Gaffern er angestarrt und mit welchen Schimpfwörtern er auf dem Gang zum Schafott überhäuft werden würde. Menschen seines Schlages, Majestät mögen mir die Bemerkung verzeihen, haben keine andere Behandlung verdient. Ist die Tatsache, dass ihm der Tod durch Erhängen erspart blieb, doch Gnadenbeweis genug.

Doch nun zu den Details, die ich in Erfahrung bringen konnte. Der Scharfrichter, ein gewisser Thomas Derrick, seit geraumer Zeit Henker zu Tyburn und Erfinder des dreibeinigen Galgens, an dem circa 3.000 Kriminelle den Tod fanden, war für den Delinquenten kein Unbekannter. Wie ich aus dem Munde des Lord Lieutenant des Tower erfuhr, scheint es sich bei ihm um einen Zeitgenossen mit krimineller Vergangenheit und ehemaligen Untergebenen des Verurteilten zu handeln. Vor nunmehr 15 Jahren, habe ich mir sagen lassen, sei besagter Derrick bei der Einnahme von Cádiz durch eine Flotte Eurer Majestät als Matrose mit von der Partie gewesen. Aufgrund von Übergriffen gegenüber einheimischen Frauen und einer Reihe weiterer Vergehen sei er zusammen mit 23 Seeleuten kraft Militärrechts zum Tode durch Erhängen verurteilt worden. Da sich jedoch niemand fand, der bereit war, als Exekutor zu fungieren, wurde Derrick begnadigt, um den Beschluss des Standgerichts in die Tat umzusetzen. Von wem, können sich Eure Majestät gewiss denken. Man sagt, Derrick habe die ihm übertragene Aufgabe auf höchst effiziente Art und Weise erfüllt, wie genau, möchte ich mit Rücksicht auf Euer Wohlbefinden für mich behalten.

Ich erwähne es zwar ungern, aber was sein Auftreten im Angesicht des nahen Todes betraf, war der Hochverräter über jeden Zweifel erhaben. Wie üblich fand die Exekution im Morgengrauen statt, auf dem Exerzierplatz hinter dem White Tower, wo das Schafott in den nebelverhangenen Morgenhimmel ragte. Grob geschätzt vier Fuß hoch, drei Yards breit, aus Eichenholzplanken gefertigt und mit einer Balustrade versehen. Die Welt meines Standesgenossen war klein geworden, wenngleich er sich redlich mühte, sein Los wie ein Gentleman zu tragen.

Und so, eingehüllt in einen dunklen Überwurf, fügte sich der englische Ikarus in sein Schicksal. Erhobenen

Hauptes, wie ich der Ehrlichkeit halber einräumen muss. Die Hand auf dem Geländer, erklomm er die fünf Stufen, wandte sich an die Umstehenden und sprach mit fester Stimme: »Habt die Güte, versammelte Lords, Zeuge meiner gerechten Bestrafung zu werden, ist doch die Anzahl meiner Sünden zahlreicher als die Haare auf meinem Haupt. Ich bitte Euch alle miteinander, betet mit mir, auf dass es Gott dem Herrn gefallen möge, Seine Engel auszusenden und mich zum Sitz Seiner Gnade emporzugeleiten.« Hehre Worte!, dachte ich bei mir, als der Todgeweihte, gerade einmal 33 Jahre alt und in der Blüte seiner Jahre, die dunkle Mütze samt Umhang ablegte, unter dem ein scharlachrotes Wams zum Vorschein kam. Als er das Kinn auf den Richtblock legte und tief Luft holte, bevor er das verabredete Zeichen gab. Hehre Worte für einen, der die Niedertracht besaß, einen bewaffneten Aufstand gegen seine von Gott eingesetzte Königin anzuzetteln. Majestät mögen mir die Bemerkung verzeihen, aber was sein Flehen um himmlischen Beistand betraf, grenzte die Wortwahl an Blasphemie. Wer seinen Souverän attackiert, der attackiert auch Gott, und wer sich dem Willen des Allerhöchsten widersetzt, kann von Glück sagen, wenn ihm ein rasches Ende beschieden ist.

»Schlagt zu, Henker, ich bin bereit!« Nun ja, so rasch nun auch wieder nicht. Kaum hatte der wiederauferstandene Judas die Arme ausgestreckt, da riss der Scharfrichter auch schon das Beil in die Höhe, schnappte nach Luft und ließ es mit voller Wucht auf den Richtblock niedersausen. Allein, er ließ die gewohnte Akkuratesse vermissen und benötigte drei Schläge, um das Haupt des Verräters vom Rumpf zu trennen. Drei Schläge, und das bei einem Mann, der im Ruf stand, eine Koryphäe seiner Zunft zu sein. Es gibt Dinge zwischen Himmel und Erde, die kann man einfach nicht verstehen.

Doch dann war es vorüber. Der Henker griff nach dem rotblonden Haarschopf, riss das bluttriefende Haupt in die Höhe und rief mit heiserer Stimme: »God save the Queen!« Die Umstehenden, unter anderem auch ich, stimmten in den Hochruf ein, aus vollstem Herzen, wie ich Eurer Majestät versichern kann. Auf Hochverrat, so will es das Gesetz, steht nun einmal der Tod, ohne Rücksicht auf Geburt, vermeintliche oder wirkliche Verdienste, Rang oder Namen. Majestät haben recht getan, den Stab über dem Haupt des Verräters zu brechen, genauso wie Ihr recht getan habt, Rebellionen jedweder Art im Keim zu ersticken. Ganz gleich, um wen es sich handelt, sei es der Herzog von Norfolk, seien es eidbrüchige Papisten oder sei es die Königin der Schotten, welche das Vertrauen Eurer Majestät auf das Schmählichste missbrauchte. Wenn es um das Wohl oder Wehe Englands geht, ist Nachsicht fehl am Platz, darf es kein Zögern und kein Zaudern geben.

Wer anders könnte dies besser beurteilen als meine Wenigkeit, der ich die Gelegenheit besaß, mir ein Urteil über den Exekutierten zu bilden. Wie Majestät wissen, fiel dieses nicht unbedingt günstig aus, weder bei mir noch bei etlichen Mitgliedern des Hofstaats, die er durch sein Gebaren gegen sich aufbrachte. Eitel wie ein Pfau, arrogant, hitzköpfig, auf penetrante Art von sich eingenommen, schnell bei der Hand, wenn es galt, Händel vom Zaun zu brechen. So weit einige der Urteile, die mir aus dem Mund meiner Standesgenossen zu Ohren kamen. Majestät wissen selbst, wie viele Verstöße gegen die Etikette auf das Konto jenes Mannes – oder, treffender ausgedrückt, jenes Hitzkopfes – gehen. Wiewohl nicht unbegabt, benahm er sich wie die Axt im Walde, und wiewohl nicht ungebildet, legte er das Benehmen eines ungehobelten Pachtbauern an den Tag. Und so, wenn Majestät mir den Exkurs verzeihen, kam es, wie es kommen musste. Wie weiland Ikarus, der sämtliche Warnungen des Dädalus in den Wind schlug, stießen die Gunstbezeugungen Eurer Majestät auf wenig Gegenliebe. Was ich damit sagen will, ist, sie stiegen dem überheblichen Heißsporn zu Kopf. So sehr, dass er dem Trugschluss erlag, er sei Eurer Majestät ebenbürtig. Wie Ikarus, dessen Wachsflügel im Angesicht der Sonne dahinschmolzen, fand der kometenhafte Aufstieg ein abruptes Ende, spät zwar, doch gerade noch rechtzeitig, um Schlimmeres zu verhüten.

So weit also der Bericht, verbunden mit der Bitte, Majestät mögen mir meine Einlassungen vergeben. Es ist nicht immer leicht, Vorgänge von historischer Tragweite mit wenigen Sätzen zusammenzufassen, niemand weiß das besser als Ihr. Für meinen Teil bin ich froh, dass Majestät den Staatsstreich unbeschadet überstanden und sämtliche Hebel in Bewegung gesetzt hat, damit sich die Ereignisse vom Siebten des Monats nie mehr wiederholen. Sicher kann man sich diesbezüglich nie sein, und wer glaubt, die Gefahr sei damit gebannt, der macht sich etwas vor. Die Feinde Englands, allen voran der Papst, der König von Spanien und die Handlanger der Inquisition, werden weder rasten noch ruhen, bis ihr schändliches Tun zum Erfolg geführt hat. Wer daher glaubt, dies sei eine friedvolle Zeit, der irrt. Es gilt, allzeit gewappnet zu sein, egal wie viel dabei auf dem Spiel steht. Nur wer wachsam und auf der Hut vor den Feinden Englands ist, der erfüllt seine Pflicht gegenüber dem Souverän. Wer dagegen nachlässig oder gar gleichgültig ist, den soll Gott für seine Pflichtvergessenheit strafen. Unser Land hat zu viele Feinde, als dass es sich den Luxus des Wegsehens leisten könnte – und zu wenige Bürger, die bereit wären, ihr Leben im Dienst der Krone zu opfern. Daher gilt es, mit Verrätern kurzen Prozess zu machen, es sei denn, man legt es darauf an, irreparablen Schaden anzurichten. Was das betrifft, weiß ich mich mit Eurer Majestät einig, und nichts würde mir mehr Freude bereiten, als Euch weiterhin mit Rat und Tat zu dienen.

Gez. Sir Walter Raleigh, Captain of the Queen's Guard und Parlamentsabgeordneter

God save the Queen!

A. D. 1601

Samstag, 7. Februar

ERSTES BUCH

Gott verzeiht, ich dagegen nie.

God may pardon you, but I never can.

Königin Elizabeth I. von England (1533–1603)

II

DIARIUM (I)

Zeitpunkt der Niederschrift: 25. Februar 1601, kurz nach Mitternacht

[00.15 h]

Vor knapp drei Wochen, am Morgen des 7. Februar 1601, war meine Welt noch in Ordnung gewesen. Wie gewohnt stand ich kurz nach Sonnenaufgang auf, trottete schlaftrunken in die Küche, wo meine Haushälterin das Frühstück zubereitete, und ließ mich zu unserem allmorgendlichen Plausch nieder. Margery, gute Fee und Feldwebel in einer Person, ist die heimliche Herrscherin über meine Kanzlei in der Thames Street. Obendrein ist sie meine ehemalige Amme, der Mensch, der mich zu dem gemacht hat, was ich bin. Ohne sie, das muss ich in aller Deutlichkeit betonen, wäre ich nie und nimmer Anwalt geworden. Auf die Hilfe meiner Eltern konnte ich nicht bauen, zum einen, weil meine Mutter starb, als ich zehn war, zum andern, da ich bis vor zwei Jahren nicht wusste, wer mein Vater ist. Nun weiß ich es zwar, aber das war es dann auch schon. Edward de Vere, 17. Earl of Oxford, Lord Chamberlain Ihrer Majestät der Königin und einer der begnadetsten Poeten, den die Welt gesehen hat, ist nämlich ein vielbeschäftigter – und obendrein hochverschuldeter – Mann. Darüber hinaus ist er der Vater einer stattlichen Reihe von Kindern, deren genaue Zahl nicht einmal er selbst zu kennen scheint. Daraus folgt, auf finanzielle Unterstützung vonseiten meines Erzeugers brauche ich nicht zu hoffen. Gerade die aber hätte ich in der Vergangenheit dringend nötig gehabt, zuerst während meines Studiums in Cambridge und dann ganz besonders bei meinem Start ins Berufsleben, als ich eine Kanzlei in der Thames Street eröffnete. Deswegen blieb und bleibt mir nichts anderes übrig, als mich aus eigener Kraft über Wasser zu halten. Nicht gerade einfach, wenn man zwar wohlgelitten ist, aber Klienten vertritt, deren Mittel nicht ausreichen, um das Anwaltshonorar zu begleichen. Man kann es drehen und wenden, wie man will: Als Verteidiger von Straßendirnen, Herumtreibern, Taschendieben, Falschmünzern oder von Metzgern, die bezichtigt werden, verdorbene Ware feilzubieten, hat man Mühe, über die Runden zu kommen. Anwälte gibt es in London ohnehin wie Sand am Meer, leider auch solche, die darauf spezialisiert sind, dicke Fische an Land zu ziehen. Für die weniger Einfallsreichen unserer Zunft, denen unter anderem meine Wenigkeit zuzurechnen ist, bleibt da nicht mehr viel übrig. Bedeutet, ich bin gezwungen, kleine Brötchen zu backen, sowohl im übertragenen als auch im eigentlichen Sinne des Wortes.

Aber ich will mich nicht beklagen, das wäre ganz und gar nicht meine Art. Als Sohn einer Buchhändlerin, die wie meine Großeltern anno 1582 von der Pest dahingerafft wurde, habe ich es weit gebracht, viel weiter, als ich es mir hätte träumen lassen. Wäre ich imstande, hin und wieder einmal Nein zu sagen, das heißt, würde ich auf Margie hören und branchenübliche Honorare verlangen, hätte ich längst Karriere gemacht und nur halb so viel zu tun wie momentan. Wie es ein unlängst zum Kronanwalt avancierter Kommilitone aus Cambridger Tagen auszudrücken geruhte: »Wärst du nicht so, wie du nun mal bist, hätte was aus dir werden können.« Ich denke, dem ist nichts hinzuzufügen.

Doch zurück zum Morgen des 7. Februar im mittlerweile 43. Regierungsjahr unserer Herrscherin, offiziell »Die jungfräuliche Königin« oder »Die Ruhmreiche«, hinter vorgehaltener Hand und zu vorgerückter Stunde bisweilen auch »Good Queen Bess, old whore« tituliert. Aus naheliegenden Gründen sollte man sich zwar hüten, die Königin coram publico als Hure zu bezeichnen, aber mir scheint, als sei der Terminus nicht ganz abwegig. Es ist freilich schon etwas länger her, doch erinnere ich mich noch genau an das Jahr 1588, nicht etwa nur, weil Drake der Spanischen Armada eine vernichtende Niederlage zufügte. Dass Triumph und Tragödie oft eng beieinanderliegen, musste ausgerechnet die Königin am eigenen Leib erfahren. Anfang September, nur wenige Wochen nach dem Sieg über die Handlanger des Papismus, starb Robert Dudley, gemeinhin bekannt als 1. Earl of Leicester. Damit wir uns richtig verstehen: Dudley war nicht irgendwer. Jedes Kind in England kannte seinen Namen, weshalb, liegt auf der Hand. Dabei spielten natürlich auch seine vermeintlichen oder wirklichen Verdienste im Kampf gegen die Spanier eine Rolle, aber eben nicht nur. In den Augen des Volkes, in dessen Reihen die Liaison für reichlich Gesprächsstoff sorgte, galt Dudley in erster Linie als unumstrittener Favorit der Königin. Wie genau der Begriff zu interpretieren war, wusste man bei Hof nur zu gut. Es sagt ja wohl alles, dass die Königin den Earl als »mein zweites Ich« oder gar als »mein Auge« bezeichnete und dass er lange Zeit als potenzieller Gemahl gehandelt wurde. Ein Gerücht, das durch Äußerungen Elizabeths genährt wurde. Allein, die aus berufenen Mündern prognostizierte Vermählung blieb aus. Aus welchem Grund, darüber streiten sich die Geister. An der Tatsache, dass sie ohne Leicester nicht leben konnte, änderte dies jedoch nichts. Jahre später, als die Königin bereits Mitte 40 war, kam es schließlich zum Eklat. Auf die Nachricht von der heimlichen Vermählung des einstigen Favoriten bekam sie einen ihrer berüchtigten Wutanfälle und Dudley wurde zur Persona non grata erklärt. Dessen ungeachtet war die Königin am Boden zerstört, als der Earl vor knapp 13 Jahren starb. Als die Nachricht von Dudleys Ableben eintraf, so wurde kolportiert, habe Elizabeth einen Nervenzusammenbruch erlitten, keinen Bissen mehr zu sich genommen und sich strikt geweigert, ihre Gemächer zu verlassen.

Ich finde, auch das sagt ja wohl alles.

Eins darf man freilich nicht außer Acht lassen, so sehr einen die Episode zu Tränen rühren mag. Männer gab es im Leben unserer Herrscherin zuhauf, wenn die frivole Bemerkung gestattet ist. Mit anderen Worten, an Favoriten herrschte weiterhin kein Mangel. Ob Robert Dudley, Sir Christopher Hatton oder Sir Walter Raleigh, sie alle wärmten sich in der königlichen Gnadensonne – und zogen ihren Nutzen daraus. Aber wehe, der Liebhaber vom Dienst erdreistete sich, der Königin zu nah zu kommen oder unerbetene Ratschläge zu erteilen. Dann war es mit den Gunstbezeugungen vorbei und der Betreffende verschwand auf Nimmerwiedersehen im Tower. Summa summarum: »Ich wäre lieber eine Bettlerin und allein, als eine Königin und verheiratet. Der Ehering wäre für mich ein Joch.« Deutlicher als in dem ihr zugeschriebenen Ausspruch hätte sich die von Gott über uns gesetzte Autokratin nicht ausdrücken können.

Das letzte Wort war damit jedoch noch nicht gesprochen. Laut Treasons Act aus dem Jahre 1570 galt es als Hochverrat, eine Debatte über die Nachfolge der vermeintlich jungfräulichen Königin zu führen, wer sich nicht daran hielt, dessen Leben hing am seidenen Faden.

Beziehungsweise am Strick.

Ich weiß, ich weiß. Anders als die Kontinentaleuropäer pflegen wir Insulaner eine spezielle Art von Humor, wenn mir die Bemerkung gestattet ist. Zielscheibe unseres Spotts sind zumeist die Franzosen, was Wunder auch, wenn man einen Blick in die Geschichtsbücher wirft. Auch jetzt, knapp zwei Jahrhunderte später, ist unser Sieg bei Azincourt am Tag des Heiligen Crispianus anno 1415 immer noch in aller Munde. Ein paar Hundert Bogenschützen gegen die aus Tausenden bestehende Blüte der französischen Ritterschaft, das ist der Stoff, um den sich hierzulande die Legenden ranken. Dementsprechend hat es sich mein Freund Brendan bei jeder passenden und unpassenden Gelegenheit zur Gewohnheit gemacht, Witze über die ungeliebten »froggies« zu reißen. Ganz falsch liegt er mit seinem Humor aber nicht, so sehr ich manche dieser Witze missbillige. Auch in den kommenden Jahrhunderten, so steht zu befürchten, wird die innige Antipathie zwischen den beiden Ländern nicht abreißen – und reichlich Anlass für derbe Scherze liefern.

Doch zurück zum Thema. An jenem 7. Februar fasste ein weiterer Favorit der Königin einen folgenschweren Entschluss. Einen Entschluss, der zu seinem jähen Sturz führte. Doch darüber später mehr, gut Ding will Weile haben. Und eins nach dem andern, sonst verliere ich den roten Faden.

Der Tag, über den im Folgenden berichtet werden soll, war klirrend kalt, einer der frostigsten, an den ich mich entsinnen kann. Da verwundert es kaum, dass die Themse mit einer mehrere Fuß dicken Eisschicht überzogen war – ein paar Stellen an der London Bridge, wo sich die Schollen mehrere Yards hoch auftürmten, einmal ausgenommen. Die Arbeit auf den Kais am Nordufer, insbesondere zwischen der Brücke und dem Tower, war so gut wie zum Erliegen gekommen. Dutzende von Booten, Überseeschiffen und Lastkähnen waren vom Eis eingeschlossen, und wo sonst Weinfässer, Bauholz, Wolle, Felle, Tierhäute, Pech, Teer, Blei, Zinn und Tuchwaren aus Flandern und dergleichen mehr gelöscht beziehungsweise per Kran auf die knapp zwei Dutzend Molen und Landungsstege gehievt wurden, herrschte gespenstische Stille. Ganz London ächzte unter der grimmigen Kälte, und kaum eine Nacht verging, in der nicht irgendwo ein Erfrorener gefunden wurde. Wie stets handelte es sich dabei um die Ärmsten der Armen, in erster Linie um Bettler, Tagelöhner ohne Obdach, Straßendirnen, Gaukler, fahrendes Volk, Vagabunden oder Zugereiste vom Land, deren Zahl jährlich in die Tausende geht. Hin und wieder wurden auch die Leichname von elternlosen Herumtreibern entdeckt, wie mein Freund Brendan, seines Zeichens Chief Coroner der City of London, unlängst zu berichten wusste. Erst neulich, so dessen gewohnt drastische Schilderung, sei neben einer Abfallgrube am Houndsditch der Leichnam eines etwa 10 Jahre alten Mädchens gefunden worden. Für hiesige Verhältnisse wahrlich nichts Neues, für zartbesaitete Naturen wie mich jedoch die reinste

Schreckensvision. Wieso? Ganz einfach. An dem nackten, offenkundig missbrauchten und von blutgetränktem Neuschnee bedeckten Körper hatten sich die Krähen gütlich getan. Alle Klarheiten beseitigt? Falls nein, deutlicher möchte ich nicht werden. Ein Gentleman verschmäht es, drastische Formulierungen in den Mund zu nehmen. Von dieser Maxime werde ich auch jetzt nicht abweichen.

Wer wissen will, wie es um jene Unglücklichen bestellt ist, der begebe sich auf Erkundungstour, am besten am Themseufer, wo man das Elend mit Händen greifen kann. Kohlebecken, umdrängt von Gestalten, die wie auferstandene Tote anmuten, Berge von Unrat, die einen unerträglichen Geruch verströmen, umherstreunende Hunde, umhertorkelnde und vor sich hin brabbelnde Frauen, umherhuschende Ratten, und das gleich dutzendfach. Wahrlich, tiefer als die Gestrandeten unter der London Bridge kann man nicht mehr sinken.

Bei den Ordnungshütern, allen voran Chief Constable Sefton Fitzroy, ruft dies, wenn überhaupt, ein gelangweiltes Schulterzucken hervor. Gegen die Kälte sei man nun einmal nicht gefeit, bekam ich zur Antwort, als ich den Constable unlängst zur Rede stellte, und obendrein habe die Polizei Besseres zu tun, als sich um Leute zu kümmern, die nicht in der Lage seien, ihren Lebensunterhalt zu bestreiten.

Noch Fragen?

Doch wohl kaum, oder?

Aber lassen wir das. Nicht wegdiskutieren kann man allerdings die Tatsache, dass London, nach Neapel und Paris drittgrößte Stadt Europas, derzeit aus allen Nähten platzt. Dass es nicht immer friedlich zugeht, wenn

200.000 Menschen auf einer Fläche von sechs Quadratmeilen zusammengepfercht sind, versteht sich von selbst. In manchen Vierteln, so zum Beispiel in St Giles, kann man sich bei Nacht nicht mehr auf die Straße trauen, so weit ist es mittlerweile gekommen. Dirnen auf der Suche nach Kundschaft, bewaffnete Banden, die ganze Stadtviertel unsicher machen, Zuhälter, Taschendiebe, verwahrloste Kinder und Betrüger, die nur darauf warten, ihrem Opfer auch noch den letzten Penny aus der Tasche zu ziehen. So sieht der Alltag auf Londons Straßen aus, nicht überall, aber an vielen Orten in unserer Kapitale. An *zu vielen*, wie ich mit Bedauern einräumen muss.

Ach, übrigens: Mein Name ist Percival, Clayton Percival. Ich weiß, es klingt merkwürdig, wenn ich das sage, aber wer nicht weiß, wie viele Stunden er noch zu leben hat, sollte mit Indiskretionen hinterm Berg halten. Verstanden, was ich damit andeuten will? Nein? Na schön, dann muss ich eben deutlicher werden. Um zu verhindern, dass das derzeit bestgehütete Staatsgeheimnis publik wird, werden meine Widersacher sämtliche Hebel in Bewegung setzen, um mir den Garaus zu machen. Da ich jedoch wenig Lust verspüre, den Fischen in der Themse zum Dinner serviert zu werden, habe ich Fersengeld gegeben, sprich: Ich halte mich an einem Ort auf, den außer Margie und meinem Freund Brendan niemand kennt. Salopp ausgedrückt, da ich es wieder einmal nicht lassen konnte, meine Nase in anderer – respektive mächtiger – Leute Angelegenheiten zu stecken, sind mir mehr Häscher auf den Fersen, als ich Haare auf dem Kopf habe. In wessen Hände diese Aufzeichnungen auch fallen mögen, der Betreffende lebt gefährlich. Besonders dann, wenn er auf die Idee käme, Kapital daraus zu schlagen.

So weit wird es aller Wahrscheinlichkeit nach jedoch nicht kommen, denn ich habe vorgesorgt. Sollte mir etwas zustoßen, wird mein Freund Brendan dafür sorgen, dass mein Erlebnisbericht in die richtigen Hände gelangt – und einen Skandal auslöst, der seinesgleichen sucht.

Neugierig geworden?

Kann ich verstehen.

III
CONFESSIO (I)

Zeitpunkt der Niederschrift: 25. Februar 1601, kurz nach Mitternacht

[00.15 h]

ALEA IACTA EST. Der Würfel ist gefallen. In wenig mehr als sieben Stunden werde ich das Schafott besteigen. Meine Widersacher, an der Spitze der Earl of Salisbury, haben ihr Ziel erreicht, und mir bleibt nichts anderes übrig, als mich dem Unabwendbaren zu fügen.

Ich weiß genau, sie werden alles tun, um mein Andenken in den Schmutz zu ziehen. Doch was auch geschieht, so sehr sie mich verspotten, mit Häme übergießen oder in Misskredit bringen mögen, um Gnade winseln werde ich nicht. Das habe ich vor sechs Tagen nicht getan, als ich wegen Hochverrats zum Tod verurteilt wurde, und das werde ich jetzt, da sich mein Erdendasein dem Ende zuneigt, erst recht nicht tun. Meinetwegen sollen sie sich die Hände reiben, wenn ich das Schafott besteige, mich verfluchen oder in den tiefsten Schlund der Hölle wünschen, ich werde erhobenen Hauptes in den Tod gehen.

Auf eine Weise, die eines Peer von England würdig ist.

Ich weiß, es klingt anmaßend, aber ich habe mir nichts vorzuwerfen. Was ich tat, tat ich aus Überzeugung, und was die mir zur Last gelegten Freveltaten betrifft, habe ich ein reines Gewissen. Es kümmert mich nicht, wenn sich die Angehörigen der Kamarilla bei Hof die Mäuler zerreißen und mich in einem Atemzug mit Judas nennen. Und es lässt mich kalt, wenn sie mich als eitel, selbstgefällig oder hochfahrend titulieren. Oder wenn sie mir Verfehlungen vorhalten, die jeglicher Grundlage entbehren. Was zählt, ist einzig und allein die gute Absicht, welche ich mit meinen Taten verfolgte. Handlungen, die über jeden Zweifel erhaben sind.

Solange die Menschheit existiert, solange werden Neid, Hass und Missgunst gesät werden. Wenn es etwas gibt, was ich am Hof zu Whitehall gelernt habe, dann dies. Die Tatsache, dass ich das Vertrauen der Königin genoss, hat mir denn auch reichlich Ungemach beschert, unter tätiger Mithilfe von Robert Cecil, 1. Lord von Salisbury, Lordsiegelbewahrer, Mitglied des Kronrats und Staatssekretär – und damit einer der mächtigsten Männer im Land. So mächtig, dass jedem, der sich in seinem Spinnengewebe verheddert, der Galgen winkt. Aus Erfahrung weiß ich, dass es Leute gibt, die über Leichen gehen, und Cecil ist einer davon, wenn nicht gar der Ruchloseste unter der Sonne. Sähe er ihn am Werk, würde selbst Richard III. vor Neid erblassen.

Reue? Ich wüsste nicht, weshalb. Gott sei mein Zeuge, all mein Trachten und Streben war stets auf das Wohlbefinden meiner Königin gerichtet. Ganz gleich, was die Ohrenbläser, an die Cecil seine Handsalben verteilt, unters Volk gestreut haben. Wo war er denn, als ich gegen die Spanier zu Felde zog, wo war er, als ich für den wahren Glauben focht, wohin verkroch er sich, als ich die Mauern von Cádiz erklomm und die Handlanger des Papismus zu Paaren trieb?

Wohin verkroch er sich denn und mit welchem Recht?

Natürlich in seine vier Wände, wohin denn sonst. Im Cecil House am Strand, wo bereits sein Vater logierte, um seine abgefeimten Intrigen zu spinnen. Wie sonst hätte er es zur grauen Eminenz hinter dem Thron bringen können, wenngleich ich mich frage, weshalb die Königin einem Mann wie ihm vertraute. Anders als durch Lug und Trug, worin es der Cecil-Clan zu beträchtlicher Virtuosität gebracht hat, kann er dies nicht zuwege gebracht haben.

Und genau das ist der Punkt. Genau das ist der Grund, weshalb ich zu Feder und Papier greife, um der Nachwelt meine Sicht der Dinge zu schildern. Man mag es glauben oder nicht, ich bin der Königin treu ergeben. Das war niemals anders und wird auch immer so sein. Allen Widrigkeiten, welche mir in meinem 33 Jahre währenden Leben begegneten, zum Trotz.

Ich trachtete danach, der Königin einen Dienst zu erweisen, indem ich sie dem Einfluss ihrer Ohrenbläser entzog. Dass dies nicht mit friedlichen Mitteln zuwege gebracht werden konnte, war nach den Erfahrungen der letzten Jahre zu befürchten. So leid es mir tut, dies aussprechen zu müssen. Ein Mann wie Cecil ist mit allen Wassern gewaschen, das weiß ich aus langjähriger Erfahrung. Wenn überhaupt, dann muss man zu rabiaten Mitteln greifen. Nur so kann man diese Hydra austilgen.

Nur noch sechseinhalb Stunden. Die Zeit eilt davon, wie ein Entflohener, der seine Verfolger abzuschütteln versucht. Ginge es nach mir, hätte ich die Reise ins Schattenreich längst angetreten, Charon den fälligen Obolus überreicht und den Styx in Windeseile überquert. Je schneller ich das gegenüberliegende Ufer beträte, desto leichter wäre mir ums Herz, desto rascher würde meine Schmach vergessen sein. Steht doch eins unverrückbar fest: Verglichen mit meinem Erdendasein mutet der Tod wie eine Erlösung an, ganz gleich, was mich jenseits des Styx erwartet.

Aber ich will nicht melancholisch werden, dazu besteht kein Grund. Die Nachwelt, für die meine Aufzeichnungen bestimmt sind, wird mir recht geben und mich von jeglicher Schuld freisprechen. Davon bin ich überzeugt. Und so gehe ich daran, die Dinge aus meiner Sicht zu schildern, nicht willens, den Propagandisten des Lordsiegelbewahrers das Feld zu überlassen. Nichts wäre schlimmer, als gesenkten Hauptes klein beizugeben, und nichts törichter, als mit offenem Visier zu kämpfen, ich weiß, wovon ich rede. Wer der Meinung ist, ich sei im Unrecht, der scheue sich nicht, wie ich zu Feder und Papier zu greifen. Ob sein Bemühen von Erfolg gekrönt sein wird, erscheint indes zweifelhaft, sprechen die Fakten doch eine mehr als eindeutige Sprache. Sie zu verstehen ist zwar nicht jedem vergönnt, doch bekanntlich soll man die Hoffnung nicht aufgeben. Sie ist es, die uns mit Leben erfüllt, und sei es auch nur für kurze Zeit.

Genug der Vorrede, es drängt mich, mit meinem Bericht zu beginnen. Der Henker wartet, und mein Leben neigt sich dem ersehnten Ende zu.

Aber heißt es nicht, jedem Ende wohne ein neuer Anfang inne?

Wäre dem so, würde ich mich leichter tun.

IV

INVESTIGATIO (I)

Untersuchungsbericht zu Händen von Sir Robert Cecil, 1. Earl of Salisbury, Staatssekretär, Lordsiegelbewahrer und Erster Sekretär Ihrer Majestät der Königin, verfasst von Sefton Fitzroy, Chief Constable der City of London

Zeitpunkt der Niederschrift: 7. Februar 1601, kurz nach Beginn der dritten Stunde

[08.45 h]

Eure Lordschaft müssen verzeihen, dass ich den vorliegenden Bericht nicht schneller zu Papier bringen konnte. Aber es ist nun einmal so, dass sich die Ermittlungen im Zusammenhang mit dem Leichenfund am gestrigen Freitag als ungemein schwierig erweisen. Wie bereits erwähnt, wurde der Leichnam des als vermisst gemeldeten Jünglings kurz vor Sonnenuntergang von einem Fuhrmann auf dem zwischen Bishopsgate und Aldgate gelegenen Müllabladeplatz entdeckt. Wie Euer Gnaden bekannt sein dürfte, werden dort nicht nur Abfälle, sondern unter anderem auch die Kadaver von Hunden deponiert. Der Grund, weshalb die parallel zur Stadtmauer verlaufene Deponie den Namen Houndsditch trägt.

Der Fundort befand sich just an der Stelle, wo ein zur Hinterpforte der Holy Trinity Priory führender Holzsteg den Stadtgraben überspannt, knapp 100 Yards von St Botolph without Aldgate entfernt, um es exakt zu formulieren. Dass der Dahingeschiedene Opfer eines Verbrechens wurde, steht außer Zweifel. Wenn Eure Lordschaft mir die Bemerkung gestatten, in meiner Eigenschaft als Chief Constable habe ich diesbezüglich schon einiges erlebt, so auch Dinge, über die ich den Mantel des Schweigens ausbreiten möchte. Ich dachte, mich könne nichts mehr erschüttern, kein Wunder, wenn man ein Amt wie das meinige bekleidet. Ich hatte mit Kindstötungen zu tun, war damit beschäftigt, Sodomisten dingfest zu machen, machte Jagd auf Leichenschänder, Giftmischerinnen und Gesindel, das es nicht wert ist, beim Namen genannt zu werden. An den erwähnten Mord, dessen Aufklärung mich ununterbrochen in Atem hält, reicht jedoch keiner der genannten Fälle heran. Ich weiß nicht, ob es schicklich ist, wenn ich ins Detail gehe, halte es nichtsdestoweniger für meine Pflicht, Eure Lordschaft darüber in Kenntnis zu setzen.

Es kommt mir zwar schwer über die Lippen, aber der Zustand des Leichnams lässt darauf schließen, dass das Mordopfer vor seinem Tod ein Martyrium zu durchleiden hatte. So leid es mir tut, aber ich kann es nicht anders formulieren. Nicht genug, dass sich am Hals unübersehbare Spuren fanden, die auf eine Strangulierung mittels Schnur oder Drahtschlinge hinweisen, wurde der Getötete – man verzeihe mir die drastische Schilderung! – mithilfe einer scharfkantigen Waffe entmannt. Mylord haben richtig gelesen, wäre ich nicht vor Ort gewesen, ich könnte es ebenso wenig glauben wie Ihr.

Es erfüllt mich mit Unbehagen, die Einzelheiten vor Euch auszubreiten, dessen können Eure Lordschaft gewiss sein. Dennoch oder gerade deshalb möchte ich nichts verschweigen, und sei es nur, um mir den Vorwurf zu ersparen, ich ließe die gebotene Akkuratesse vermissen. Und darum, sämtlichen Skrupeln zum Trotz, ein zusätzliches und höchst makabres wie auch unappetitliches Detail: Laut vorliegenden Erkenntnissen wurde das Geschlecht des Gemeuchelten mithilfe des erwähnten Utensils abgetrennt und dem Betreffenden in die Mundhöhle gestopft, was, wie man unschwer folgern kann, zum Exitus durch Ersticken führte. Man erspare mir die Mutmaßung, auf welch abscheuliche Art und Weise das Martyrium des Jünglings vonstattengegangen sein muss, Mylord können sich dies zweifelsohne vorstellen.

So weit also der Bericht über das jüngste Gewaltverbrechen in dieser an Schandtaten nicht eben armen Stadt. Mylord können sicher sein, sobald sich neue Erkenntnisse ergeben, werde ich Euch umgehend darüber in Kenntnis setzen. So unbedeutend die Details, welche zu sammeln ich weder rasten noch ruhen werde, auch sein mögen.

Gott schütze England, und Gott schütze die Königin!

Gez. Sefton Fitzroy, Chief Constable der City of London

V

DIARIUM (II)

Zeitpunkt der Niederschrift: 25. Februar 1601, eine halbe Stunde nach Mitternacht

[00.35 h]

»Na, der Herr – wie ist das Befinden?« Typisch Margery. Schon frühmorgens, noch dazu bei klirrendem Frost, eine scherzhafte Bemerkung auf den Lippen. »Was darf's denn sein, Euer Gnaden: Wachteln in Aspik, Wildbret, Fleischpasteten mit Preiselbeeren, Cheddar Cheese oder gefüllter Kapaun?«

»Du bist so gut zu mir, Margie, das habe ich nicht verdient.« An Humor mangelte es meiner Ersatzmutter nicht, das musste man neidlos anerkennen. Natürlich wusste Margie so gut wie ich, dass ich permanent knapp bei Kasse und stolzer Inhaber einer Arme-Leute-Kanzlei im Hafenviertel war. Ihrem Frohsinn und dem Hang zu liebevollen Frotzeleien tat dies dennoch keinen Abbruch. Dabei hatte es meine Küchenfee im Verlauf ihres mittlerweile 67 Jahre währenden Lebens beileibe nicht immer leicht gehabt. Als Tochter eines ebenso kinderreichen wie verarmten und obendrein hochverschuldeten Pachtbauern aus Staffordshire war sie mit 17 Jahren nach London gekommen und in die Dienste meines verstorbenen Großvaters getreten. Dort war sie denn auch verblieben, und zwar über 30 Jahre lang. Wenn man so will, war Margery Burke, Beschützerin aus Kindheitstagen, beim Tod meiner Mutter längst Teil der Familie geworden. Auf den Punkt gebracht: Da meine Amme mit Argusaugen über mich wachte, war die Welt zumeist in Ordnung gewesen. Was auch immer geschah, Margery, die ich als Einziger mit ihrem Kosenamen anreden durfte, wusste einen Ausweg. Nur damit kein falscher Eindruck entsteht: Verwöhnt, verzärtelt, verzogen oder gar verhätschelt und mit Präsenten überhäuft wurde ich selbstverständlich nicht. Das hätten die Finanzen meines Großvaters nicht zugelassen, der jeden Penny zweimal umdrehen musste, um über die Runden zu kommen. Buchhändler, um mit seinen Worten zu reden, sei zwar eine äußerst interessante Profession, aber da man Bücher nicht essen könne, müsse einem die Sparsamkeit in Fleisch und Blut übergehen. Ich denke, dem ist nichts hinzuzufügen.

Um auf Margie zurückzukommen, sie hatte es in der Tat nicht leicht gehabt. Gerade einmal ein Jahr alt, änderte sich ihr Leben von Grund auf. Nicht etwa, weil ihr dem Trunk verfallener Vater das Weite gesucht und die neunköpfige Familie im Stich gelassen hätte. Entgegen anderslautenden Absichten hatte er das nämlich nicht, wenngleich jeder, der ihn kannte, einen Sovereign darauf gewettet hätte. Der wahre Grund für das sich anbahnende Unheil war indes ein anderer. Wie so häufig, wenn Menschen Unheil ins Haus steht, hatte er etwas mit Zank und Hader zwischen den Mächtigen dieser Welt zu tun. Heinrich VIII., König von Gottes und der Fleischeslust Gnaden, hatte es sich nämlich in den Kopf gesetzt, dem Papst zu demonstrieren, wozu ein Herrscher aus dem Hause Tudor fähig ist. Will heißen, der Bigamist auf dem Königsthron besaß die Kühnheit, die Scheidung von der ersten seiner sechs Frauen in die Wege zu leiten, ohne Genehmigung aus Rom, wie es sich für einen Souverän seines Schlages geziemt. Und so kam es, wie es kommen musste, nämlich zum Bruch zwischen ihm und dem Papst. Anno Domini 1534, genauer gesagt am dritten Tag im November, war es dann so weit. Der liebestolle Faun namens Henry wurde zum Oberhaupt der Kirche von England erklärt, ein, wie ich finde, mehr als schlechter Witz. Auch deshalb, weil schon etwas dazugehört, wenn zwei von insgesamt sechs Frauen unter dem Beil des Henkers enden.

Kein Wunder also, dass Margies Familie zwischen die Fronten geriet. Und das in mehrfacher Hinsicht. Man konnte über ihren Vater sagen, was man wollte, aber was dessen Treue gegenüber Rom betraf, war er über jeden Zweifel erhaben. Dass er dadurch in Schwierigkeiten geriet, verstand sich beinahe von selbst. Eine Messe im alten Stil zu zelebrieren galt als Hochverrat, und wer klug war, gab dem König, was des Königs war, und tat so, als wolle er vom Papst nichts wissen. Darüber hinaus galt Edmund Burke hinfort als Paria, mit ein Grund, weshalb es Margie ins ferne London zog.

Katholik oder nur Sympathisant, für Anhänger des alten Glaubens brachen schwere Zeiten an. Wie viele von ihnen hingerichtet wurden, entzieht sich meiner Kenntnis, aber ich bin mir sicher, dass ihre Zahl in die Hunderte ging – beziehungsweise geht. Auf die Prinzipientreue unserer Königin war und ist nämlich jederzeit Verlass, das heißt, Anhänger des Papstes haben in England nach wie vor nichts zu lachen. Ein Beispiel unter vielen: Laut Gesetz aus dem Jahr 1581 ist es strikt verboten, Mitbürger zu animieren, zum Katholizismus überzutreten. Bei Zuwiderhandlung, so der betreffende Passus, wird der Pechvogel des Hochverrats angeklagt und hingerichtet. Die bloße Teilnahme an einer Messe genügt, dass der oder die Delinquenten mit einem Jahr Gefängnis bestraft und mit einer Sühneleistung von sage und schreibe 133 Pfund, sechs Schillingen und acht Pence belegt werden.

Was das alles mit Margie zu tun hat? Sehr viel, fürchte ich. Nicht genug, dass sie ihrer religiösen Überzeugung trotz drohender Repressalien treu geblieben ist, trägt sie diesbezüglich ihr Herz auf der Zunge. Im Klartext, ich mache mir Sorgen um sie. Denn wenn es etwas gibt, das meine Ersatzmutter nicht beherrscht, dann die Kunst, mit ihrer Meinung hinterm Berg zu halten. In Zeiten wie diesen, wo es von Spitzeln nur so wimmelt, kann einen das Kopf und Kragen kosten, das weiß meine Amme so gut wie ich. Geändert hat sich trotz zahlreicher Appelle an ihre Adresse jedoch nicht das Geringste, weswegen ich mich gezwungen sehe, ihr so oft als möglich ins Gewissen zu reden. Wer Margie allerdings kennt, der weiß, dass sie nur das tut, wovon sie überzeugt ist, ob mit oder ohne meinen Segen, spielt nicht die geringste Rolle.

»Spaß beiseite, was darf ich dem Herrn Anwalt servieren?« Die gute alte Margie, Ratgeberin, Mahnerin und Trostspenderin zugleich. Eine gestärkte Haube auf dem ergrauten Haupt, das Haar streng gescheitelt, zwei Köpfe kleiner als ich, doch ungleich resoluter, um nicht zu sagen durchsetzungsfähiger. Rotwangig, kräftig, markantes Kinn und wie immer ganz in Schwarz und mit sage und schreibe drei Röcken und einer fleckigen Schürze bekleidet, an der sie sich die schwieligen Hände abreibt. Der Blick keck, forschend und besorgt, mit einem Wort, die Seele meiner Kanzlei. »Oder hast du dich entschlossen, auf Gemüseauflauf umzusteigen?«

»Willst du mich umbringen oder was hast du vor? Also wirklich, wie kommst du denn auf die Idee!«

»Einfach so«, lautete die verschmitzte Antwort, während Margie ein Buchenholzscheit zur Hand nahm, die Herdklappe öffnete und das Feuerholz in die prasselnde Glut bugsierte. »Bei dir weiß man ja nie, Clayton Fox.«

Eins vorweg, ich hasse Spitznamen. Und den meinigen am allermeisten. Selbstredend bin ich mir bewusst, wie ich zu der zweifelhaften Ehre kam, aber das ist nur ein schwacher Trost. Ich weiß, ich weiß. Für einen Gentleman in den besten Jahren gibt es größere Katastrophen als ungebärdiges rotblondes Haar. Das muss ich trotz tiefer Zerknirschtheit einräumen. Was das betrifft, befinde ich mich in bester Gesellschaft, nämlich in derjenigen der Königin und ihres lasterhaften Vaters. Bezüglich meines Gewichts hatte mir Letzterer jedoch einiges voraus, das sei in aller Deutlichkeit vermerkt. Gerüchten zufolge soll der König bei seinem Tod mehr als 350 Pfund gewogen haben, mehr als das Doppelte als meine Wenigkeit, der ich meine Mitmenschen dank einer Körpergröße von sechs Fuß und drei Inches um Haupteslänge überrage. »Wieso? Was ist denn jetzt schon wieder los?«

»Gar nichts, das ist ja das Problem.«

»Ich bitte dich, Margie – nicht schon wieder. Und schon gar nicht auf nüchternen Magen.«

»Keine Ausweichmanöver, Clayton. Du weißt, ich kann das auf den Tod nicht ausstehen«, gab Margie mit dumpfem Grollen in der Stimme zurück. Bei undiplomatischem Verhalten, das wusste ich aus Erfahrung, würde ein veritables Gewitter daraus werden. Vorsicht tat demzufolge dringend not, sonst konnte ich mein Frühstück abschreiben. »Raus mit der Sprache, hast du dir die Sache durch den Kopf gehen lassen?«

»Welche Sache denn?«, erwiderte ich, erhob mich und pirschte mich an den gemauerten Herd heran, um einen Blick in die prall gefüllte Bratpfanne zu werfen. Bohnen mit Speck und reichlich Zwiebeln, die scharf gewürzte Soße und eine Scheibe selbst gebackenes Schwarzbrot samt Ale vom Fass nicht zu vergessen. Jetzt war Kompromissbereitschaft angesagt, es sei denn, ich war so töricht, mein Wohlbefinden aufs Spiel zu setzen. »Ach, *die* Sache meinst du! Alles, was recht ist, aber hat das nicht bis heute Abend Zeit?«

»Nein, hat es nicht!«, antwortete Margie barsch und riss mir den Kochlöffel aus der Hand, den ich in meiner Not stibitzt hatte. »Also was ist, hast du es dir überlegt?«

»So etwas geht nicht von heute auf morgen, das muss ich dir wohl nicht sagen«, hielt ich dagegen und trat den Rückzug zu meinem Stammplatz am Kopfende des Küchentisches an. »Oder willst du, dass ich in mein Unglück renne?«

»Du brauchst eine Frau, Clayton. Je eher, desto leichter wäre mir ums Herz.«

Eine Frau, und das möglichst bald. Wie oft wir uns deswegen in letzter Zeit die Köpfe heißgeredet hatten, konnte ich beim besten Willen nicht sagen. Eins aber wusste ich genau: Das Thema hing mir zum Hals heraus.

Und zwar gewaltig.

»Eine Frau und eine Familie, wie die meisten Männer in deinem Alter.«

»Komm mir bitte nicht damit, Margie. Und wenn wir gerade dabei sind: Wovon, bitte schön, soll ich meine zukünftige Familie ernähren? Etwa von meinen Honoraren?«

»Denk dir was aus, bist ja schließlich nicht auf den Kopf gefallen«, erwiderte Margie, mittlerweile deutlich milder gestimmt, nahm einen Holzteller aus dem Regal und stellte ihn vor mir auf den Tisch. »Ohne Frau im Haus geht es nicht, lass dir das gesagt sein.«

»Und was ist mit dir?«

»Ich werde alt, falls du es noch nicht gemerkt hast«, flüsterte Margie und strich mir im Vorbeigehen durchs Haar. »Oder sagen wir mal so, ich werde nicht jünger.«

»Ich auch nicht, da kann ich dich beruhigen.«

»Na also, dann sind wir uns ja einig.«

Auch wenn ich mich davor hütete, es auszusprechen: Ich musste Margie recht geben. Nach landläufiger Meinung wurde ein 50-Jähriger als Greis und ein 40-Jähriger als älterer Herr angesehen, ein 30-Jähriger dagegen als Mann in den besten Jahren. So oberflächlich dies auch klingen mochte, an dieser Milchmädchenrechnung führte kein Weg vorbei.

»Einig worin?«

»Dass du jemanden brauchst, der für dich sorgt, Clayton. Sonst gehst du mir vor die Hunde.«

»Für mich sorgen – als ob es damit getan wäre«, seufzte ich, nahm den Löffel in Empfang und stierte nachdenklich vor mich hin. »Woher nehmen, wenn nicht stehlen?«

Margie ließ sich nicht beirren. »Du weißt genau, was ich meine«, tat sie mit einem prüfenden Seitenblick kund, die Bratpfanne in der Hand, um sie am Herdrand zu deponieren. »Es wird Zeit, dass du in den Stand der Ehe trittst, wann, wo und mit wem, bleibt dir überlassen.«

»Na, wenigstens das«, murmelte ich, genehmigte mir einen Schluck Ale und fuhr mit dem Handrücken über den Mund. »Sonst noch Wünsche?«

»Hör auf, mich auf den Arm zu nehmen, sonst kannst du was erleben«, drohte Margie mit erhobenem Zeigefinger und warf mir einen Blick zu, der Schwerstkriminellen das Fürchten gelehrt hätte. »So, und jetzt iss, sonst fällst du mir vom Fleisch.«

»Aye aye, meine Gebieterin, Euer Wille geschehe«, grummelte ich vor mich hin, im Bewusstsein, dass Margie nicht ganz unrecht hatte. Andere, beispielsweise ehemalige Kommilitonen, waren längst verheiratet, mehrfache Väter und Besitzer eines schmucken Anwesens weit draußen vor den Toren der Stadt. An dieser Tatsache gab es nichts zu rütteln. Ich aber, illegitimer und nahezu mittelloser Spross des 17. Earls of Oxford, konnte sehen, wo ich blieb. Von einer Karriere, wie ich sie mir erträumt hatte, konnte nicht die Rede sein, und was meine Aufstiegschancen betraf, trat ich auf der Stelle. Das Gleiche galt für meine Erfolgsaussichten bei der Suche nach einer Frau, die zu mir passte.

Und überhaupt – die Frauen. Ich muss zugeben, Erfolge auf amourösem Gebiet waren bei mir außerordentlich dünn gesät, um nicht zu sagen Mangelware. Dabei war ich beileibe kein Kostverächter, im Gegenteil. Wer weiß, vielleicht hatte ich den Bogen einfach noch nicht raus – oder schlicht und ergreifend keine Lust, meinem Junggesellendasein Adieu zu sagen. Allein zu leben, hatte nämlich durchaus Vorteile. Ich konnte tun und lassen, was ich wollte, konnte mich den geliebten Büchern und den Schriften eines Plutarch, Cicero oder Sallust so oft und so lange widmen, wie ich wollte, konnte mit meinem Freund Brendan die Nacht zum Tage machen und war außer Margie niemandem Rechenschaft schuldig. Das zum Thema Freiheit, wie ich sie seit jeher genossen und schätzen gelernt hatte. Wie sehr, war mir nur allzu deutlich bewusst. »Wo wir gerade am Plaudern sind, Margie – was gibt es eigentlich Neues?«

»Nicht viel, soweit ich weiß«, antwortete meine Haushälterin, nahm mir den Humpen aus der Hand und trank ihn bis zur Hälfte leer. »Wer sitzt denn hier an der Quelle, du oder ich?«

»Du.«

Margie schnaubte amüsiert. »Na schön, was genau willst du wissen?«

»Alles, was für einen Anwalt von Interesse ist«, erwiderte ich und widmete mich erneut meiner Mahlzeit, die ich mit genüsslichem Augenaufschlag verzehrte. »Klatsch, Tratsch, Skandale – eben alles, was das Juristenherz begehrt.«

»Weißt du schon das Neuste?«

»Nein, oh Zierde deines Geschlechts, sonst würde ich dich nicht ausfragen.«

Die Antwort bestand aus einem Fußtritt, der mich von meinem Hang für ironische Bemerkungen kurierte. »Da sieht man's mal wieder, nichts als Paragrafen im Kopf«, wetterte Margie, gänzlich ohne Reue, wie man es von ihr gewohnt war. »Schon mal etwas von einem gewissen James Talbot gehört?«

»Sollte ich?«

»Allerdings«, fuhr Margie unbeirrt fort, erbrach das Siegel einer Korbflasche und schüttete ihren Inhalt in einen Topf, um sich eine Portion Glühwein zurechtzubrauen, die selbst gestandene Zecher ins Delirium katapultieren würde. »Wie gesagt, nichts als …«

»Jetzt mach's nicht so spannend, um wen handelt es sich?«

»Um den Privatsekretär des Earls of Essex.«

»Talbot, nie gehört«, murmelte ich vor mich hin, im Vertrauen auf mein Personengedächtnis, das mir des Öfteren gute Dienste geleistet hatte. »Und was ist mit ihm?«

»Er ist verschwunden.«

»Aha«, gab ich zurück und sah Margie mit hochgezogenen Brauen an. »Sonst noch was?«

Das Strafgericht ließ nicht lange auf sich warten. »Du solltest dich was schämen, Clayton Percival!«, schäumte Margie, die Zornesfalte so tief, dass mir angst und bang wurde. »Ist das alles, was du dazu zu sagen hast? Ich muss schon sagen, gerade von dir hätte ich eine andere Reaktion erwartet.«

»Tut mir leid, war nicht so gemeint«, beeilte ich mich zu antworten, schob den Teller schweren Herzens beiseite und ergänzte: »Wie hast du davon erfahren?«

»Von einer Cousine zweiten Grades. Arbeitet als Köchin im Essex House.«

»Verstehe.« Margie hatte recht gehabt. Da ich mit Leib und Seele Anwalt bin, laufe ich Gefahr, mich intensiver als nötig in meine Arbeit zu stürzen. Über einen diesbezüglichen Mangel kann ich mich ohnehin nicht beklagen, und es gibt Tage, an denen ich nicht weiß, wo oben und unten ist. Termine mit Mandanten, Gespräche mit Zeugen, Aktenstudium, Lektüre von Verfügungen des Kronrats, Prozesstermine, bei geringfügigeren Delikten in der Justice Hall in Newgate, bei Kapitalverbrechen im Court of the Star Chamber in Westminster, schier endlose – und zumeist sinnlose – Sitzungen der Anwaltskammer im Gray's Inn, all das zehrte mehr an meinen Kräften, als mir lieb war.

Apropos Lektüre. Meine Privatbibliothek, für die ich ein Vermögen ausgegeben habe, umfasst beinahe 100 Bände, die meisten davon Sammlungen von Reden oder von der

Korrespondenz meines Idols, dem nachzueifern nach wie vor mein Bestreben ist. So werden wie Cicero, schon als Student in Cambridge war dies mein größter Wunsch gewesen. Nun ja, was das rhetorische Talent des Vaters aller Anwälte betraf, bestand bei mir ein gewisser Nachholbedarf, aber was nicht ist, sagte ich mir, kann bekanntlich noch werden. Oder, um es mithilfe eines Zitats von Hesiod auszudrücken: Vor den Erfolg haben die Götter den Steiß – Humor ist, wenn man trotzdem lacht! – den Schweiß gesetzt. Auch ein Cicero hatte mal klein angefangen, das musste ich mir stets vor Augen halten.

Wie gesagt, ich kam nicht umhin, Margie recht zu geben. Manchmal hatte ich so viel zu tun, dass ich vor lauter Bäumen den Wald nicht mehr sah. Will heißen, ich war bei der Lösung meiner Fälle auf Hilfe angewiesen. Auf Beistand in Form von Auskünften, wenn irgend möglich, aus berufenem Mund. Nicht etwa, dass Margie meine einzige Informationsquelle darstellte. Das konnte ich nun wirklich nicht behaupten. In einem Punkt war und ist sie jedoch unschlagbar, so merkwürdig sich das aus dem Mund eines Strafverteidigers auch anhören mag: Egal um welchen Fall es sich handelt, egal wie kompliziert und mysteriös: Es gibt immer jemanden, der meine rechte Hand mit Informationen versorgt, seien es Marktfrauen, Straßenhändler, Verwandte, Bekannte aus Staffordshire oder Kindheitstagen oder Leute, die Margie einen Gefallen schuldig waren. »Und wie heißt deine Cousine, wenn man fragen …?«

»Cousine zweiten Grades, warum hört ihr Männer eigentlich nie richtig zu!«

»… darf? Was hast du gerade gesagt, oh Stütze meines Junggesellendaseins?«

»Vergiss es, du elender Heuchler«, schnaubte Margie, zog mich am Ohrläppchen und sagte: »Sie heißt Harriet. Harriet Perkins. Ist mir gestern zufällig über den Weg gelaufen.«

»Und weiter?«

»Tja, was soll ich sagen. Talbot wird seit geraumer Zeit vermisst.«

»Wie lange schon?«

»Zwei, drei Tage – keine Ahnung, wie lange.«

»Grund?«

»Woher soll ich das wissen!«

»Warum so barsch, Margie, wo liegt das Problem?«

»Talbot ist das Problem, mein lieber Clayton. Zumindest für mich.«

»Wie das?« Auf alles gefasst, taxierte ich Margie mit meinem Blick. »Jetzt komm schon, was passt dir nicht in den Kram?«

»Dass er ein gottverdammter Sodo… Dass er ein Sünder wider den Herrn ist, wollte ich sagen. Und ein Sünder wider die menschliche Natur.«

Ach, daher wehte der Wind. »Jetzt komm schon, Margie«, warf ich in besänftigendem Tonfall ein. »Du weißt doch, wie die Leute sind. Hauptsache, es gibt etwas zu tratschen.«

»Von wegen Tratsch. Harriet sagt, der Herr Privatsekretär hat es faustdick hinter den Ohren.« Margies Miene verfinsterte sich. »Nach außen die Anständigkeit in Person, in Wirklichkeit verkommen bis zum Gehtnichtmehr, die Sorte Mensch habe ich gefressen«, schäumte meine Amme – wie stets, wenn es um sittliche Maßstäbe ging, ein Fels in der Brandung der Unmoral. »Ich frage mich, wo das hinführen soll. Jeder treibt es mit jedem, und was tut die Königin? Sie umgibt sich mit Favoriten! Mich packt die Wut, wenn ich das Wort schon höre. Hätte besser daran getan zu heiraten, wenn du mich fragst. Aber nein, anstatt sich nach einem Mann umzusehen und für Nachwuchs zu sorgen, lebt sie in den Tag hinein, frönt der Wollust und führt das Lotterleben ihres Vaters fort. Ich sag's ja, der Apfel fällt nicht weit vom Stamm. Wie der Erzeuger, so die Tochter. Wenn du mich fragst, Clayton, diese Tudors sind doch alle gleich. Sechs Mal verheiratet, das macht diesem Ketzer mit Namen Heinrich keiner nach. Eins konnte er: Bastarde zeugen – und das war's dann auch schon gewesen. Und das Fräulein Tochter? Keinen Deut besser, kann ich da nur sagen. Favoriten, wenn ich so etwas schon höre. Essex ist 34 Jahre jünger als sie, da hört ja wohl alles auf. 34 Jahre, diese rothaarige Hu... Die Königin sollte sich was schämen, wollte ich sagen. Sie könnte seine Mutter sein, oder sehe ich das falsch?« Die Hände in die ausladenden Hüften gestemmt, ließ Margie die angestaute Atemluft entweichen. »Wie gesagt, hätte eine Familie gründen sollen, anstatt sich von hergelaufenen Habenichtsen den Hof machen zu lassen. Wäre das Beste für sie gewesen.«

»Na ja, damit ist es wohl vorbei. Ihre Majestät sind 67, rien ne va plus.«

»Du sollst mich nicht auf den Arm nehmen, verstanden?« Margie sah mich zornfunkelnd an. »Und noch etwas. Das nächste Mal kannst du sehen, wo du bleibst. Ich bin keine Nachrichtenbörse, schreib dir das hinter die Ohren!«

»Jetzt sei doch nicht gleich eingeschnappt, Margie«, lenkte ich mit einer Unschuldsmiene ein, die einem Schauspieler der Lord Chamberlain's Men alle Ehre gemacht hätte. »Ich wollte dich nicht kränken, das weißt du doch. Ich bin nun mal so, wie ich bin, soll nicht wieder vorkommen.«

»Du bist ein elender …«

»Heuchler, ich weiß«, vollendete ich, stand auf und legte den Arm um Margies stämmige Schultern. »Weißt du, was ich mich frage?«

»Denkst du vielleicht, ich kann hellsehen?«

»Ich frage mich, was der Earl of Essex dazu sagt.«

Margie blickte fragend auf. »Zu was denn?«

»Nun ja, es soll ja Leute geben, die verstehen in puncto Moral keinen Spaß.«

»Bist du wirklich so naiv, Clayton, oder tust du nur so? Wie der Herr, so 's Gescherr. Diese Lackaffen sind doch alle gleich.«

»Findest du?«

»Allerdings«, versetzte Margie und wandte sich der Zubereitung ihres Glühweins zu. »Auch einen Schluck?«

»Warum nicht.« Tief in Gedanken, nahm ich den dampfenden Becher in Empfang, sog den betörenden Duft von Zimt und Gewürznelken ein und riskierte einen vorsichtigen Schluck. »One for the road, bei der Kälte kommt einem das Gebräu wie gerufen«, tat ich mit genießerischem Zungeschnalzen kund, tätschelte Margie anerkennend die Schulter und rüstete schweren Herzens zum Aufbruch. »Ich muss los, die Pflicht ruft.«

»Wohin denn?«

»An einen Ort, um den ich liebend gern einen Bogen machen würde«, stieß ich mit einem aus tiefster Seele kommenden Seufzer hervor, leerte den Becher bis zur Neige und fügte mit Leichenbittermiene an: »Sitzung in der Anwaltskammer, wird mit Sicherheit todlangweilig.«

»Kopf hoch, mein Junge«, erwiderte Margie amüsiert und nahm mir den Becher aus der Hand, nur um mit schelmischem Augenzwinkern hinzuzufügen: »So schlimm, wie du denkst, wird der Tag nicht werden.«

Doch, wurde er. Wie schlimm, sollte sich bald herausstellen.

VI
CONFESSIO (II)

Zeitpunkt der Niederschrift: 25. Februar 1601, eine halbe Stunde nach Mitternacht

[00.35 h]

Die Zeit zerrinnt mir zwischen den Fingern, wie Schnee unter den Strahlen der Frühlingssonne. Die Stunden vergehen, und mir bleibt nichts weiter übrig, als zuzuschauen, wie die Körner durch den Hals meiner Sanduhr rieseln. Hunderte und Aberhunderte, Tausende und Abertausende, einem Sturzbach gleich und durch nichts von ihrem Weg abzubringen.

In Kürze wird es damit jedoch vorbei sein. Gefragt, welche Todesart er bevorzuge, hat Cäsar die einzig richtige Antwort gegeben: »Die plötzliche und unerwartete.« Im Licht der Erfahrungen, die ich als vermeintlicher Hochverräter gesammelt habe, kann ich mich dem nur anschließen. Hätte man mich gezwungen, wie weiland Sokrates vom Gift des Schierlingsbechers zu kosten, ich würde nicht mehr unter den Lebenden weilen. Nichts schlimmer, als tatenlos mitansehen zu müssen, wie sich der Tod auf leisen Sohlen nähert, und nichts qualvoller, als zur Tatenlosigkeit verdammt zu sein. Lieber Gift nehmen oder anderweitig Hand an sich legen, als die Ausweglosigkeit meiner Lage bis zur Neige auszukosten. Mehr bleibt mir diesbezüglich nicht zu sagen.

Davon abgesehen fehlt es mir an nichts, weder an einem Stehpult, an dem ich meine Aufzeichnungen zu Papier bringe, noch an einer Karaffe mit Malvasier, um mich über mein Los hinwegzutrösten, noch an einem Polstersessel oder einer Schlafstatt mit scharlachroten Vorhängen, bequemer als mein Lager im Essex House. So merkwürdig dies klingt, trotz meiner prekären Lage leide ich keinen Mangel, somit besteht kein Grund, über die Behandlung während meiner Haft Klage zu führen.

An der Tatsache, dass ich in Bälde das Schafott besteigen werde, ändert dies jedoch nichts. Aber es trägt dazu bei, meine Galgenfrist erträglicher zu gestalten. Was auch geschieht, ein Peer von England sollte stets Haltung bewahren, und sei es nur, um seinen Widersachern die Stirn zu bieten. Ist in meinen Augen doch nichts schlimmer, als wie ein räudiger Straßenköter um Gnade zu winseln oder zu versuchen, an das Mitgefühl seiner Peiniger zu appellieren. Wer es zu solcher Reputation gebracht hat wie ich, der ist dazu verdammt, ein Beispiel zu geben, ob unschuldig oder nicht, spielt keine Rolle. Darüber hinaus ziemt es sich nicht, wen auch immer mit unflätigen Beschimpfungen zu überhäufen. Das Schicksal hat es so gefügt, dass ich die letzten Stunden meines Lebens als Gefangener im Tower fristen werde, durch wessen Schuld oder Zutun, ist von untergeordneter Bedeutung.

Reden wir lieber über etwas anderes, genug der fruchtlosen Grübeleien. Unterhalten wir uns über mein Leben, das vor 33 Jahren seinen Anfang nahm. Aufgewachsen bin ich in Staffordshire, auf dem Landsitz meines Vaters Sir Walter, kraft königlichen Dekrets Earl of Essex und Viscount Bouchier. Um Missverständnissen vorzubeugen: Es erfüllt mich mit Stolz, dass meine Familie väterlicherseits auf eine ruhmreiche Vergangenheit zurückblicken kann. Ich selbst trage den Vornamen Robert und den Familienamen Devereux, ein deutlicher Hinweis, dass meine Vorfahren aus der Normandie stammten und zum Gefolge Wilhelms des Eroberers zählten. Viel Glück, das muss ich der Ehrlichkeit halber eingestehen, hat meinem Vater die noble Ahnengalerie jedoch nicht gebracht. Zeitlebens mangelte es ihm an Geld, ein Schicksal, das er mit etlichen seiner Standesgenossen teilte. Besonders nachteilig wirkte sich diesbezüglich sein Versuch aus, Irland auf eigene Kosten zu kolonisieren, sprich: Er scheiterte auf der ganzen Linie.

Ich dagegen bekam von alldem so gut wie nichts zu spüren und genoss es, im Teich hinter dem Herrenhaus auf Fischfang zu gehen, Holzschwerter zu zimmern oder meiner Schwester aufzulauern, um ihr einen Streich zu spielen. Am häufigsten trieb ich mich jedoch in der nahen Burgruine herum, wo meine Vorfahren vor der Errichtung des Herrenhauses ihren Sitz gehabt hatten. Stets gab es etwas Neues zu entdecken, Langeweile war ein Fremdwort für mich. Besonders aufregend wurde es, wenn ich mit den Kindern der Bediensteten Krieg spielte, scherzhaft gesagt, wenn die unter meinem Kommando stehenden Engländer dem König von Spanien zeigten, was eine Harke ist. Ohne Schrammen, Hautabschürfungen oder gar Knochenbrüche gingen diese Scharmützel natürlich nicht ab, und wer nicht als Hasenfuß dastehen wollte, biss die Zähne zusammen, wenn er etwas abbekam. Was mich betraf, musste ich mehr einstecken, als mir lieb war, für Vater ein willkommener Anlass, eine Standpauke unters Volk zu streuen. Ein Devereux, so die Quintessenz der peinigenden Strafpredigten, dürfe keine Schwäche zeigen, auch dann nicht, wenn er es mit einem übermächtigen Gegner zu tun habe. Ein Appell, der die erhofften Früchte trug.

Im Nachhinein, das gestehe ich in aller Offenheit, muss ich die Dienerschaft von Chartley Manor bedauern, nicht etwa, weil Vater ein knausriger Brötchengeber war, sondern weil sie alle Hände voll zu tun hatte, um meine Spielkameraden und mich zu bändigen. Speziell Master Broughton, mein pingeliger und zur Pedanterie neigender Erzieher, hatte es nicht leicht mit mir. Und ich hatte es nicht leicht mit ihm. Tagein, tagaus der gleiche Tagesablauf, die gleichen öden Lektionen, von Sonnenaufgang bis zum frühen Abend. Französisch, Latein, Übungen in Schönschrift, Zeichnen, Kosmographie und geistliche Labsal, will sagen die unverzichtbaren Gebete, nicht zu vergessen. Sogar an das Einüben höfischer Tänze wurde gedacht, für einen Knaben wie mich die Tortur schlechthin. Wären meine Reitstunden, der Unterricht im Fechten und die Unterweisung in der Kunst des Jagens an Vaters Seite nicht gewesen, es hätte ein böses Ende mit mir genommen. So aber brachte ich es fertig, das anstrengende Pensum hinter mich zu bringen. Dennoch oder gerade deswegen ist mir Chartley Manor stets in angenehmer Erinnerung geblieben, besonders jetzt, wo ich mit Wehmut auf meine unbeschwerte Kindheit zurückblicke.

Ein Gefühl, das sich bei der Erinnerung an meine Mutter nicht einstellen will. Gewiss doch, sie war eine anmutige, um nicht zu sagen begehrenswerte Frau. Zu Vaters Leidwesen war sie aber auch eine ungestüme und willensstarke Person, die das Wort Kompromiss nur vom Hörensagen kannte. Speziell ich hatte des Öfteren darunter zu leiden, vor allem nach dem Tod meines Vaters, der kurz vor Vollendung meines neunten Lebensjahres starb. Von da an war nichts mehr so, wie es war, die Zeit meiner Kindheit unwiderruflich vorbei. Zu einem nicht unbeträchtlichen Teil lag dies an meiner Mutter Lettice – zum einen, weil sie keine Gelegenheit ausließ, um die Königin durch ihr Auftreten zu provozieren, zum andern, weil sie die Gelegenheit beim Schopf ergriff, wenn attraktive Männer auf den Plan traten, um ihr den Hof zu machen. Unter ihnen, wussten Eingeweihte zu berichten, befand sich auch einer der Günstlinge, wenn nicht gar *der* Favorit der Königin schlechthin. Die Rede ist von Robert Dudley, Earl of Leicester und Master of the Horse. Wie gesagt, Mutter wusste genau, was sie wollte – und insbesondere, *wen* sie wollte. Dass man den erklärten Liebling der Königin nicht ungestraft umgarnen kann, ohne den Zorn der Monarchin heraufzubeschwören, versteht sich natürlich von selbst. Deshalb war Mutter gut beraten, die Hochzeit mit ihrem zweiten Gatten in aller Heimlichkeit und im Beisein ihres Vaters und Leicesters Bruder sowie zwei weiteren Vertrauten zu vollziehen. Ans Licht kam die Angelegenheit trotzdem, und wie man sich denken kann, bekam die Königin einen Wutanfall, der sich gewaschen hatte. An Mutters Hang zur Selbstdarstellung änderte dies jedoch nichts. Wie schon zuvor ließ sie keine Gelegenheit aus, um die Aufmerksamkeit des Hofes zu erhaschen, sei es durch ihre Garderobe, die derjenigen der Königin in nichts nachstand, sei es durch sündhaft teures Geschmeide oder ein aus Dutzenden bestehendes Gefolge aus Lakaien, Hellebardisten, Aufwartefrauen, Zofen, Friseurinnen und auf französische Kost spezialisierte Köchinnen. Domestiken, deren Aufgabe einzig und allein darin bestand, die Gräfin von Essex und Leicester samt Bewunderern und Gästen bei Laune zu halten.

Da verwundert es kaum, dass sich mein Heimweh in Grenzen hielt, als ich Chartley Manor verließ, um mein Studium in Cambridge aufzunehmen. Ich tat es nicht ungern, wenngleich es nicht üblich war, dass sich Zehnjährige in die Gefilde der Wissenschaft vorwagen. Dementsprechend hart gestaltete sich das Pensum, bestehend aus Unterricht in Theologie, Zivilrecht, Philosophie mit Schwerpunkt auf Aristoteles und Plato, Medizin unter Berücksichtigung der Lehren von Galen oder Hippokrates, Mathematik, Arithmetik, Geometrie, Astronomie, Dialektik, Rhetorik, Griechisch und – last but not least – Hebräisch. Kein Wunder, dass das Studium der englischen Literatur zu kurz kam, mit Ausnahme der Chroniken von Holinshed, die einzige Pflichtlektüre in meiner Muttersprache.

Aber ich will nicht klagen, meinen Kommilitonen erging es ebenso. Der Pfad zum Master of Arts, als den ich mich mit knapp 14 Jahren bezeichnen durfte, war nun einmal dornenreich und führte durch unwegsames Gelände. Hübsche Metapher, nicht wahr? Wie dem auch sei, von künftigen Richtern, Staatsanwälten oder königlichen Ministern wurde erwartet, dass sie ihren Horizont erweiterten, des Lateinischen und Griechischen mächtig waren und genug Bildung mitbrachten, um ihrem Land mit ganzer Kraft zu dienen. Eine Erwartung, die ich mit Bravour erfüllte.

Doch ich greife voraus, kein Wunder, wenn die Zeit wie im Flug verrinnt. Kommen wir zu den alles entscheidenden Momenten meines Lebens, Begegnungen, die es in der Tat in sich hatten.

Abgesehen von meiner Mutter, das muss ich vorausschicken, gibt es zwei weitere Personen, die meinem Werdegang den Stempel aufgedrückt haben. Die eine im eher positiven, die andere definitiv im negativen Sinn. Beginnen wir mit Robert Cecil, dem Mann, dem ich mein Schicksal zu verdanken habe. Cecil, seines Zeichens Lordsiegelbewahrer, Staatssekretär, Vorsitzender des Kronrats und im Kreis der Peers als 1. Earl of Salisbury ebenso bekannt wie gefürchtet, ist der Mensch, den ich am meisten hasse, und wenn ich das Wort Hass in den Mund nehme, meine ich es so, wie ich es sage. Ich weiß, für einen Mann meines Zuschnitts ziemt es sich nicht, der schwarzen Galle freien Lauf zu lassen. Vor allem dann, wenn der Betreffende einem nicht das Wasser reichen kann. Dazu war und bin ich jedoch nicht imstande, und wer Robert Cecil kennt, der weiß, wovon ich rede.

Es begann damit, dass ich nach Vaters Tod in die Obhut eines Vormunds überstellt wurde. Dass ich kein Mitspracherecht besaß, versteht sich von selbst. Wäre dem so gewesen, ich hätte mich mit Zähnen und Klauen dagegen gestemmt. Aus welchem Grund, lag auf der Hand. William Cecil, also Roberts Vater, war ein gestrenger Zuchtmeister und überdies dafür bekannt, dass er nach Kräften in die eigene Tasche wirtschaftete. Darüber hinaus stand er in der Gunst der Königin, wie sehr, wird ersichtlich, wenn man seine Karriere betrachtet. Nicht etwa, dass der Enkel eines Schankwirts nicht loyal gewesen wäre. Oh nein, diese Blöße gab sich der katzbuckelnde Emporkömmling nicht. Genau wie Mutter wusste er jedoch genau, was er wollte, das heißt, er kannte keine Skrupel, wenn es um sein Vorwärtskommen ging. Bis vor drei Jahren, als er mit 77 Jahren verstarb, hatte die graue Eminenz sämtliche Ämter inne, die hierzulande von Bedeutung sind. Als da wären: Staatssekretär Ihrer Majestät der Königin, Lordsiegelbewahrer,

Lordschatzmeister und – unseligen Andenkens – Vorsteher des sogenannten Court of Wards, das heißt, Vermögensverwalter von Mündeln aus dem Hochadel. Man erinnere sich, ich wurde mit neun Jahren Halbwaise. Bis zum Zeitpunkt meiner Volljährigkeit, das heißt bis zu meinem 21. Lebensjahr, besaß Cecil das Recht, meine finanziellen Angelegenheiten zu regeln. Mit Betonung auf »finanziell«, wie ich mit Groll im Herzen hervorheben muss. Im Klartext, er ließ es sich nicht nehmen, Tausende von Pfund für sich abzuzweigen. Und wurde zu einem der reichsten Männer Englands.

Robert Cecil, vier Jahre älter als ich, Intrigant von hohen Gnaden und aus dem gleichen Holz geschnitzt wie sein Vater, piesackte mich, wo er nur konnte. Wohin ich mich bei meinem Eintreffen im Cecil House am Strand auch wandte, der Bucklige, wie der Sohn des Hausherrn hinter vorgehaltener Hand genannt wurde, verfolgte mich auf Schritt und Tritt. Egal, wie und wo ich meine Zeit verbrachte, ganz gleich, mit wem ich sprach, egal, mit was ich mich beschäftigte, die Sumpfkröte kauerte stets in meiner Nähe, ließ mich keinen Moment aus den Augen. Und ließ mich spüren, wer im Hause Cecil das Sagen hatte.

Der spitzbärtige Pygmäe hat mich auf dem Gewissen, man kann es drehen und wenden, wie man will. Er hat nichts unversucht gelassen, mich zu demütigen, mit Vorliebe im Beisein der Königin, um mir möglichst großen Schaden zuzufügen. Aber ich habe mich gerächt, auf meine Art. Cecil war und ist gewiss kein Dummkopf, doch was seine sonstigen Fähigkeiten betraf, konnte er mir nicht das Wasser reichen. Dass er des Tennisspielens nicht mächtig war, ist eine Sache, dass ich ihm in sämtlichen Belangen überlegen war, etwas gänzlich anderes. Ob beim Fechten, Reiten oder bei der Jagd, der Bucklige zog stets den Kürzeren.

Und revanchierte sich auf die ihm eigene Weise.

Ich dagegen sehnte den Tag meiner Volljährigkeit herbei, unterdrückte meinen Groll so gut es ging, tat mein Möglichstes, um nicht in Konflikt mit dem allmächtigen Lordschatzmeister zu geraten – und ließ keine Gelegenheit zum Amüsement verstreichen. Cecil senior sah dies mit gemischten Gefühlen, rief mich zur Ordnung, redete mir ins Gewissen, hielt eine Standpauke nach der andern, drohte mit Konsequenzen, falls ich nicht Vernunft annähme, machte mir die Hölle heiß, wo es nur ging – und wirtschaftete weiterhin in die eigene Tasche. Um zu belegen, wovon die Rede ist: Ich weiß aus zuverlässiger Quelle, dass William Cecil alias Lord Burghley alias Lord Raffgier für seine Tätigkeit als Vorstand des Court of Wards die stolze Summe von 906 Pfund, drei Schillingen und vier Pence kassierte – wohlgemerkt offiziell. Inwieweit dies seinen tatsächlichen Einkünften als Vormund meiner minderjährigen Standesgenossen entspricht, sei der Fantasie des Lesers überlassen. Ich persönlich bin der Meinung, die wahre Summe lag deutlich höher, um das 15- bis 20-fache, wie meine Informanten versichern. Hinzu kamen, wiederum offiziell, die Einkünfte aus Cecils Tätigkeit als Lordsiegelbewahrer, nämlich 919 Pfund im Jahr. Macht zusammen über 1.800 Pfund per annum, etwa 30 Mal so viel wie ein erfahrener Chirurg bekommt.

Offiziell, wohlgemerkt.

So ist das nun einmal hierzulande, und wer behauptet, er wisse nichts davon, lügt sich in die Tasche. Ämter bei Hof, so begehrt sie auch sein mögen, bilden nur eine Seite der Medaille, nämlich die kupferne. Versilbern oder sogar vergolden lässt sich die angestrebte Würde erst dann, wenn man sie auch innehat. Zwei Beispiele unter vielen: Soweit mir bekannt ist, wird der Posten des Lord High Admiral mit 200 Pfund im Jahr dotiert, ist aber, wenn man es geschickt anpackt, mindestens das Zehnfache wert. Das Gleiche gilt für das Amt des Kabinettsekretärs, ohne Ross und Reiter beim Namen zu nennen, versteht sich. Zugegeben, von 100 Pfund im Jahr kann ein Großteil der Bevölkerung nur träumen, nicht aber Männer, die einen standesgemäßen Lebensstil pflegen. Um dies zu bewerkstelligen, ist Einfallsreichtum gefragt, je mehr, desto größer der Obolus. Zwischen 2.000 und 3.000 Prozent sind in jenen Kreisen nichts Ungewöhnliches, und wer dies leugnet, lebt auf einem anderen Stern.

Im Übrigen, auch das sei am Rande vermerkt, sind die Verhältnisse nicht mehr so, wie sie zu Beginn der Regentschaft von Elizabeth I. waren. Der Glorienschein, welcher unsere Monarchin umgab, ist verblasst, wenn nicht gar erloschen. Die sintflutartigen Regenfälle in der Mitte des vorigen Jahrzehnts sorgten für Hunger, Elend und Aufruhr im Land, alles Dinge, welche der Vergangenheit anzugehören schienen. Kinder starben, weil es ihnen am Nötigsten fehlte, und das zu Tausenden. Beinahe schon als Delikatesse wurde das als Kuckucksspucke bezeichnete Brot genannt, eine Mixtur aus Wurzeln und diversen Kräutern, bei deren Verzehr es mir den Magen umdrehen würde. Das täglich Brot ist längst nicht mehr das, was es einmal war – und die Währung leider auch nicht. Auch die Steuern kletterten ins Unermessliche, insbesondere während der vergangenen 10 Jahre. Ein Anstieg um das Vierfache, und das innerhalb kürzester Zeit. Das war mehr, als ein Großteil meiner Landsleute ertragen konnte.

Die Zeitläufe machten auch vor mir nicht halt – wie auch, wenn man einen Berg von Schulden geerbt und Himmel und Hölle in Bewegung gesetzt hat, um sich finanziell über Wasser zu halten. Wäre die Königin nicht gewesen, die mir ein ums andere Mal aus der Verlegenheit half, ich weiß nicht, was ich dann getan hätte.

Der Bucklige, meine Mutter und die Königin. Personen, die meinem Leben den Stempel aufgedrückt haben. Aber auch Personen, wie sie unterschiedlicher nicht hätten sein können.

Robert Cecil, Lettice Knollys, mittlerweile zum dritten Mal verheiratet, und die Königin, der ich mich auch jetzt, wenige Stunden vor meinem Tod, in Treue verbunden fühle. So weit die Reihenfolge, was meine Ressentiments gegenüber den erwähnten Personen betrifft. Hier tiefer Groll, ja sogar Hass, und am anderen Ende der Skala das genaue Gegenteil. Ich weiß, es klingt merkwürdig, aber was die Königin betrifft, sind meine Gefühle die gleichen geblieben. Angesichts der Tatsache, dass ich wegen Hochverrats zum Tode verurteilt wurde, hört sich dies befremdlich, wenn nicht gar unaufrichtig an. Dazu besteht jetzt, wo ich nichts mehr zu verlieren habe, jedoch kein Grund. Das Urteil über mich ist gesprochen, der Würfel gefallen, der Henker im Begriff, sein Beil zu schärfen. Weshalb also die Unwahrheit sagen, wenn man weiß, was die Stunde geschlagen hat?

Und darum: Ich verehre die Königin nach wie vor. Sie war es, die sich meiner annahm, wenn ich in Not geriet, und sie war es auch, die stets ein offenes Ohr für mich hatte. Kein Grund zur Skepsis, ich meine es so, wie ich es in diesem Moment zu Papier bringe. Warum sie dann nicht gezögert hat, mich für meine Missetaten zu bestrafen?

Weil ihr keine Wahl blieb, darum.

Bevor ich fortfahre, eine weitere Randbemerkung. Chartley Manor, das verlorene Paradies meiner Kindheit, sollte Jahre später zu zweifelhafter Berühmtheit gelangen. Auf Betreiben ihrer Bewacher, denen das von einem Graben umgebene Herrenhaus auf Anhieb zusagte, stand Maria Stuart, Cousine und erbitterte Rivalin der Königin, dort nahezu ein Jahr unter Arrest. Unter strenger Hausarrest, versteht sich, und umgeben von einem Heer von Spionen, die jeden ihrer Schritte kontrollierten. Am 11. August, knapp sechs Monate vor ihrem unrühmlichen Ende, kam es, wie es offenbar kommen musste. Erneut und zum letzten Mal in ihrem Leben wurde die Königin der Schotten bezichtigt, eine Verschwörung zum Sturz ihrer Cousine angezettelt zu haben, mithilfe von Beweisen, die an Eindeutigkeit nichts zu wünschen übrig ließen.

Was dann geschah, ist jedermann bekannt. Mary Stuart starb unter dem Beil des Scharfrichters, am achten Tag des Monats Februar Anno Domini 1587.

Auf den Tag genau 14 Jahre später würde ein gewisser Robert Devereux, 2. Earl of Essex, den vergeblichen Versuch unternehmen, die Macht des Cecil-Clans mit Waffengewalt zu brechen.

Und würde, ungeachtet seiner unerschütterlichen Treue gegenüber der Königin, des Hochverrats bezichtigt werden.

Auge um Auge, so ist das nun einmal.

VII

INVESTIGATIO (II)

Sir Robert Cecil, 1. Earl of Salisbury, Staatssekretär, Lordsiegelbewahrer und Erster Sekretär Ihrer Majestät der Königin, an Sefton Fitzroy, Chief Constable der City of London

Streng geheim, eilt sehr!

Zeitpunkt der Niederschrift: 7. Februar 1601, kurz nach Beginn der vierten Stunde

[09.40 h]

DASS IHR KEIN MUSTER AN PFLICHTERFÜLLUNG SEID, Fitzroy, ist hinlänglich bekannt. Und darum in aller Entschiedenheit: Entweder Ihr befolgt meine Instruktionen, oder ich werde Euch wegen Insubordination und Vernachlässigung der Dienstpflichten zur Verantwortung ziehen. Was dies für Folgen hat, dürfte Euch bekannt sein. Von einem Amtsträger in Eurer Position hätte ich in meiner Eigenschaft ungleich mehr Eifer bei der Ausübung Eurer Obliegenheiten erwartet, das sei in aller Deutlichkeit gesagt.

Doch nun zu meinen Instruktionen, die auf das Genaueste zu befolgen sind.

Erstens: Ihr werdet die Ermittlungen, die im Zusammenhang mit dem Dahinscheiden des besagten Jünglings stehen, umgehend einstellen.

Zweitens: Ihr werdet bezüglich des vorliegenden Kasus absolutes Stillschweigen bewahren, umso mehr, da das Wohl und Wehe unserer Nation davon betroffen ist.

Tertio: Ihr werdet die von Amts wegen an den Ermittlungen sowie an der Untersuchung des Leichnams beteiligten Personen über meine Instruktionen in Kenntnis setzen. Zuwiderhandelnde sind umgehend zu arretieren und zwecks Befragung meiner Obhut zu unterstellen.

Viertens und letztens: Sollte sich herausstellen, dass meinen Anweisungen nicht Folge geleistet wurde, werde ich Euch persönlich zur Verantwortung ziehen.

Whitehall Palace, am 7. Tag des Monats Februar im 43. Regierungsjahr Ihrer Majestät der Königin

Gott schütze Elizabeth I., von Gottes Gnaden Königin von England, Frankreich und Irland und Verteidigerin des wahren Glaubens!

Gez. Sir Robert Cecil, 1. Earl of Salisbury

VIII

DIARIUM (III)

Zeitpunkt der Niederschrift: 25. Februar 1601, eine knappe Stunde nach Mitternacht

[01.00 h]

Fachwissen bedeutet Macht, je mehr man sich aneignet, desto besser. Anwälte bilden diesbezüglich keine Ausnahme, vor allem, was das Römische Recht betrifft. Am Codex Justinianus, nach eineinhalb Jahrtausenden immer noch ein Standardwerk, führt dementsprechend kein Weg vorbei. Dort heißt es unter anderem: »Die Rechtswissenschaft ist die Kenntnis dessen, was Recht und was Unrecht ist.« Hört sich einfach an, selbst für Laien. Ist es jedoch nicht, wie ich aus leidvoller Erfahrung weiß, mit deutlicher Betonung auf dem Attribut. Um das Studium in Cambridge abzuschließen, benötigt man in der Regel sieben Jahre, vier davon für das Trivium und Quadrivium, also für das Studium der Logik, Rhetorik und Philosophie respektive Arithmetik, Geometrie, Musik sowie Astronomie, und drei weitere, um sich mit dem Titel eines Master of Arts schmücken zu können.

Danach war ich am Ende mit meinem Latein, kleiner Scherz am Rande. In Wahrheit wurde ich der Büffelei überdrüssig, überdies mangelte es mir an Kleingeld. Um den Doktortitel zu erlangen, hätte ich mindestens doppelt so lang studieren müssen, eine Aussicht, die meinem Eifer einen herben Dämpfer verpasste.

Damit wir uns richtig verstehen, ich halte Bildung für unabdingbar. Sonst würde ich nicht so viel Geld berappen, um in den Besitz sündhaft teurer Folianten zu kommen. Von daher kann sich meine Bibliothek sehen lassen, ganz gleich, ob man nach Werken von Terenz, Plato, Vergil, Horaz, Cato, Livius, Plutarch, Aristoteles, Quintilian, Ovid, Seneca, Julius Cäsar oder nach der Hinterlassenschaft meines Idols Cicero sucht. Dass sie mich ein Vermögen gekostet hat, ist zwar nicht von der Hand zu weisen. Allein, dies beschert mir keine schlaflosen Nächte. Jeder Mensch braucht etwas, an dem er sich laben kann, und da mir Titel nichts bedeuten, ziehe ich meine Bibliothek bei Weitem vor.

Bildung tut not, je mehr, desto besser die Aussichten, ein Leben ohne Not und Elend zu führen. Insofern betrachte ich es als eine Schande, dass nur einer von vier Engländern beziehungsweise eine von zehn Engländerinnen des Lesens kundig ist. Verglichen mit anderen Ländern, die Niederlande, Frankreich und Italien ausgenommen, wahrhaftig kein Grund, Trübsal zu blasen. Die Verhältnisse haben sich gebessert, dessen bin ich mir bewusst. Anlass zur Zufriedenheit besteht indes noch lange nicht.

In unserem Land liegt vieles im Argen, das muss ich nicht eigens betonen. Damit keine Missverständnisse entstehen, ich bin Patriot durch und durch. Und reiße gern Witze über unsere Nachbarn auf dem Kontinent, am liebsten natürlich über die Franzosen. Ganz und gar nicht stolz bin ich indes auf die Art und Weise, wie hierzulande mit Gesetzesbrechern verfahren wird,

Tötungsdelikte inbegriffen. Zugegeben, mit meiner Meinung stoße ich in Kollegenkreisen auf wenig Gegenliebe. Aber was die Verhängung von Körperstrafen angeht, lasse ich nicht mit mir reden. Tod durch Erhängen, und das mehr als 300 Mal im Jahr, entweder in Tyburn oder vor dem Westportal von St Paul's. Ich finde, das muss nicht sein, egal welche Gepflogenheiten anderswo herrschen. Schlimm genug, wenn Delinquenten durch halb London gekarrt werden, um sie der Lächerlichkeit preiszugeben oder um Gaffer und Müßiggänger bei Laune zu halten. Aber muss es wirklich sein, wenn sie dann auch noch gehängt, aufs Rad geflochten, gevierteilt, wie Vieh ausgeweidet und geköpft werden? Wie jedermann weiß, gehört das Mittelalter der Vergangenheit an, und mit ihm die Strafen, die auf höchst fragwürdige Weise praktiziert wurden. Unter uns bemerkt, ich halte es für Barbarei, einen Menschen zum Tod auf dem Scheiterhaufen zu verurteilen, Religion hin oder her. Und ich finde, es ist eines zivilisierten Landes unwürdig, wenn Übeltäter öffentlich ausgepeitscht, Dieben Hände abgehackt, zänkische Weibspersonen auf einen Tauchstuhl geschnallt oder betrügerische Bäcker oder Brauer an den Pranger gestellt werden, und das alles nur, um ein Exempel zu statuieren. Ich weiß, als Rechtsanwalt sollte ich mich diesbezüglich bedeckt halten, doch bin ich, wie Margie zu sagen pflegt, nun einmal so, wie ich bin. Das heißt, ich kann aus meiner Haut nicht heraus.

Vor allem nicht, wenn es um meine Vorliebe für Bücher geht. Ich gebe zu, mein Interesse reicht weit über das hinaus, was meine Berufskollegen als normal bezeichnen würden. Mir wird ganz anders, wenn ich daran denke, wie oft ich mit Margie dieses leidige Thema durchgekaut und im Brustton der Überzeugung Besserung gelobt habe. Bislang jedoch, wie ich freimütig einräumen muss, ohne dauerhaften Erfolg. Der Anblick der Bücherstände in St Paul's genügt, und sämtliche Vorsätze sind vergessen, egal ob Schmalhans Küchenmeister ist oder nicht.

Ich merke schon, ich laufe Gefahr, den roten Faden zu verlieren. Und darum zurück zum 7. Februar, als ich, zitternd vor Kälte, durch London stapfte. Seit Menschengedenken war es nicht mehr so kalt gewesen, und wo sonst Dirnen, fliegende Händler und Almosensuchende flanierten, streunten Hunde und im Abfall wühlende Schweine herum. Irgendetwas lag in der Luft, und ich hätte nur zu gern gewusst, was. Als hätte es eines Beweises bedurft, wirkte auch die Cheapside, sozusagen die Vorzeigemeile der Stadt, wie ausgestorben. Sehen und gesehen werden, so lautete dort gewöhnlich die Devise, will heißen der Hoffart frönen, die sündhaft teuren Goldschmiedegeschäfte nach Accessoires durchstöbern oder sich von wie Pfauen umherstolzierenden Gecken den Hof machen lassen. Egal an welchem Tag, ob am Morgen oder Abend, unter der Woche oder sonntags, auf der Cheapside mit ihren Tavernen, Hutgeschäften, Tuchwarenläden, Ale-Häusern und Ständen mit Waren und Gewürzen aus aller Welt war zumeist kein Durchkommen. Fischverkäuferinnen schrien sich die Seele aus dem Leib, erboste Fuhrleute legten sich mit Passanten an, Damen von Welt, die sich bei näherem Hinsehen als Dirnen entpuppten, tänzelten hüftschwingend hin und her, Devotionalienhändler boten ihre Waren feil, auch nicht annährend so viel wert, wie die Kunden vom Land auf den Tisch legten. Und dann erst das nicht enden wollende Geschiebe, Gedränge und Gefeilsche, die mit

Tuchballen, Weinfässern, Ziegelsteinen, Gipseimern und Bauholz beladenen Fuhrwerke, die Handkarren der zu Dutzenden zählenden Straßenhändler, die Sänften der Wohlhabenden, die glaubten, alle Welt müsse sich nach ihnen richten. An manchen Tagen, das muss ich resignierend einräumen, kam man sich auf der Cheapside wie in einem Tollhaus vor.

Am Siebten dieses Monats, als ich auf das St Paul's Gate zusteuerte, konnte davon keine Rede sein. Der strenge Frost fuhr einem in sämtliche Glieder, und wer nichts Wichtiges zu erledigen hatte, zog sich ans wärmende Herdfeuer zurück. Einzig die Wirtshäuser, allen voran die Mermaid Tavern, erfreuten sich eines regen Zuspruchs, aber da mir nicht der Sinn nach Ale oder Smalltalk stand, schlug ich meinen Mantelkragen hoch und stapfte mit verschränkten Armen von dannen.

Sehr weit sollte ich jedoch nicht kommen. »Hier der Herr – für Euch!« Bevor ich etwas erwidern konnte, drückte mir ein Rotschopf, der wie aus dem Nichts aufgetaucht war, einen Zettel in die Hand, riss die abgetragene Filzkappe vom Kopf und vollführte eine theatralische Verbeugung. »Unterhaltung vom Feinsten, Ihr werdet es nicht bereuen.«

Unterhaltung vom Feinsten, so, so. Das behaupteten sie alle. Um ihre Konkurrenten aus dem Feld zu schlagen, waren die Theaterbesitzer um markige Sprüche nicht verlegen. Nicht ohne Grund, wie sich unschwer denken lässt. An Gelegenheiten zum Amüsement herrschte in London kein Mangel, trotz der widrigen Witterungsverhältnisse. Am allerwenigsten in Southwark, wohin der Arm des allmächtigen Lord Mayor nicht reichte. Am Südufer der Themse, genauer gesagt zwischen London Bridge und Themsebogen, herrschten eben andere Gesetze. Das heißt, niemand hielt sich an sie. Wie viele Absteigen, Bordelle, billige Spelunken, Hahnenkampfgruben, Bärengehege oder Stierkampf-Arenen dort zu finden sind, weiß kein Mensch. Betreiberinnen des ältesten Gewerbes der Welt gibt es jedenfalls zuhauf, in jeder Preislage, um es unverblümt zu formulieren. Vor allem aber findet man dort die berühmtesten Theater der Stadt, will sagen das *Swan*, das *Rose* und das weithin berühmte *Globe*. Berühmt vor allem für Dutzende von Kassenschlagern, wodurch die Lord Chamberlain's Men zu landesweiter Bekanntheit gelangt sind.

Falsches Stichwort, wie ich widerstrebend einräumen muss. Ich weiß, man soll die Vergangenheit ruhen lassen, aber wenn ich an Schauspieltruppen im Allgemeinen und an Londons derzeit berühmtesten Poeten denke, packt mich die blanke Wut. Ein Gentleman sollte sich im Griff haben, niemand weiß das besser als ich. Was die Machenschaften eines William Shakespeare betrifft, stößt meine Selbstbeherrschung jedoch an Grenzen. Schade nur, dass ich mein Wort gab, nichts darüber verlauten zu lassen. Sonst wären die Fetzen geflogen, dass es nur so gekracht hätte.

Bisweilen holt einen die Vergangenheit ein, so schwer es mir auch fällt, mich ihr zu stellen. Aber ich will ganz offen sein, das bin ich dem Leser dieser Zeilen schuldig. Kurzum, es ist gerade einmal zwei Jahre her, als ich an einem Fall arbeitete, den ich so schnell nicht mehr vergessen werde. Das ist nicht einfach so dahergesagt, sondern entspricht der Wahrheit. Mögen die Theater-Enthusiasten, bei denen Shakespeare hoch im Kurs steht, von diesem Scharlatan halten, was sie wollen. Ich persönlich, der ich einen Blick hinter die Kulissen werfen konnte, teile diese Meinung nicht. Höflich ausgedrückt. Mit anderen Worten, ich fand heraus, dass die Stücke, von denen ganz London spricht, in Wahrheit aus der Feder des 17. Earls of Oxford und nicht etwa aus derjenigen eines unbedarften Provinzlers aus Stratford-upon-Avon in Warwickshire stammen.

Aus der Feder des 17. Earls of Oxford, ganz richtig. Keine Sorge, ich kann es beweisen. Das heißt, ich *könnte* es, zwänge man mich dazu. Dumm nur, dass es sich nicht um jemand x-Beliebigen, sondern um meinen eigenen Vater handelt.

Kurz und gut, es wäre mir ein Leichtes, Shakespeare vor aller Welt bloßzustellen. Meinem hochwohlgeborenen Herrn Vater, so steht zu befürchten, würde ich damit jedoch einen Bärendienst erweisen. Wie das? Ganz einfach. Da ihm das Geld nur so zwischen den Fingern zerrinnt und er darüber hinaus keine Gelegenheit verstreichen lässt, um den Appetit der Hofschranzen nach Skandalgeschichten zu stillen, hängt sein Wohl und Wehe von der Gunst der Königin ab. Insofern geht es ihm wie den meisten Herren von Stand, die um die Gunst gekrönter Häupter buhlen. Was seine Lage allerdings so prekär, um nicht zu sagen besorgniserregend macht, hat jedoch andere Gründe. Zum einen, das sei an dieser Stelle nicht verschwiegen, steht er bei der Königin in der Kreide. Tiefer als manch anderer, wenn man den Gerüchten Glauben schenken kann. Andererseits darf um keinen Preis der Welt publik werden, dass sich der Lord Chamberlain Ihrer Majestät herablässt, Stücke für ein im Amüsierviertel gelegenes Theater zu schreiben. Hoftheater ja, dafür ist die Königin jederzeit zu haben. Aber Volkstheater, dazu bestimmt, Handwerksburschen, Dienstmägde oder Fischverkäuferinnen bei Laune zu halten? Nein, und abermals nein. Käme heraus, was nicht publik werden darf, wäre Edward de Vere, 17. Earl of Oxford, ein toter Mann, im übertragenen und unter Umständen auch im wortwörtlichen Sinn.

Und darum heißt es schweigen, wider besseres Wissen und trotz der Tatsache, dass sich mein Erzeuger nicht mehr blicken lässt. Wenn ein Gentleman sein Wort gibt, dann muss er es auch halten, daran führt kein Weg vorbei.

»Vom Feinsten, sagst du?«

»Aber klar doch!«, beteuerte der Rotschopf, von auffälliger Blässe, über die das buntscheckige Wams nicht hinwegtäuschen konnte. »Ich versichere Euch, Ihr werdet es nicht bereuen.«

»Und wenn doch?«, antwortete ich und warf einen Blick auf das Flugblatt, auf dem für eine Aufführung der Lord Chamberlain's Men geworben wurde. ›König Richard II., von William Shakespeare‹, stand da schwarz auf weiß zu lesen, für mich eine Provokation erster Güte, die meine Selbstbeherrschung auf eine harte Probe stellte. ›Beginn: neunte Stunde. Ort: Globe Theater in Southwark.‹ Es folgte die Liste der Schauspieler, unter ihnen – na, wer wohl? – der angebliche Poet.

»Wer garantiert dir, dass das Stück ankommen wird? Noch dazu bei dieser Kälte?«

»Ihr wisst doch, Herr«, versicherte der Rotschopf, von den Fähigkeiten des vermeintlichen Genies restlos überzeugt, »alles, was Shakespeare anpackt, verwandelt sich in Gold.«

»Na, wenn du dich da mal nicht irrst«, murmelte ich, besann mich jedoch umgehend eines Besseren. Ich war einfach nicht in der Stimmung, mich auf fruchtlose Debatten einzulassen, allein schon deswegen, weil die Kälte meinen Tatendrang bremste. »Konkurrenz gibt es ja wohl genug.«

»Aber niemanden, der es mit Will aufnehmen kann«, tat der Flugblattverteiler kategorisch kund, trat bis auf Armlänge an mich heran und nuschelte: »Oder kennt Ihr jemand Besseren?«

»Sag bloß, du verstehst etwas von Literatur«, raunzte ich, auf dem besten Weg, die heile Welt des Rotschopfs zu zerstören. Das war natürlich nicht nett – und eines Gentleman nicht würdig. Darum besann ich mich, tätschelte meinem Gegenüber die Schulter und machte Anstalten, meinen Weg fortzusetzen. An einem Disput, wenngleich er sich um Literatur drehte, war mir nicht gelegen, schon gar nicht in einem Moment, wo es wie aus Kübeln zu schneien begann. Außerdem hatte ich vor, noch einen Blick ins Innere von St Paul's zu werfen, nicht etwa aus Frömmigkeit, sondern weil dort Bücher feilgeboten wurden. »Nichts für ungut, aber die Geschmäcker sind nun einmal verschieden.«

Der Rotschopf nahm es mit Gelassenheit, lüpfte seine Filzkappe und verschwand so schnell, wie er aufgetaucht war. Ich dagegen verlor keine Zeit und steuerte auf das Tor zu, durch das man auf den weiträumigen Kirchhof gelangte. Wie bei anderen Kathedralen ist auch dieser von einer mehrere Fuß hohen Mauer umschlossen, sichtbares Zeichen, dass hier andere Gepflogenheiten herrschen. Dass um Kirchenasyl Bittenden kein Haar gekrümmt werden darf, gilt als ungeschriebenes Gesetz, und wem der Sinn nach Neuigkeiten steht, der begebe sich zum St Paul's Cross, einer überdachten Kanzel im Nordosten des Kathedralbezirks. Einfach alles, was von Belang ist, wird von oben herab unters Volk gestreut, angefangen mit Ankündigungen von Festivitäten bis hin zu Vorsichtsmaßnahmen gegen Seuchen oder drohende Überschwemmungen, Nachrichten aus Übersee eingeschlossen. Hin und wieder kommt es jedoch zu unrühmlichen Szenen, unter anderem, wenn missliebige Bücher ins Feuer wandern. Mehr als 5.000 Zuschauer finden hier Platz, annähernd doppelt so viel wie in einem Theater. Bei Predigten, das sei der Ehrlichkeit halber bemerkt, hält sich das Interesse jedoch in Grenzen, kein Wunder, wenn man bedenkt, in welchem Licht die vermeintlichen Diener Gottes erscheinen.

Drücken wir es einmal so aus: Die Popularität des Klerus lässt zu wünschen übrig. Trotz Loslösung von Rom raffen die Oberhirten immer noch zusammen, was nicht niet- und nagelfest ist, an ihrer Spitze der Erzbischof von Canterbury, per definitionem Oberhaupt der Anglikanischen Kirche, in Wahrheit jedoch der verlängerte Arm der Königin, der zu allem Ja und Amen sagt, was ihm eingetrichtert wird. Insofern trifft das Sprichwort, eine Krähe hacke der andern kein Auge aus, den Nagel auf den Kopf. Und was für den Erzbischof gilt, trifft auch für den Rest der hohen Geistlichkeit zu. Im Gegensatz zu unserem Herrn, der es mit den Armen und Schwachen hielt, ist ihr Reich eindeutig von dieser Welt, Gebot der Nächstenliebe hin oder her.

Nirgendwo wird dies deutlicher als bei einem Besuch von St Paul's, und nirgends augenfälliger, wie tief die Geistlichkeit gesunken ist. Müsste Jesus hier für Ordnung sorgen, hätte er viel zu tun, mehr als weiland im Tempel, wo er die Tische der Geldwechsler umstürzte. Verglichen mit den Szenen, die sich im Inneren der Kathedrale abspielen, ging es in Jerusalem eher beschaulich zu, davon kann man getrost ausgehen. Man kann es drehen und wenden, wie man will, St Paul's ist längst nicht mehr das, was es einmal war. Vor 20 Jahren, als ich Großvater bei der Arbeit zusah, hielt sich der Trubel noch einigermaßen in Grenzen. Heutzutage, wo man sich wie auf einem Jahrmarkt vorkommt, kann davon jedoch keine Rede mehr sein. Mit einem Ort stiller Einkehr, das sei in aller Deutlichkeit vermerkt, hatte die Kathedrale ebenso wenig zu tun wie ein Nonnenkonvent mit einem Freudenhaus. Dass sich hier allerlei Gesindel herumtreibt, ist schon schlimm genug. Aber ob es unbedingt sein muss, dass Grabmonumente zu Ladentheken umfunktioniert werden, wage ich füglich zu bezweifeln. Neben den allgegenwärtigen Geldwechslern, welche bereits den Zorn des Herrn erweckten, ist die Kirche zu einem Tummelplatz von Taschendieben, Losverkäufern und Weibspersonen geworden, die sich nicht scheuen, wildfremde Männer anzusprechen. Mit welcher Absicht, brauche ich nicht weiter auszuführen.

Gehandelt wird hier mit allem, was sich in klingende Münze verwandeln lässt, so auch mit frisch gebackenen Pasteten, für die astronomische Preise gefordert werden. Astronomisch, um nicht zu sagen jenseits von Gut und Böse, sind bedauerlicherweise auch die Summen, die man für den Erwerb von Devotionalien berappen muss. Wer glaubt, der Tanz ums Goldene Kalb sei nach dem Bruch mit dem Papst beendet gewesen, der irrt – und zwar gewaltig. Wohin man auch blickt, in welchen Winkel man seine Schritte auch lenkt, wohin die wenigen Gläubigen sich auch flüchten, das Feilschen, Handeln, Schachern,

Schubsen, Drängeln und frivole Kichern der Hübschlerinnen ist allgegenwärtig, eine Schande für die sogenannten Diener Gottes – und ein Ärgernis, das in London seinesgleichen sucht.

»Da seid Ihr ja, Master Percival – ich dachte schon, Ihr wärt verschollen!«

Nicht einmal hier hatte man seine Ruhe, es war wirklich zum Verzweifeln. »Das nun nicht gerade, Joscelyn«, gab ich stirnrunzelnd zurück, Auge in Auge mit dem Assistenten des Chief Coroner, der mich an einem Bücherstand im Querschiff aufgestöbert hatte. »Was liegt an?«

Joscelyn, ein dienstbeflissener, wenngleich unerfahrener Medizinstudent mit blassem Teint, blieb die Antwort auf meine Frage nicht schuldig. »Master O'Reilly lässt Euch bitten, ihn umgehend aufzusuchen. Euch sei bestimmt langweilig, meinte er, und da Ihr vermutlich nicht wüsstet, wie Ihr die Zeit totschlagen …«

»Langweilig?« Das sah meinem Freund Brendan ähnlich, immer einen Scherz auf den Lippen. Oder einen Seitenhieb, je nachdem, in welcher Verfassung er war. »Da hört ja wohl alles auf. Richte dem Chief Coroner aus, ich müsse an einer Sitzung in der Anwaltskammer … Sag mal, wie hast du mich denn eigentlich gefunden?«

Außer Atem vor Aufregung, rang der spitzgesichtige Famulus nach Worten. »Eure Haushälterin war so gut, mir weiterzuhelfen. Wenn ich Euch ausfindig machen könne, dann hier, hat sie gesagt.«

Margie, ich hätte es mir denken können. Mein Verdacht, sie sei im Besitz von übersinnlichen Kräften, war in der Tat nicht von der Hand zu weisen. »Na schön, Joscelyn, worum dreht es sich?«

»Um den Mord an einem jungen Mann«, beeilte sich das Jungsemester mit dem sorgsam gehegten Flaumbart zu sagen, von jetzt auf nachher todernst, was mich unvermittelt aufhorchen ließ. »Macht Euch auf etwas gefasst, Master Percival, ein Anblick wie bei diesem Leichnam vergisst man nie!«

Etwas ist faul im Staate Dänemarks.

Something is rotten in the state of Denmark.

Hamlet I,4

ZWEITES BUCH

Ich schaue zu und schweige.

Video et taceo.

Königin Elizabeth I. von England (1533–1603)

IX
OBDUCTIO (I)

Zeitpunkt der Niederschrift: 7. Februar 1601, gegen Ende der vierten Stunde

[10.10 h]

Causa: Leichenfund vom 6. Februar 1601

Verfasser des Obduktionsberichts: Brendan O'Reilly, Chief Coroner und Wundarzt am St Bartholomew's Hospital

Name des Toten: Stuart Brannigan, vermisst gemeldet am Freitag, 6. Februar 1601

Alter: laut vorliegenden Angaben 17 Jahre

Beruf: unbekannt

Todesursache: Erdrosseln (Abdrücke am Hals, die auf die Benutzung einer Drahtschlinge bzw. einer Schnur schließen lassen)

Nota bene: Geschlecht mithilfe eines scharfkantigen Gegenstandes (Parierdolch?) abgetrennt und dem Mordopfer in die Mundhöhle gestopft

Körpergröße: fünf Fuß und acht Inches

Farbe der Augen: hellblau

Haarfarbe: ursprünglich schwarz, jedoch zinnoberrot gefärbt

Gewicht: knapp 120 Pfund, schlanker bzw. fragiler Körperbau

Besondere Kennzeichen: goldener Ring im linken Ohr, darüber hinaus auffallend teure Gewandung, so ein mit Silberfäden durchwirktes schwarzes Wams mit dem aufgenähten Wappen des 2. Earls of Essex auf der linken Brusthälfte; Aufschrift des Spruchbandes: Honi soit qui mal y pense (Ein Schuft, der Böses dabei denkt)

Nota bene: mit Ausnahme des zinnoberrot gefärbten Haarschopfes und einem rudimentären Wuchs im Achselbereich weist das Mordopfer keinerlei Körperbehaarung auf

Gez. Brendan O'Reilly, Leitender Leichenbeschauer der City of London

X

DIARIUM (IV)

Zeitpunkt der Niederschrift: 25. Februar 1601, eine Stunde nach Mitternacht

[01.10 h]

»NICHT GERADE DIE FEINE ART, hab ich recht, schöner Jüngling?« Es gibt Tage, an denen ich über die Marotten meines Freundes Brendan hinwegsehe. Von einem Iren, der die Leidenschaft seiner Landsleute für derbe Späße teilt, ist man schließlich nichts Besseres gewohnt. Doch gibt es auch Tage, an denen die Eigenarten des Gerichtsmediziners überhandnehmen, so leid es mir tut, dies aussprechen zu müssen. Dann darf man sich nicht wundern, wenn Brendan Zwiesprache mit einem Toten hält, und sei es auch im Beisein eines Freundes, der für makabre Scherze nichts übrig hat.

Zugegeben, Leichenbeschauer sind eine spezielle Sorte Mensch, ich jedenfalls möchte nicht mit ihnen tauschen. Aber das entschuldigt nicht, dass Brendans Humor vor niemandem haltmacht. Ich finde, diesbezüglich gibt es Grenzen, vor allem bei der Obduktion eines Leichnams, bei dessen Anblick es einem den Magen umdreht. »Zuerst schnippeln sie dir dein Gemächte ab, dann servieren sie es dir zum Lunch. Und dann, als Krönung des Ganzen, legen sie dir eine Schlinge um den Kopf und ziehen sie zu.

Stück für Stück, Zoll um Zoll, so lange, bis dir die Luft wegbleibt.« Brendan atmete geräuschvoll aus. »Weißt du was, Clayton? Irgendwie hab ich das Gefühl, die haben es genossen, den armen Teufel zu Tode zu martern. Anders kann ich mir diese Barbarei nicht erklären. Sieht mir ganz danach aus, als ob da jemand eine Stinkwut auf unseren Adonis gehabt hätte. Fragt sich nur, weshalb.«

»Die? Heißt das, du gehst von mehreren Tätern aus?«

»Momentan gehe ich von gar nichts aus, Herr Anwalt«, gab der Chief Coroner mit nachdenklicher Miene zurück. »Ich weiß nur, dass der oder die Täter eine Rechnung mit ihm zu beglei… Wie hieß unser schöner Jüngling doch gleich?« Brendan warf einen Blick in die Unterlagen, auf denen das Stadtwappen von London zu erkennen war. »Genau, da haben wir's. Sein Name war Brannigan, Stuart Brannigan.«

»Na ja, immerhin etwas.«

Brendan schien meine Antwort nicht gehört zu haben. »Sagt jedenfalls der Einfaltspinsel von Chief Constable.«

Nichts schweißt bekanntlich mehr zusammen als gemeinsame Antipathien. Brendan und ich sind beileibe nicht immer einer Meinung, aber was unsere Einschätzung des Polizeichefs betrifft, liegen wir auf der gleichen Linie. Ich will es einmal so ausdrücken: Es gibt Amtsträger, die für Höheres geschaffen sind, und es gibt solche, die sich zu Höherem berufen fühlen. Sefton Fitzroy, Sohn eines schwerreichen Wollhändlers, gehört mit Sicherheit letzterer Spezies an, sprich: Er will partout nicht einsehen, dass er seine Position nur deshalb bekleidet, weil sein Vater beim Lord Mayor einen Felsbrocken im Brett hat. Das nenne ich Hybris, um einen eher schmeichelhaften Terminus zu gebrauchen.

»Ich muss doch sehr bitten, Chief Coroner, redet man so über einen Vorgesetzten?«

»Der kann mich mal, entweder waagrecht, senkrecht oder diagonal«, wetterte Brendan, ohne Hemmungen, wenn die Rede auf den obersten Ordnungshüter kam. »Ich verstehe nicht, wie man einen Hanswurst wie den auf den Sessel des Polizeichefs hieven kann. Das fällt doch dem Dümmsten auf, dass Fitzroy von Tuten und Blasen keine Ahnung hat.«

»Tja, mein Lieber, was soll ich sagen«, seufzte ich, kehrte die Handflächen nach oben und überlegte ernsthaft, ob ich nicht schleunigst das Weite suchen sollte. Der Odem, den der Leichnam verströmte, war kaum auszuhalten, und es fruchtete wenig, dass ich mein Unbehagen mit Ale betäubt hatte. »The higher they climb, the deeper they fall.«

»Amen!«, versetzte Brendan, ein wahrer Spötter vor dem Herrn, wenn es darum ging, dessen Diener mit Häme zu überziehen. »Möge ihn der Teu… äh … Möge der da oben Erbarmen mit uns haben, wollte ich sagen. Und den Constable so schnell wie möglich aus dem Verkehr ziehen.«

»Das war jetzt aber nun wirklich nicht nett, weißt du das?«

»Stimmt. Aber irgendwann muss selbst ich einmal Dampf ablassen.«

»Du meinst also, jemand hatte eine Rechnung mit ihm offen?«, versetzte ich, darauf bedacht, das Gespräch auf den Grund meines Hierseins zu lenken. »Eine Art Racheakt sozusagen?«

»Was denn sonst!«, polterte Brendan und hatte Mühe, sein aufbrausendes Naturell zu zügeln. »Sonst hätten sie ihm doch nicht den Schwanz abge…«

»Jetzt ist es aber genug, Brendan, das geht zu weit.« Brendan meint es nicht so, wie seine derbe Ausdrucksweise vermuten lässt, das muss ich fairerweise betonen. Tag für Tag dem Tod ins Auge blicken, das verkraften die wenigsten. Tag für Tag Leichen sezieren, in einem Kellergewölbe, an dem die Folterknechte der Inquisition ihre helle Freude hätten. Wasserleichen aus der Themse, ohne Augen, mit aufgedunsenen Gliedmaßen oder bis zur Unkenntlichkeit entstellt, die sterblichen Überreste von Vagabunden, für die sich außer dem Coroner so gut wie niemand interessiert, die Leichname von Bettlern, entdeckt in einem heruntergekommenen Hinterhof, wie es sie in London zu Hunderten gibt – das ist der Stoff, aus dem Albträume gewoben werden.

Doch damit nicht genug, bekanntlich trifft es nicht nur die Armen. Richtig interessant, um es zynisch zu formulieren, wird Brendans Arbeit immer dann, wenn Geld im Spiel ist, oder, in puncto Häufigkeit nahezu gleichauf, wenn Gott Amor seine Fäden spinnt. Um an anderer Leute Geld zu kommen, sind die Menschen extrem erfinderisch, das ist hinlänglich bekannt. Genauso erfinderisch respektive heimtückisch sind sie aber auch, wenn es gilt, Nebenbuhler aus dem Weg zu räumen. Unter anderem mit Gift, darauf hoffend, keine Spuren zu hinterlassen. Was das betrifft, haben die Übeltäter die Rechnung jedoch häufig ohne den Wirt – will heißen, ohne meinen Freund Brendan – gemacht. Wie vielen von ihnen er mittlerweile auf die Spur gekommen ist, kann ich zwar nicht sagen, doch steht fest, dass sein Ruf als Experte in Sachen Giftmord über jeden Zweifel erhaben ist. Zu meinem Bedauern gilt dies auch für seinen Ruf als Konsument von Starkbier, unter Kennern auch als Double-Double bekannt. Brendan ohne einen Humpen Ale in der Hand, das ist wie London ohne Tavernen, einfach unvorstellbar, zumindest in meinen Augen. »Du weißt genau, dass ich das auf den Tod nicht ausstehen kann.«

Die Hände auf der Kante des Seziertisches, murmelte Brendan etwas auf Gälisch, wohl wissend, dass ich des Idioms nicht mächtig war, richtete seinen massiven Oberkörper auf und bohrte hingebungsvoll im Ohr. »Jetzt mach dir nicht gleich ins Hemd, Percy, man wird doch wohl noch einen Witz reißen dürfen. Und leg nicht immer alles auf die Goldwaage, das hält man ja im Kopf nicht aus.«

»Wie oft muss ich dir eigentlich noch sagen, dass ...«

»Ich dich nicht andauernd Percy nennen soll?« Einen Kopf kleiner, im Hinblick auf sein Gewicht jedoch ein paar Dutzend Pfund schwerer als ich, stieß der bärtige, schwarzgelockte, breitschultrige und mit einem hitzigen Naturell gesegnete Spross des Earls of Tyrone das für ihn typische markerschütternde Lachen aus. »Keine Ahnung, hab nicht mitgezählt.«

»Was dagegen, wenn wir uns wieder auf die Arbeit konzentrieren? Mir steht nicht der Sinn danach, hier zu übernachten.«

»Du wirst lachen, mir auch nicht«, lenkte Brendan ein und beugte sich über den Seziertisch, die Arme vor der Brust verschränkt. »Je eher wir beim Lunch sitzen, desto lieber wäre es mir.«

»Wenn ich ehrlich bin, mir ist der Appetit vergangen.«

»Jetzt hab dich nicht so, ist doch nicht die erste Leiche, die du siehst, oder?«

Natürlich war dem nicht so, Brendan wusste das besser als jeder andere. Tote habe ich in meinem Leben genug gesehen, mehr als genug, um es pietätlos auszudrücken.

Allein während der Pestepidemien, von denen London immer wieder heimgesucht wird, wurde mir bewusst, dass wir alle nur ein Spielball des Schicksals sind. Hat man wie ich am eigenen Leib miterlebt, was es heißt, Mutter, Großvater und auch die geliebte Großmutter zu verlieren, dann gibt es nichts, was einen aus der Bahn werfen kann. Sagt Brendan. Ich dagegen behaupte, dass der Mensch nur ein bestimmtes Maß an Elend ertragen kann, aus welchem Holz er auch geschnitzt sein mag. Das Antlitz des Todes weist viele Facetten auf, und man lügt sich in die Tasche, wenn man glaubt, dagegen immun zu sein.

Je jünger die Mordopfer, desto intensiver der Schauder, der mich bei ihrem Anblick überkommt. An dieser Maxime gibt es nichts zu rütteln, am heutigen Tag mehr denn je. Ohne dies offen auszusprechen, in einem Punkt musste ich Brendan recht geben. Zu Lebzeiten war Stuart Brannigan ein schöner Mann – respektive ein auffallend gut aussehender Jüngling – gewesen. Für Außenstehende hört sich dies gewiss merkwürdig, wenn nicht gar anstößig an. Doch genügte ein Blick, um mich in meiner Meinung zu bestätigen. Allein schon die Kleidung, in erster Linie das mit Purpurfäden durchwirkte Wams, mutete exquisit, wenn nicht gar feminin an. Das galt auch für das mit Spitzen besetzte Rüschenhemd, nicht etwa weiß, wie man bei einem Mann vermuten würde, sondern von einer blassrosa Farbe. Und sündhaft teuer, das erkannte man auf den ersten Blick. Noch kostspieliger, so hatte es den Anschein, war die Weste aus weinrotem Samt, von den Pumphosen aus dunklem Brokat nicht zu reden. Dass Brannigan darüber hinaus Seidenstrümpfe und Lederstiefel mit silbernen Schnallen trug, verstand sich beinahe von selbst. Unter den Kleidungsstücken, die Brendan fein säuberlich sortiert und auf einem Beistelltisch platziert hatte, befand sich zwar keine Halskrause, aber das fiel angesichts der erlesenen Garderobe nicht auf.

Am auffälligsten, um nicht zu sagen befremdlichsten, stachen jedoch die körperlichen Merkmale des Toten hervor. Ob man es angemessen findet oder nicht, das Wort »feminin« trifft meines Erachtens den Nagel auf den Kopf. Brannigan war schlank, beinahe zart – und seine Haut so weiß, dass sich der Eindruck aufdrängte, der Körper des 17-Jährigen sei in Marmor gehauen worden. Ein Eindruck, der sich angesichts der fehlenden Körperbehaarung noch verstärkte.

Es gibt Dinge, die muss man nicht verstehen, und man tut gut daran, nicht allzu viel über die Abgründe der menschlichen Seele nachzudenken. An diese Maxime habe ich mich stets gehalten, zumindest bis ich mich eingehender mit dem Fall beschäftigte. Einstweilen nur so viel: Nie und nimmer hätte ich gedacht, dass ein vergleichsweise junger Mensch so tief sinken könnte. Was das betrifft, bin ich um einiges schlauer geworden, doch darüber später mehr.

Ich hätte vorausahnen können, auf was ich mich einlasse, spätestens dann, als ich einen Blick auf den malträtierten Leichnam warf. Ich hätte wissen müssen, was ich im Grunde längst wusste, nämlich dass sich die Verderbtheit hinter die Maske der Eleganz zu flüchten pflegt. Ob Jüngling oder Mann in den besten Jahren, ob Tagelöhner oder Peer von England, ob zarte Maid oder Hagestolz, Vagant oder Ratsherr, Analphabet oder Dichter, der Kriminelle schlummert in jedem von uns. Wann und unter welchen Bedingungen er zum Vorschein kommt, steht dagegen auf einem anderen Blatt. Sehr häufig hängt der

Werdegang eines Menschen und dessen Wohl und Wehe von den Umständen seiner Geburt ab, daran hege ich nicht den geringsten Zweifel. Drücken wir es einmal so aus: Obwohl ich in bescheidenen Verhältnissen aufwuchs, hatte ich das Glück, meinen Traumberuf ergreifen zu können. Brannigan dagegen hatte weniger Fortune besessen, erheblich weniger, um es akkurat zu formulieren. Das soll keine Rechtfertigung sein, vor allem nicht für das, was der jugendliche Apoll auf sein Gewissen nehmen musste. In einem Punkt bin ich mir jedoch sicher, nämlich darin, dass der Gemeuchelte kaum Chancen besaß, sein Leben in geordnete Bahnen zu lenken. Und dass der Weg, den er beschritt, unweigerlich an den Rand des Abgrunds geführt hatte.

»Geld hat er anscheinend gehabt, sonst hätte er sich den Klunker da nicht leisten können«, murmelte Brendan mit Blick auf den Ring, der das linke Ohr des Jünglings zierte. »Begütert müsste man sein, ich finde, das beruhigt ungemein.«

»Oder einen Gönner haben, der über das nötige Kleingeld verfügt«, fügte ich hinzu, ohne mir sonderlich viel dabei zu denken.

Umso überraschender dann die Reaktion, die Brendan mir gegenüber an den Tag legte: »Na, du bist mir vielleicht einer!«, rief der Coroner mit mildem Spott in der Stimme aus. »Auf die Idee wäre ich wirklich nicht gekommen.«

»Auf welche Idee denn?«

»Na darauf, dass ... dass er ... Tja, wie drücke ich mich jetzt bloß aus?«

»Grins nicht so dämlich!«, fuhr ich Brendan an, bei dem der Rüffel keinerlei Wirkung erzeugte. »Mir ist momentan wirklich nicht nach Scherzen zumute.«

»Mir auch nicht, ob du es glaubst oder nicht.«

»Dann sprich dich aus, ich bin kein Hellseher«, gab ich zurück, warf einen abermaligen Blick auf den Leichnam, stutzte – und begriff, was es mit Brendans Anspielung auf sich hatte. »Und du hältst es wirklich für möglich, dass er …«, fuhr ich nach kurzem Nachdenken fort, nur um mitten im Satz zu verstummen.

Ein Versäumnis, das Brendan nur zu gern wettmachte. »Dass er eine Venus im Adamskostüm war?«, vollendete der Coroner, nicht ohne mir einen verschmitzten Seitenblick zuzuwerfen. So war mein Freund nun einmal. Jederzeit und an jedem Ort zu Scherzen aufgelegt – auch dann, wenn einem das Lachen längst vergangen war. »Je länger ich darüber nachdenke, umso wahrscheinlicher kommt es mir vor.« Brendan ließ den Blick auf dem Toten ruhen. »Ring im Ohr, zinnoberrot gefärbtes Haar, Haut so weiß wie frisch gebrannter Kalk, kahl geschoren wie ein Widder, ausgezupfte Augenbrauen, die mit Tusche nachgezogen werden: Also, wenn der nicht vom andern Ufer war, dann will ich Papst Clemens VIII. heißen.«

»Dein Hang zu unpassenden Vergleichen in allen Ehren«, hielt ich mit der Andeutung eines Kopfschüttelns dagegen, der Verzweiflung nah, was Brendans Ausdrucksweise betraf. Der Ire in ihm hatte wieder einmal die Oberhand gewonnen, trotz englischer Mutter, deren Ermahnungen anscheinend wirkungslos verpufft waren. »Aber meinst du nicht, das ist ein bisschen weit hergeholt?«

»Wieso?«

»Ein Bediensteter im Hause Essex, welcher der Päderastie huldigt, so etwas spricht sich doch herum.«

»Und wenn schon, wen kümmert's.«

Ich stutzte. »Was willst du damit sagen?«

»Dass es die sogenannten feinen Leute oft schlimmer treiben, als man denkt.«

»Essex ein Päderast?«, rief ich überrascht aus, so laut, dass es von den Backsteinwänden des Gewölbes widerhallte. »Das meinst du doch nicht im Ernst, oder?«

»Sagen wir mal so, es würde mich nicht überraschen«, gab Brendan stirnrunzelnd zurück, griff nach einer Korbflasche, die er neben dem Tischbein zu seiner Rechten deponiert hatte, und tönte: »Ob Essex, der Earl of Southampton oder wer auch immer, die da oben sind doch alle gleich.«

»Darf ich dich daran erinnern, dass du ein Sohn des …«

»Natürlich darfst du mich daran erinnern, dass mein Hurenbock von Vater den Titel eines Grafen von Tyrone trug und alles im Umkreis von 50 Meilen geschwängert hat, was nur annähernd nach Frau aussah«, grollte Brendan, Spross aus einer der zahllosen Romanzen seines Erzeugers, der das Glück gehabt hatte, als dessen Fleisch und Blut anerkannt zu werden. »Zu deiner Information: Ich habe mir den alten Schwerenöter von Vater nicht ausgesucht.«

»Essex ist ein Favorit der Königin, vergiss das nicht.«

»*War*. Das korrekte Tempus, wenn ich bitten darf.«

»An dir ist ein Dorfschulmeister verloren gegangen, weißt du das?« Brendan hatte recht. Alle Anzeichen deuteten darauf hin, dass sich die Karriere des einstigen Günstlings der Königin dem Ende zuneigte. Robert Devereux, 2. Earl of Essex, hatte den Bogen überspannt und im Rennen um die Gunst der Königin den Kürzeren gezogen. Für Skandale war der Nachfahre normannischer Invasoren immer gut gewesen, doch was er sich vor knapp eineinhalb Jahren geleistet hatte, konnte man beim besten Willen nicht als Fauxpas abtun. Unter Missachtung einer königlichen Order hatte Devereux einen Waffenstillstand mit den irischen Rebellen abgeschlossen und obendrein die Kühnheit besessen, den Ort des Geschehens Richtung Heimat zu verlassen. Und das gegen den ausdrücklichen Wunsch Elizabeths, die dafür sorgte, dass der in Ungnade gefallene Favorit unter Hausarrest gestellt wurde. Die Aktien des Enfant terrible standen somit schlecht, wie schlecht, sollte mir binnen Tagesfrist vor Augen geführt werden. »Können wir jetzt weitermachen, oder wolltest du noch etwas zum Besten geben?«

»Man wird doch wohl seine Meinung sagen dürfen, oder?« Brendan nahm einen Schluck aus der Flasche, über deren Inhalt ich mir keine Illusionen machte, stopfte den Korken in den Hals zurück und murrte: »Na schön, kommen wir auf den Punkt. Laut Angaben des Chief Constable wurde der Leichnam am gestrigen Abend kurz vor Sonnenuntergang in einer Abfallgrube am Houndsditch entdeckt.«

»Und von wem?«

»Augenblick, haben wir gleich.« Der Coroner stellte die Flasche ab und blätterte seine Unterlagen durch, die sich auf einem Stehpult an der Schmalseite des Raumes befanden. Im Licht der Fackeln, die in zylinderförmigen Eisenbehältern steckten, sah seine Gestalt wie diejenige eines Kobolds aus einer der zahllosen irischen Märchenerzählungen aus. »Brad Tennyson, wohnhaft in St Martin Ludgate, von Beruf Müllkärrner, wie sich der geneigte Zuhörer denken kann.«

»Du sagtest, Brannigan sei als vermisst gemeldet gewesen?«

Brendan nickte. »Den Akten zufolge von seiner Schwester, 23 Jahre, wohnhaft in St Bartholomew by the Royal Exchange.«

»Name?«

»Eileen.«

»Und wie sieht's mit seinen Eltern aus?«

Brendan zuckte die Achseln. »Keine Ahnung, von Eltern ist hier nirgendwo die Rede.«

»Merkwürdig.«

»Ich weiß nicht, was daran merkwürdig sein soll. Gerade du müsstest es doch besser wissen, oder?« Brendan blitzte mich mit hochgezogenen Brauen an. »Beziehungsweise *wir*, um es korrekt auszudrücken. Ziemlich dürftig, was hier steht, da muss ich dir leider recht geben.«

»Typisch Fitzroy«, seufzte ich, kurzzeitig in Versuchung, mich am Inhalt der Korbflasche zu laben. Allein, die Vernunft behielt die Oberhand, ein Befund, der sich im Verlauf des Tages ändern sollte. »Von nichts eine Ahnung, nicht einmal von den einfachsten Dingen. Und so jemand ist Polizeichef, das darf doch wohl nicht wahr sein. Höchste Zeit, dass dieser Dilettant nach einer anderen Betätigung Ausschau …«

»Typisch wer?«

Um festzustellen, wer in meine Philippika hineingeplatzt war, musste ich mich nicht umdrehen. Ich wusste es auch so, dank der Falsettstimme, die den Neuankömmling unverwechselbar machte. Und was für das in meinen Ohren wie ein rostiges Türschloss klingende Sprechorgan galt, das galt auch für seinen Besitzer, auf den ich fast ebenso schlecht zu sprechen war wie auf die Steuereintreiber Ihrer Majestät.

»Was erlaubt Ihr Euch eigentlich, Percival, das ist ja unerhört!«

»Und wer erlaubt Euch, hier einfach so reinzuplatzen?«, fuhr Brendan den konsternierten Polizeichef an, in Begleitung von zwei Wachtmeistern, die am Fuß der Treppenflucht Aufstellung nahmen. »Wir sind hier nicht auf dem Revier, merkt Euch das!«

»Stellt Euch vor, O'Reilly, das habe ich auch schon gemerkt.« Um ganz ehrlich zu sein, die Falsettstimme war nicht das Einzige, was mich an Sefton Fitzroy störte. Damit stelle ich mir natürlich kein gutes Zeugnis aus, dessen bin ich mir voll und ganz bewusst. Ein Gentleman sollte sich nicht von seinen Emotionen leiten lassen, sondern im Gegenteil ruhig Blut bewahren. Ein kühler Kopf ist allemal mehr wert als ein heißes Herz, auch dann, wenn er es mit einer Kanaille wie Fitzroy zu tun hat. »Gemütlich hier drunten, wie geschaffen für Leute wie Euch.«

»Spart Euch das dämliche Gefasel. Weswegen seid Ihr hier?«

Es gibt Situationen, in denen ich froh bin, wenn ich ein Auge auf Brendan haben kann. Und sei es nur, um ihn vor schwerwiegenden Fehlern zu bewahren.

»Was erlaubt Ihr Euch eigentlich, O'Reilly, das ist ja unerhört!«, giftete der Polizeichef und warf mir einen Seitenblick zu, der vor Geringschätzung nur so strotzte. »Nicht in diesem Ton, haben wir uns verstanden?«

»Vollkommen, Chief Constable«, mischte ich mich ein, und sei es nur, um Brendan den Wind aus den Segeln zu nehmen. »Was führt Euch hierher, wenn man fragen darf?«

»Ich wüsste nicht, was das Euch anginge, Percival.« Ich muss zugeben, der Gentleman in mir ist nicht allgegenwärtig. Ich verrate es zwar ungern, aber was meine geheiligten Prinzipien betrifft, stoße ich im Umgang mit Zeitgenossen wie Fitzroy an meine Grenzen. Ich konnte und kann diesen aufgeblasenen Popanz nicht ausstehen, und das hat natürlich seinen Grund. Nicht etwa, dass Fitzroy auf den

Mund gefallen wäre. Das ist nun wirklich nicht der Fall. Der Chief Constable gehört nämlich zu den Zeitgenossen, die imstande sind, schier endlos über jedes Thema zu schwadronieren. Das Problem ist nur, dass er seine Schwafeleien nicht mit Inhalt füllt. Und dass er seinen Reden keinerlei Taten folgen lässt, auch dann nicht, wenn es gilt, der Kriminalität den Kampf anzusagen.

»Was habt Ihr eigentlich hier zu suchen, Percival, Euch ist doch nicht etwa langweilig?«

»Keineswegs, Chief Constable.« Fitzroy war nur knapp fünf Fuß groß, reichte mir nicht einmal bis zum Kinn. Das kam erschwerend hinzu. Je kleiner, desto gemeiner, pflegt Margie in solchen Fällen zu sagen. Eine grobe Verallgemeinerung, in Bezug auf Fitzroy jedoch ein Fazit, wie es treffender nicht formuliert werden könnte. »In puncto Beschäftigung kann ich wirklich nicht klagen.«

»Freut mich zu hören, nach allem, was mir über Eure Klienten zu Ohren gekommen ist.« Falsettstimme, ovales Gesicht ohne besondere Kennzeichen, schütteres Haar, mausgraue Augen, abstehende Ohren, Lippen wie ein Strich. Und so weiter, und so fort. Die Liste der negativen Prädikate, die mir bei der Beschreibung von Fitzroy in den Sinn kommen, ist lang, zu lang, um sie an dieser Stelle auszubreiten. Vielleicht ist auch das der Grund, weshalb der Polizeichef großen Wert auf eine teure Garderobe legt, angefangen bei seinem Barett aus dunkelblauem Brokat, in dem eine bunt schillernde Pfauenfeder steckte. Die Halskrause, frischt gestärkt, versteht sich, selbstverständlich nicht zu vergessen. »Passt auf, sonst geratet Ihr in schlechte Gesellschaft.«

»Zu spät«, versetzte Brendan und bohrte den Blick so tief in Fitzroys Gesicht, dass ihm die Pointe seiner Replik nicht entgehen konnte. »Ihr wisst doch, Chief Constable, Verwandte, Vorgesetzte und Hüter der öffentlichen Ordnung kann man sich nicht aussuchen.« Der Coroner setzte ein süffisantes Grinsen auf. »Aber lassen wir das. Was führt Euch zu mir?«

Der Chief Constable verzog keine Miene. »Sagen wir mal so, *Master* O'Reilly«, begann er, die Stimme so indifferent, dass ich nicht umhin kam, Schlimmes zu befürchten. Eine Annahme, die binnen Kurzem Realität werden sollte. »Ich bin gekommen, um Euch unnötige Verrichtungen zu ersparen.«

»Ihr rührt mich zu Tränen, Chief Constable.«

»Das heißt, ich erteile Euch hiermit die Weisung, die Nachforschungen im Fall Brannigan auf der Stelle zu beenden.«

»Wie bitte, Ihr seid wohl nicht ganz bei …«

»Des Weiteren«, fuhr Fitzroy mit schneidender Stimme dazwischen, während sein Chamäleonblick durch das spärlich erleuchtete Kellergewölbe wanderte, »des Weiteren werdet Ihr mir das Obduktionsprotokoll und alle – ich betone: alle! – Unterlagen aushändigen, die sich mit dem Fall befassen.«

»Auf wessen Befehl?«

»Auf Befehl einer hochgestellten Persönlichkeit, Herr Anwalt«, zischte Fitzroy mit zusammengekniffenen Brauen. »Und wenn wir gerade dabei sind: Sollte mir zu Ohren kommen, dass Ihr auch nur ein Wort über den Kasus verlauten lasst, werdet Ihr Euer Domizil mit einer Kerkerzelle im Tower vertauschen müssen. Haben wir uns verstanden, Percival? Und was Euch betrifft, Chief Coroner«, fügte der Polizeichef mit maliziösem Augenaufschlag hinzu, »Ihr werdet tun, wie Euch befohlen wurde, sonst bekommt Ihr es mit mir zu tun. Ach so, bevor ich es vergesse: Der Leichnam ist konfisziert, das versteht sich ja wohl von selbst.«

»Einen Scheißdreck ist er.«

»Wie meinen?«

»Ich meinte, ich denke nicht daran, Euch den Leichnam auszuhändigen – und wenn Ihr Euch auf den Kopf stellt.«

»Das ist ja …«, japste der Polizeichef und rang nach Luft, bevor er weitersprach. »Das ist ja wohl die Höhe! Ihr wagt es, einem Vertreter des Gesetzes zu widersprechen?«

»Zu Eurer Information, *Herr* Polizeichef: Wir beide, Ihr und ich, unterstehen dem Lord Mayor von London. Kurz und gut, Ihr seid nicht mein Vorgesetzter.«

»Was soll das heißen?«

»Dass *ich* hier das Sagen habe und nicht etwa Ihr, geht das jetzt endlich in Euren Bürokratenschädel rein?«

Brendan, wie er leibt und lebt. Einmal in Fahrt, war er einfach nicht zu stoppen.

»Ich hoffe, Ihr seid Euch über die Folgen Eures Tuns bewusst, O'Reilly. Wenn nicht, werdet Ihr sie früher zu spüren bekommen, als Euch lieb ist.«

»Ich zähle jetzt bis drei, Fitzroy«, schäumte Brendan und ignorierte die beschwichtigende Geste, die ich mit meinen Händen machte. »Wenn Ihr Euch bis dahin nicht verpisst habt, werdet Ihr erleben, was passiert, wenn man mit einem Iren über Kreuz gerät. Darauf wollen wir es doch nicht ankommen lassen, oder?«

XI
CONFESSIO (III)

Zeitpunkt der Niederschrift: 25. Februar 1601, eineinhalb Stunden nach Mitternacht

[01.45 h]

ICH WAR 18, als ich zum ersten Mal in den Krieg zog. Wieder einmal ging es gegen die Spanier, zur Abwechslung nicht auf hoher See wie während des Angriffs der Spanischen Armada. Die Stadt, vor deren Toren ich meine Feuertaufe empfing, hieß Zutphen, im Besitz des Königs von Spanien, der die protestantischen Niederlande mit Krieg überzog. Der Befehl lautete, unseren Verbündeten Beistand zu leisten, eine Order mit Hintergedanken, wie man sich unschwer ausmalen kann. Der Feind unseres Todfeindes war automatisch unser Freund, so gering die Sympathien gegenüber unseren Mitstreitern auch waren. Der Calvinismus niederländischer Prägung ist nun einmal nicht jedermanns Sache, wehe dem, der in die Fänge dieser Eiferer gerät. Nichtsdestotrotz ziemte es sich nicht, wählerisch zu sein, Hauptsache, die Spanier wurden in die Schranken gewiesen. Nichts bereitet einem Engländer mehr Freude, als ihnen ein Bein zu stellen, und nichts ist mehr dazu angetan, die Königin mit einem Glorienschein zu umgeben.

Von einer Ruhmestat, das betone ich in aller Deutlichkeit, konnte jedoch nicht die Rede sein. Das war auch nicht der Punkt. Für mich, gerade einmal 18 Jahre alt, ging es nur ums eins. Ich wollte erkunden, was es heißt, wenn man die Kräfte mit denjenigen der erklärten Feinde misst, wie es sich anfühlt, wenn man mitten Schlachtgetümmel steckt. Umgeben von waffenstarrenden Widersachern, die nur eins im Sinn haben, nämlich einem den Degen so tief wie möglich in den Leib zu rammen.

Ich weiß, es hört sich makaber an, aber was meine Jugendfantasien betrifft, wurde ich nicht enttäuscht. Egal wie man dazu steht, mit dem Geplänkel während meiner Fechtstunden oder den Turnieren in Whitehall konnte man das Gefecht bei Zutphen nicht vergleichen. Dies hier war blutiger Ernst, im wahrsten Sinn des Wortes, das Lanzenstechen unter den Augen der Königin nichts dagegen. In Szene gesetzt, um den Hofschranzen etwas zum Gaffen zu geben.

Am Morgen des 21. September 1586 konnte davon keine Rede sein. Die Belagerung von Zutphen hatte gerade erst begonnen, als uns die Nachricht erreichte, der Herzog von Parma rücke zu ihrem Entsatz heran. Es leuchtet ein, dass wir nichts unversucht lassen durften, um das Vorhaben zu vereiteln.

Komme, was mag, ohne Rücksicht auf unser aller Leib und Leben.

Zu meinem Leidwesen hatten wir die Rechnung ohne die Spanier gemacht. Anstelle der erwarteten 500 Bewaffneten tauchten nämlich fast zehn Mal so viele Soldaten aus dem Morgennebel auf, die Mehrheit zu Pferd und der Rest gepanzerte Infanterie, alles kampferprobte Söldner, unserer Streitmacht um ein Vielfaches überlegen. Mir persönlich, der ich nach Schlachtenruhm dürstete, war dies jedoch einerlei. Endlich war es so weit, endlich bekam ich Gelegenheit, mein Leben in die Dienste meines Vaterlands zu stellen.

Und so zögerten wir denn keinen Augenblick, den Konvoi zu attackieren. Der 2. Earl of Essex inmitten einer Rotte von Todesverächtern, die sich mit markerschütterndem Geschrei auf den Feind stürzten. So und nicht anders hatte ich mir das Dasein eines Edelmannes vorgestellt, wenngleich ich von Glück sagen konnte, dass ich das Scharmützel überlebte. Andere, so zum Beispiel Sir Philip Sidney, hatten weitaus weniger Glück, um es zurückhaltend zu formulieren. Sidney, ein Poet, wie es ihn so schnell nicht mehr geben wird, fiel einer Musketenkugel zum Opfer, andere wurden von den gegnerischen Panzerreitern in Stücke gehackt, wiederum andere, per exemplum meine Wenigkeit, mussten all ihr Können aufbieten, um den Attacken des Feindes zu trotzen. Nicht lange, und meine Lanze ging zu Bruch, und so blieb mir nichts weiter übrig, als zur Streitaxt zu greifen und mich so gut es ging meiner Haut zu erwehren. Wie es mir gelang, dies zu bewerkstelligen, weiß ich nicht mehr, doch mir war klar, dass mein Leben am seidenen Faden hing.

So sehr es mich schmerzt, dies zuzugeben, unsere Mission scheiterte kläglich. Sie scheiterte, weil unsere Kundschafter den Sold nicht wert waren, den sie bekamen, aber auch, weil Wagemut allein keine Schlacht gewinnt. Das war die Lektion, die ich vor Zutphen lernte, wenngleich auf schmerzliche, für immer im Gedächtnis haftende Weise.

Einerlei. Möglichkeiten, meinem Land zu dienen, gab es zuhauf. Aber nur eine, die mir das Gefühl gab, das Richtige zu tun. Das Kriegshandwerk war und blieb nun einmal meine Passion, allemal sinnvoller, als sich bei Hof zu Tode zu langweilen. Und so war ich stets zur Stelle, wenn es galt, die Feinde unseres Landes das Fürchten zu lehren, sei es vor Calais, um es vor dem Zugriff der Spanier zu bewahren, sei es vor Rouen, um es ihren Klauen zu entreißen. Der Krieg war mein Lebenselixier, und es gab nichts, das mich mehr anspornte, als das Leben in den Dienst meines Landes zu stellen.

Auf dem Schlachtfeld, insbesondere beim Kampf Mann gegen Mann, liegen Triumph und Tragödie oft nah beieinander. Das erfuhr ich am eigenen Leib, weitaus öfter, als mir lieb war. Das Glück ist nun einmal nicht jedem hold, der sein Leben in die Waagschale wirft, auch das musste ich notgedrungen lernen. Bei der Eroberung von Cádiz, das wir vor fünf Jahren im Handstreich nahmen, wich es mir jedoch nicht von der Seite. Selbst jetzt, kurz vor dem Aufbruch ins Land der Schatten, habe ich die Bilder vom Sturm auf die Stadtmauern klar vor Augen. Das Schwert fest in der Hand, bahnte ich mir den Weg durch die Reihen der Spanier, stürmte durch eine Bresche, die unsere Geschütze geschlagen hatten, und hieb jeden nieder, der sich mir in den Weg stellte. Nie werde ich den Kampflärm vergessen, der durch die verwinkelten Gassen der Stadt hallte, und niemals wieder habe ich ein Glücksgefühl verspürt, das sich mit demjenigen von damals messen kann.

Über das, was im Folgenden geschah, war ich jedoch alles andere als beglückt. Die Stunde der Marodeure war gekommen, und mich schaudert, wenn ich nur daran denke. Alles, was nicht niet- und nagelfest war, wechselte den Besitzer, als da wären Stühle, Kerzenleuchter, Ölkrüge aus Terracotta, Portweinfässer, kostbare Teppiche, Heiligenmedaillons, Silbergeschirr und vieles mehr. Doch damit nicht genug. Es gab Subjekte in unseren Reihen, die vor nichts zurückgeschreckt wären, nicht einmal davor, die

Ruhe der Toten zu stören. In ihrer Not waren die Einwohner von Cádiz nämlich auf die Idee verfallen, Juwelen, Perlen und allerlei Geschmeide in den Gräbern ihrer Ahnen zu verstecken. So lautete zumindest das Gerücht. Um Schlimmeres zu verhüten, erteilte ich deshalb den Befehl, Friedhöfe, Kirchen und Klöster dürften unter keinen Umständen angetastet werden. Auswüchse dieser Art wären einer zivilisierten Nation unwürdig gewesen, und ich hielt es für meine Pflicht, ihnen Einhalt zu gebieten.

Der Leser dieser Zeilen mag es glauben oder nicht, niemandem wurde ein Haar gekrümmt. Ich sage das in aller Entschiedenheit – und mit reinem Gewissen. Angefangen bei 1.500 Mönchen und Ordensfrauen, denen wir freien Abzug gewährten, bis hin zu den Bewohnern, beileibe keine Selbstverständlichkeit. Schade nur, dass uns der Herzog von Medina Sidonia durch die Lappen ging, ich hätte nur zu gern ein paar Takte mit ihm geredet.

Je höher der Aufstieg, desto tiefer fällt man. Nie hat das geflügelte Wort größere Gültigkeit besessen als in meinem Fall. Das ist nicht einfach so dahergesagt, ich meine es auch so. Und ich erkläre gern, wie diese Äußerung gemeint ist. Hier der glanzvolle Sieg von Cádiz, und dort das Fiasko, das ich zwei Jahre später in Irland erlitt. Eins vorweg, und das offen und ehrlich. Hätte ich 60.000 anstatt 16.000 Bewaffnete zur Verfügung gehabt, der Krieg wäre trotzdem verloren gegangen. Das ist keine billige Ausrede, sondern mein voller Ernst. Ich will es mal so ausdrücken, die Insurgenten waren uns in allen Belangen überlegen, in puncto Ortskenntnis, aber auch hinsichtlich des Kampfgeistes, der Hugh O'Neill und seine Mannen beflügelte. Folglich blieb mir nichts anderes übrig, als einen Waffenstillstand zu schließen, nicht etwa aus Feigheit, sondern um für Nachschub und ausgeruhte Mannschaften zu sorgen. Kaum verwunderlich, dass meine Widersacher die Gelegenheit nutzten, um mich bei der Königin in Misskredit zu bringen. Es versteht sich von selbst, dass ich nicht so töricht war, um die bevorstehende Kraftprobe außer Acht zu lassen. Und so verlor ich keine Zeit und schiffte mich am Morgen des 24. September 1599 ein, um auf schnellstem Weg nach London zurückzukehren. Allein, meine Rechtfertigungsversuche fruchteten nicht. Nichts bringt unsere Monarchin so sehr in Rage wie sinnlos verschleudertes Geld, dementsprechend kühl war der Empfang, der mir im Nonsuch Palace zuteilwurde. Die Königin auf einem erhöhten Polstersessel, daneben der Bucklige, siegesgewiss, selbstzufrieden und mit unverhohlener Schadenfreude im Gesicht. Bereit, mir den Todesstoß zu versetzen. Ich wusste, was die Stunde geschlagen hatte, auch ohne die Häme, welche sich auf Cecils Gnomenfratze breitmachte.

The higher they climb, the deeper they fall. Der Sturz des Ikarus hatte begonnen.

Er kam nicht überraschend, das räume ich freimütig ein. Und er verlief nicht schnell, sondern in quälender Langsamkeit, als wollten mich die Götter ob meiner Tollkühnheit strafen.

Es begann mit einer Befragung vor dem Privy Council, die sage und schreibe fünf Stunden in Anspruch nahm. Ich finde, die Herren Staatsräte hätten ihre Zeit sinnvoller verbringen können, stand doch der Urteilsspruch, das heißt Unterwerfung auf Gnade und Ungnade, von vornherein fest. Fahnenflucht und Vernachlässigung meiner Pflichten als Oberkommandierender, schlimmer hätte es mich weiß Gott nicht treffen können.

Doch halt, ich muss mich revidieren. Es kam noch schlimmer, wesentlich schlimmer sogar. Bei der Verlesung der Anklagepunkte und der Verkündung des Urteils musste ich vor meinen Richtern niederknien, mithin die schmachvollste Demütigung in meinem Leben. Alles konnte ich ertragen, auch den Hausarrest, zu dem ich verurteilt wurde. Ganz und gar nicht verwinden konnte ich den an Perfidie grenzenden Akt der Unterwerfung, und man muss nicht lange herumrätseln, um den Strippenzieher im Hintergrund ausfindig zu machen.

Robert Cecil, 1. Earl of Salisbury. Verkrüppelt, verschlagen und verächtlich gegenüber allem und jedem, in erster Linie gegenüber meiner Person. Nicht zufrieden damit, mich im Angesicht meiner Standesgenossen zu demütigen oder mich hinter meinem Rücken bei der Königin anzuschwärzen.

Sondern darauf bedacht, mich auszumerzen, mit welchen Mitteln auch immer.

Aber nicht mit mir, Robert Cecil, fuhr es mir durch den Sinn.

Nicht mit mir.

XII
DIARIUM (V)

Zeitpunkt der Niederschrift: 25. Februar 1601, eineinhalb Stunden nach Mitternacht

[01.45 h]

»Jetzt trink halt noch einen mit, Percy – du weißt doch, auf einem Bein kann man nicht stehen.«

»Ich schon, Brendan.« Mein Freund ist Wundarzt am St Bartholomew's Hospital, ich erwähnte es bereits. Nur wenige Hundert Yards davon entfernt liegt sein Stammlokal, das Abbot of Walden's Inn in der Aldgate Street. Der Ort, an den es uns nach unserem Disput mit dem Chief Constable verschlagen hatte. »Noch so ein Teufelselixier und ich bekomme kein vernünftiges Wort mehr heraus.«

»Spielverderber«, murrte Brendan und gab dem Wirt ein Zeichen, den mittlerweile dritten Punsch mit Rum aus Westindien zu servieren. »Sag bloß, du bist unter die Abstinenzler gegangen.«

»Irre ich mich, oder wollten wir über unser weiteres Vorgehen beraten?«

»Formulieren wir es mal so«, gab Brendan augenzwinkernd zurück, wie immer schnell bei der Hand, wenn es galt, mir einen Seitenhieb zu verpassen, »du irrst dich zwar andauernd, aber darin ausnahmsweise nicht.«

»Deine Witze werden von Tag zu Tag schlechter, weißt du das?«

»Du tust mir unrecht, Bücherwurm. Kennst du den schon?«

Wandernde Barden, Trunkenbolde und minderbegabte Märchenerzähler. Und mittendrin mein Freund Brendan, der immer dann Witze zum Besten gab, wenn mir nicht danach war. Mehr hatte Irland anscheinend nicht zu bieten. »Na schön, wenn es unbedingt sein muss.«

»Wirst es nicht bereuen, Foxy«, versicherte Brendan. Und fügte, bevor sich mein Unmut entlud, mit hintergründigem Schmunzeln an: »Was sagt der Waffenhändler zu seinem Kunden, wenn er ihm eine französische Muskete andrehen will?«

»Einspruch, Chief Coroner. Wer ist denn auch so dämlich und kauft eine fran…«

»Stimmt. Aber das ist nicht der Witz.«

»Sondern?«

»Beantworte die Frage, alter Pointenkiller. Also: Was sagt der gute Mann?«

»Keine Ahnung.«

»Wie auch, schließlich bist du ja Engländer«, lästerte Brendan, ein Angehöriger der Spezies, die mit Vorliebe über ihre eigenen Witze lachte. Eine Angewohnheit, die er auch heute beibehielt. »Ganz einfach. Er sagt die Wahrheit: ›So gut wie neu. Nur einmal in der Hand gehalten und dann weggeworfen!‹« Brendan krümmte sich vor Lachen und schlug mit der flachen Hand auf den Tresen, dass er bis in die Grundfesten erzitterte. »Irre gut, findest du nicht auch?«

Natürlich fand ich den Witz gut. Aber ich brachte es nicht über mich, es zuzugeben. »Sagen wir mal so: Nicht übel.«

»Oder wie wär's mit dem? Warum haben die französischen Soldaten immer einen Handspiegel dabei?«

»Um nachschauen zu können, ob sie frisches Rouge auftragen müssen?«

Brendans Heiterkeit erreichte ungeahnte Ausmaße. »Also, ich muss schon sagen«, prustete er, dass ihm beinahe die Tränen kamen, »du bist mir ja ein ganz Schlimmer. Stille Wasser sind tief, da sieht man's mal wieder. Brillanter Return, aber leider nicht das, was ich hören wollte.«

»Sondern?«

»Täterätäää! Die richtige Antwort lautet: ›Damit sie die vorrückenden Engländer im Auge behalten können.‹ Na, hab ich dir zu viel versprochen?«

»Ich will ja nicht unhöflich sein, Brendan. Aber könnten wir jetzt wieder zum Thema kommen?«

»Na schön, wenn's unbedingt sein muss.«

»Ja, muss es«, beharrte ich. »Oder willst du, dass wir von Fitzroy vor den Kadi geschleift werden?«

»Weißt du, was der mich mal kann?«, erwiderte Brendan, hob seinen Becher und nahm einen Schluck, der es wahrhaftig in sich hatte. »Dieser Gernegroß kann mir mal im Mond…«

»Können wir jetzt, ja oder nein?«

»Ich bin ganz Ohr, Herr Anwalt – sprich dich aus.«

»Über eins müssen wir uns im Klaren sein, Brendan.«

»Nämlich?«

»Dass wir uns eine Menge Ärger einhandeln werden«, versetzte ich und verzehrte den Rest einer Rindfleischpastete nach Art des Hauses, frisch vom Leadenhall Market, wie der Wirt hoch und heilig versichert hatte. »Aber das sind wir ja gewohnt.«

»Du sagst es.«

»Das Nächstliegende wäre, wir knüpfen uns Brannigans Schwester vor.«

»Dein Job, Percy. Wenn hier einer mit Frauen umgehen kann, dann du. 23 und anscheinend noch ledig, wäre das nichts für dich?«

»Du verlangst doch nicht, dass ich das kommentiere, oder?«

»Nicht wirklich«, lenkte Brendan ein, feinfühlig genug, um den Bogen nicht zu überspannen. »Wie wär's, wenn wir die gewohnte Strategie anwenden: Du fühlst Brannigans Schwester auf den Zahn und ich halte mich an diesen … Herrje, wie heißt dieser Müllkärrner gleich noch mal?« Brendan ließ einen Fluch vom Stapel, den ein Gentleman nie und nimmer in den Mund nehmen würde, schob seinen Becher beiseite und ließ seine Pranke in die lederne Umhängetasche über seiner rechten Schulter wandern. Wie brisant die Unterlagen waren, die sich dort befanden, sollten wir bald erfahren. Hätte ich das zu diesem Zeitpunkt schon geahnt, wer weiß, ob ich am Ende nicht doch einen Rückzieher gemacht hätte. »Genau, da steht's ja, wie kann man bloß so vergesslich sein.«

»Da fragst du noch?«

»Wer schweift denn gerade ab, du oder ich?« Brendan schnitt eine frohgemute Grimasse. »Brad Tennyson heißt der gute Mann, wohnhaft in St Martin le Grand.«

»Nicht weit von St Paul's, hab ich recht?«

»Bist ein schlaues Kerlchen, Paragrafenreiter. Aus dir wird noch was werden, wart's nur ab.«

»Und diese …«

»Eileen Brannigan wohnt in St Bartholomew by the Royal Exchange. Ganz schönes Stück von hier, aber du machst das schon.«

»Von daher also dein Vorschlag, getrennt zu marschieren. Ich hätte es wissen müssen.«

»Wie gesagt, bist nicht auf den Kopf gefallen«, spottete mein Freund, den ich trotz seiner fragwürdigen Manieren nicht missen wollte. »Wie heißt es doch so schön: ›Geteiltes Leid ist halbes Leid.‹ Ist zwar ein bisschen ungemütlich draußen, aber einem verkappten Earl wird das bestimmt nichts anhaben.«

»Dein Wort in Gottes Ohr, Brendan«, murmelte ich vor mich hin und warf einen kurzen Blick auf die Sanduhr, die sich auf einem Regal hinter dem auf zwei Ale-Fässern ruhenden Tresen befand. Die sechste Stunde war gerade angebrochen, höchste Zeit also, meiner Kanzlei einen Besuch abzustatten. Hätte ich es getan, mir wäre eine Menge erspart geblieben. »Na schön, wie du meinst. Lass uns so vorgehen, wie du es empfohlen hast. Weißt du was, alter Freund?«

»Du möchtest dir noch einen Abschiedspunsch genehmigen, one for the road, wie wir Iren sagen. Stimmt's oder hab ich recht?«

So schwer es mir fällt, dies zuzugeben: Manchmal werden mir diese keltischen Barbaren unheimlich. »Du sagst es, Brendan«, stimmte ich meinem Gefährten mit zerknirschter Miene zu und rief den Wirt herbei, um meine Bestellung aufzugeben. »Ich fürchte, wir werden die Stärkung bitter nötig haben!«

XIII
INVESTIGATIO (III)

Eildepesche zu Händen von Sir Robert Cecil, 1. Earl of Salisbury, Staatssekretär, Lordsiegelbewahrer und Erster Sekretär Ihrer Majestät der Königin, verfasst von Sefton Fitzroy, Chief Constable der City of London

Kopie zwecks Kenntnisnahme an John Garrarde, Lord Mayor der City of London

Citissime, eilt sehr!

Zeitpunkt der Niederschrift: 7. Februar 1601, kurz nach Beginn der fünften Stunde

[11.15 h]

Hochehrenwerter Lord Salisbury,

im Folgenden ein kurzer Bericht über die ungeheuerlichen Vorgänge, wie ich sie in meiner Eigenschaft als Chief Constable noch nie erlebt habe.

Getreu Euren Anweisungen, die umzusetzen ich als meine heilige Pflicht erachte, begab ich mich nach Erhalt Eurer Depesche zum Leichenschauhaus im Keller des St Bartholomew's Hospital. Dort traf ich auf zwei alte Bekannte, zum einen auf Rechtsanwalt Clayton Percival, ein Jurist mit zweifelhafter Reputation, wie ich aus eigenem Erleben bestätigen kann, und zum andern auf den Chief Coroner, Hauptverantwortlicher für die Untersuchung des am Houndsditch aufgefundenen Leichnams. Beide, sowohl Percival als auch der Coroner, dem Vernehmen nach ein Bastard des Earls of Tyrone, ließen jeglichen Respekt vor einer Amtsperson vermissen und machten sich auch nicht die Mühe, dies vor mir und meinen Untergebenen zu verbergen. Da ich es ablehne, mich auf das Niveau von Leuten dieses Schlages zu begeben, ignorierte ich die Provokationen, so gut es ging. Leider war es damit jedoch nicht getan, denn was dann kam, reicht an die unliebsamsten Episoden meiner Amtszeit auch nicht annähernd heran.

Um dem impertinenten Duo den Wind aus den Segeln zu nehmen, verlor ich keine Zeit und berief mich auf die Order seiner Lordschaft, O'Reilly möge die Untersuchung des Leichnams einstellen, sämtliche Unterlagen im Fall Brannigan aushändigen und obendrein versichern, kein Wort über den Kasus verlauten zu lassen. Bei Percival sowie dem im Ruf der Trunksucht stehenden Coroner stieß ich damit jedoch auf taube Ohren, weder gutes Zureden noch Drohungen waren geeignet, die subversiven Subjekte zur Räson zu bringen. O'Reilly, offenbar in angetrunkenem Zustand, drohte mir sogar mit Gewaltanwendung, sollte ich die Räumlichkeiten nicht umgehend verlassen.

Um einen Eklat zu vermeiden, aber auch, um in Hinblick auf die Instruktionen Eurer Lordschaft für so wenig Aufsehen wie möglich zu sorgen, trat ich schweren Herzens den Rückzug an. Ich hoffe inständig, Euer Gnaden werden mir dies nicht übel nehmen und mir darin zustimmen, dass ich alles in meiner Macht Stehende tat, um meinem Amt als Polizeichef gerecht zu werden. Wie sehr es mich peinigt, dass ich weder den Leichnam noch die Unterlagen in meinen Besitz bringen konnte, können Eure Lordschaft sicherlich ermessen. Zumal ich alles tun würde, um die in mich gesetzten Erwartungen auch in Zukunft zu erfüllen.

Was das weitere Vorgehen im Fall Brannigan betrifft, harre ich somit Eurer Befehle. Des Weiteren schlage ich vor, so lange abzuwarten, bis keinerlei Augenzeugen in der Nähe sind, welche die Geheimhaltung der Aktion in Gefahr bringen könnten. Ist es doch dringend geboten, mit den besagten Herrschaften kurzen Prozess zu machen und sie wegen Widerstands gegen die Staatsgewalt zu arretieren. Dass man ihnen überdies Titel beziehungsweise Amt aberkennen sollte, darin weiß ich mich mit Eurer Lordschaft einig.

Mylord mögen über mich verfügen, ich harre Eurer Befehle.

Gott schütze England, und Gott schütze die Königin!

Gez. Sefton Fitzroy, Chief Constable der City of London

XIV
DIARIUM (VI)

Zeitpunkt der Niederschrift: 25. Februar 1601, knapp zwei Stunden nach Mitternacht

[02.10 h]

»ALSO DANN, BIS SPÄTER!«, rief ich Brendan zu, als sich unsere Wege am Cheapside Cross trennten und mein Freund in westlicher Richtung von dannen strebte. »Wir treffen uns in der Kanzlei.« Ich selbst wandte mich nach Osten, wohl wissend, was mir bevorstehen würde. Dutzende von Fuhrwerken, Handkarren, Einspänner und Transportschlitten mit Baumaterial hatten den Neuschnee auf der Cheapside in eine Wüstenei aus klebrigem Morast, Pferdekot und Abfällen verwandelt, und mit jedem Schritt, den ich tat, sank ich tiefer in die Schlammbrühe ein. Geduld war einmal mehr oberstes Gebot, eine Tugend zwar, momentan jedoch Luxus pur.

Wir spielten ein riskantes Spiel, daran bestand kein Zweifel. Fitzroy wäre der Letzte, der die Angelegenheit auf sich beruhen lassen würde. Um das vorauszuahnen, musste man kein Hellseher sein. Woher die Order zur Konfiskation des Leichnams gekommen war, darüber konnte man freilich nur spekulieren. Klar war auf jeden Fall, dass der Chief Constable ohne die Erlaubnis des Lord Major nicht einmal den Abort benutzte. Blieb also nur sein unmittelbarer Vorgesetzter, oder, nicht weniger wahrscheinlich, einer der 26 Ratsherren, denen Fitzroy senior oder dessen unbedarfter Filius einen Gefallen schuldig waren.

London beim Mittagsläuten, zwischen Cheapside Cross und Royal Exchange. Man muss dieses Chaos erlebt haben, andernfalls kann man nicht mitreden. Nun ja, »Chaos« ist vielleicht nicht das richtige Wort. Entgegen anderslautenden Berichten geht es in London nämlich überwiegend zivilisiert zu. Alles hat hier seine Ordnung, zumindest was die Wohnquartiere der Handwerkerschaft betrifft. Die Bäcker haben ihre Läden in der Bread Street, die Fischhändler in der Friday Street, Milchhändler in der Milk Street, Schuhmacher und lederverarbeitendes Gewerbe in der Cordwainer Street, Lebensmittelhändler in der Sopers Lane und so weiter und so fort. Am Westende der Cheapside, von wo aus Brendan und ich getrennte Wege gegangen waren, befinden sich die Werkstätten der Sattler, am Ostende, also dort, wohin mich mein Weg führte, diejenigen der Messerschmiede und Geflügelhändler, von daher auch der Name Poultry, weil dort Hühner, Gänse und Tauben feilgeboten werden. Ich persönlich halte es eher mit dem Straßenmarkt, der dort abgehalten wird, eine Fundgrube für all jene, die eine Schwäche für Süßigkeiten besitzen.

So, nun ist es heraus. Im Grunde war ich nämlich nicht böse, dass mich mein Weg Richtung Poultry und nicht zum Ludgate führte. So viel Zeit, um quasi im Vorbeigehen ein Stück Ingwerkuchen zu verzehren, musste einfach sein. Die anderen Köstlichkeiten, allen voran gefüllte Blätterteigpasteten, Käsekuchen aus Islington oder Cookies in allen nur erdenklichen Varianten, mussten natürlich warten. Das ließ mein Pflichtbewusstsein nicht zu.

Vorbei am Great Conduit House, einer Zisterne für Quellwasser von außerhalb der Stadtmauern, strebte ich der Royal Exchange zu, gelinde gesagt ein Tummelplatz für all jene, die nicht wissen, was sie mit ihrem Geld anfangen sollen. Alles, aber auch rein alles gibt es hier zu kaufen, angefangen bei Mausefallen, die ja noch ganz nützlich sein mögen, bis hin zu Kurzwaren, Filzhüten mit Straußenfedern, Schamkapseln in jeder Preislage, Gürtelschnallen in Herzform, rosafarbenen Seidenstrümpfen, Schnupftüchern mit Spitzenbesatz, Duftflacons – na, woher denn wohl! – aus Frankreich, Tischdecken aus Flandern und, last but not least, Bierhumpen mit typisch Londoner Motiven, das ideale Präsent für Leute, die man nicht ausstehen kann. Bettler findet man hier so gut wie nie, was, nicht weiter verwunderlich, an den Wachen neben den Eingängen liegt. Ich persönlich würde mich lieber vierteilen lassen, als auch nur eines der circa 150 Geschäfte zu betreten, von einem Bummel durch den Gebäudekomplex nicht zu reden. Für mich wäre das gleichbedeutend mit dem Betreten des siebten Kreises der Hölle, eine Qual, die ich unter allen Umständen zu vermeiden trachte.

»Nach links in die Broad Street, vorbei an St Christopher und dann weiter bis zur St Bartholomew Lane. Dort fragt Ihr dann am besten noch mal.« Hin und wieder trifft man eben doch noch hilfsbereite Menschen, selbst in London, wo es vor Halunken wimmelt. Und so bedankte ich mich bei der fliegenden Händlerin, die so freundlich gewesen war, mir weiterzuhelfen, kaufte ihr anstandshalber ein Paar Schnürsenkel ab und bog wie befohlen in die Broad Street ein, der kürzeste Weg zum Bishopsgate und zum Hospital of St Mary of Bethlehem, von den Einheimischen kurz Bedlam genannt.

Es sagt ja schon alles, dass der Gouverneur des Bridewell-Gefängnisses mit seiner Leitung betraut wurde, so der Tenor der Gerüchte, die über Londons berüchtigtstes Hospital kursieren. Um es vorwegzunehmen, Bedlam ist kein Krankenhaus wie jedes andere. Es ist eine bewohnte Ruine, wie man sie kein zweites Mal findet, etwa 200 Fuß lang und 51 Fuß breit, feucht, verdreckt, unbeheizt und von Ratten wimmelnd, die Zellen überfüllt mit Schwachsinnigen, Tobsüchtigen oder Paranoiden und Quartalssäufern, die von Glück sagen können, wenn sie sich im Delirium befinden. Die Patienten, deren Zahl zwischen eineinhalb und mehreren Dutzend Geisteskranken schwankt, werden gemeinhin als Gefangene bezeichnet, was, wie ich finde, der Wahrheit ziemlich nah kommt. Die Rekordaufenthaltszeit liegt bei 25 Jahren, zum Mitschreiben: fünfundzwanzig. Beglichen werden die Unkosten durch die Verwandten, wenn nicht, dann eben durch die Kirchengemeinden oder Zunftmitglieder. Dem Vernehmen nach handelt es sich dabei um 12 bis 20 Penny pro Woche, Handsalben an die Wärter nicht mitgerechnet. Daran zu rütteln wäre höchst unklug, vorausgesetzt, das Schicksal des Patienten liegt einem am Herzen.

Doch genug davon. Im Verlauf meines Berichts werden noch mehr makabre Details dargelegt werden, deswegen wechsle ich lieber das Thema.

Die Straßenverkäuferin hatte mir geraten, vor Ort Erkundigungen über Brannigans Schwester einzuziehen. Das tat ich denn auch, wenngleich mit wenig Erfolg. »Brannigan? Nie gehört!«, nuschelte ein zahnloses altes Weib, die Hand auf dem Knauf ihres Gehstocks und gleich mehrere Reisigbündel auf dem krumm gearbeiteten Rücken.

»Fragt doch am besten die da drüben. Die hört nämlich die Flöhe husten.«

Die stiernackige Matrone, von der die Rede war, reagierte prompt. »Müsst nicht alles glauben, was die alte Kräuterhexe vor sich hin sabbert«, blaffte sie, stellte ihren Eimer auf dem Rand des Brunnens ab, aus dem sie ihn gerade emporgehievt hatte, und ließ ihrer Bemerkung eine Serie von halblaut gemurmelten Verwünschungen folgen. »Die lügt nämlich wie gedruckt.«

»Dies zu eruieren, werte Dame, steht mir nicht zu.«

»Hä?«

»Ich meinte, wer hier mit wem im Clinch liegt, interessiert mich nicht.«

»Sondern?« Die Matrone hob die ausgefransten roten Brauen. »Seid Ihr von der Polizei?«

»Gott bewahre, wie kommt Ihr darauf«, beteuerte ich und machte meiner Antipathie durch einen lauten Stoßseufzer Luft. Fitzroy als Vorgesetzter, das wäre mein Untergang gewesen. Oder der seinige, je nachdem. »Ich bin aus rein privaten Motiven hier.«

»Hä?«

»Ich bin auf der Suche nach einer jungen Frau.«

Die Matrone, deren Körperfülle durch ihre Begriffsstutzigkeit noch überboten wurde, blickte mir verständnislos ins Gesicht. »Und warum geht Ihr dann nicht ins Bor…?«

»Damit wir uns richtig verstehen, werte Dame«, fuhr ich dazwischen, an Dialogen dieser Art grundsätzlich nicht interessiert, »ich habe nicht übermäßig viel Zeit.«

Das wirkte. Ohne Kommentar, dafür aber mit spürbarem Missmut, deutete die Matrone auf die gegenüberliegende Toreinfahrt, packte ihren Eimer und trampelte mit beleidigter Miene von dannen.

»Na also, wieder einen Schritt weiter.« Ich dagegen verlor keine Zeit, zog meinen Umhang so straff wie möglich um die Schultern und hielt auf ein dreistöckiges Fachwerkhaus mit Spitzgiebel zu, nicht gerade in bestem Zustand, wie das wurmstichige schwarze Gebälk bewies. Die Toreinfahrt, von einer überdachten Erkernische mit Bleiglasscheiben überwölbt, eröffnete den Blick in den Innenhof. Von dort aus führten mehrere Holzstiegen in den rückwärtigen Teil der Gebäude, welche in derart schlechtem Zustand waren, dass der Verputz nur so von den Wänden blätterte.

Es war nicht die feinste Wohngegend, in die es mich verschlagen hatte, mit der Goldsmith's Row oder gar dem Strand nicht zu vergleichen. Das konnte man auf den ersten Blick sehen. Das Gleiche galt für den ungepflasterten Hof, zwar keine Seltenheit, was das Fluidum des Verfalls betraf, jedoch mit so viel Unrat übersät, dass ich mir wünschte, ich hätte ihn nie betreten. »Fragt sich nur, wohin.«

Keine Menschenseele zu sehen, nur die allgegenwärtigen Löschbehälter, um das Ausbrechen von Bränden zu verhindern. Dazwischen Pfotenabdrücke eines Hundes, dessen Spur sich im schmutzigbraunen Schnee verlor. Ansonsten Stille, als sei ich die einzige Person weit und breit.

Dem war natürlich nicht so, das wusste ich genau.

Und ich wusste, dass ich beobachtet wurde. Wenn man wie ich als Ermittler tätig ist, bekommt man ein Gespür dafür. Eine Art siebten Sinn, der einem rät, auf der Hut zu sein. Leider war ich so töricht, die Regungen meines Instinkts außer Acht zu lassen, ein Fehler, der mir zum Verhängnis werden sollte.

Es kam, wie es offenbar kommen musste. Anstatt umzukehren und den nächstbesten Passanten um Auskunft zu bitten, tat ich genau das, was ich tunlichst hätte unterlassen sollen. Ich erklomm die erstbeste Stiege, fasste mir ein Herz und klopfte.

Keine Antwort, auch nicht nach mehreren lautstarken Versuchen.

Dann eben die nächste. Und, weil es so schön war, ein neuerlicher Versuch.

Der letzte. Ich hatte die Nase voll.

Eine Hundespur, die ins Nichts führte, ein Schwarm Raben, der sich an Küchenabfällen gütlich tat, eine Ratte, die laut quiekend Reißaus nahm. Nicht gerade die ideale Ausbeute, um es schonungsvoll zu formulieren. Ohne Brendan, der in solchen Situationen immer Rat wusste, würde ich hier auf keinen grünen Zweig kommen, und das Beste war, die Beine in die Hand zu nehmen und zu verschwinden.

Zu spät.

Der Schlag auf meinen Hinterkopf kam plötzlich, wie ein Blitz aus heiterem Himmel. Zuerst dachte ich, meine Sinne spielten mir einen Streich, hatte ich doch nicht das geringste Geräusch, ja nicht einmal Schritte gehört. Gerade das erschien mir ausgesprochen absurd, umso mehr, da die Schneedecke ringsum keine Lücken aufwies.

Eins weiß ich genau. Hätte der Angreifer vorgehabt, mich zu töten, wäre er dazu in der Lage gewesen. Ein Hieb mit dem Dolch, eine gezielte Attacke mit dem Stoßdegen oder ein Brachialangriff mit einer Axt, um mir den Schädel zu spalten, bevor ich begriff, wie mir geschah. Angesichts meiner Position wäre dies das Einfachste auf der Welt gewesen. In jedem Fall effektiver als mit einem Knüppel, der mich an der rechten Schläfe traf.

Glück gehabt, kann ich da nur sagen. Wäre die Angriffswaffe eine andere und der Hieb besser gezielt gewesen, ich würde nicht mehr unter den Lebenden weilen. So aber, nachdem der Schmerz ein wenig abgeebbt war, schaffte ich es irgendwie, mich auf den Beinen zu halten, bald hierhin, bald dorthin durch den Schnee taumelnd, der Blick so verschwommen, dass ich fürchtete, nie wieder richtig sehen zu können.

Doch dem war nicht so. Bevor ich in mich zusammensank, die Hand an der Schläfe, wo ich ein feuchtwarmes Rinnsal hinunterrinnen spürte, fiel mein Blick auf einen Mann, der sich just im selben Moment zum Gehen wandte. An ihm war nichts Besonderes, zumindest nicht auf den ersten Blick. Er war beinahe so groß wie ich, fast genauso gekleidet wie ich, annähernd so alt wie ich. Auf den Punkt gebracht, er glich mir bis aufs Haar.

Pure Einbildung, wie ich mittlerweile weiß. Einmal mehr spielten mir die Sinne einen Streich, was Wunder auch, wenn sich mein Schädel anfühlte, als tobten sämtliche Dämonen der Hölle darin herum.

Ich kannte diesen Mann, kannte ihn fast so gut wie Margery oder Brendan.

Und fast so gut wie mich selbst.

Doch dann, kurz bevor mich die Ohnmacht übermannte, löste sich die Vision in Nichts auf, wie Nebelschwaden, die vom Sturmwind hinweggefegt werden.

XV
INVESTIGATIO (IV)

Gedächtnisprotokoll betreffend den Fall des am sechsten d. M. tot aufgefundenen Stuart Brannigan, zu Papier gebracht von Brendan O'Reilly, Chief Coroner der City of London

Zeitpunkt der Niederschrift: Samstag, 7. Februar 1601

[12.00 h]

Aus der Vernehmung des Zeugen Brad Tennyson, 43 Jahre alt und von Beruf Müllkärrner, derzeit wohnhaft in der Warwyke Lane in der Pfarrei St Martin Ludgate, lassen sich meines Erachtens die folgenden Schlüsse ziehen:

Primo. Der von mir unter vier Augen Befragte gibt an, keinerlei Angaben zum Tathergang machen zu können, weder im Sinne der Anklage noch als potenzieller Entlastungszeuge.

Secundo. Es ergeben sich keinerlei inhaltliche Abweichungen oder Widersprüche gegenüber der Vernehmung durch den Chief Constable, der zufolge T. den Leichnam erst dann entdeckte, als er den Inhalt seines Karrens am gestrigen Freitagnachmittag gegen Ende der 10. Stunde am sogenannten Houndsditch in eine der dafür vorgesehenen Sickergruben geschaufelt habe. Auf die Frage, ob ihm darüber hinaus während seiner Schicht irgendetwas suspekt vorgekommen sei, machte der Zeuge keine schlüssigen Angaben. Ob dies der Wahrheit entspricht, lässt sich momentan nicht feststellen, wiewohl T. beteuert, nicht das Geringste mit der Angelegenheit zu tun zu haben.

Tertio. Vorausgesetzt, dem wäre so, folgt daraus, dass der Leichnam im Verlauf des gestrigen Tages während eines unbeobachteten Moments auf der Ladefläche von Tennysons Pferdekarren deponiert und zwecks Tarnung mit Küchenabfällen bedeckt worden sein muss. Wo genau, lässt sich nicht mehr exakt feststellen, zumindest nicht so präzise, um Rückschlüsse auf den genauen Tatort ziehen zu können. Sicher ist jedoch, dass der Zeuge T. während seiner Schicht in dem durch die Bishopsgate Street, die Aldgate Street und die Stadtmauer begrenzten Areal tätig gewesen ist, und zwar den gesamten Tag über. Dies durch Zeugen zu bestätigen, dürfte im Hinblick auf die Tätigkeit Tennysons kein allzu großes Hindernis darstellen.

Quarto. Auf welche Weise der oder die Täter das Opfer vom Leben zum Tode befördert haben, entnehme man dem Obduktionsprotokoll. Im Übrigen legt die brutale und menschenverachtende Vorgehensweise nahe, dass es sich um einen gezielten Racheakt gehandelt haben muss, was jedoch zum gegenwärtigen Zeitpunkt ebenso wenig durch Beweismaterial untermauert werden kann wie durch Spekulationen über den genauen Ort des Geschehens. Gleichwohl ist es unwahrscheinlich, dass der Leichnam des Getöteten unter Inkaufnahme erheblicher Risiken durch London transportiert wurde, nur um auf Tennysons Müllkarren versteckt zu werden. Daraus folgt, dass sich der Tatort im östlichen Teil der City befunden haben muss, mit hoher Wahrscheinlichkeit also genau dort, wo T. sein Tagewerk betrieb.

Postremo. Hinweise auf den oder die Täter gibt es so gut wie keine, das Gleiche gilt auch für das Tatmotiv. Sowohl das Aussehen als auch die überaus exquisite Kleidung des Mordopfers lassen jedoch auf die Profession eines Lustknaben bzw. Strichjungen der gehobenen Kategorie schließen. Inwieweit die Tatsache von Bedeutung ist, dass der Getötete ein Wams mit dem Wappen des Earls of Essex trug, lässt sich zum gegenwärtigen Zeitpunkt nicht sagen.

Vorläufiges Fazit: In Ermangelung von weiteren Zeugen empfiehlt es sich, die Schwester des Gemeuchelten einer eingehenden Befragung zu unterziehen. Vor allem in Bezug auf die Frage, welche Verbindung zwischen Brannigan und dem Haushalt des Earls of Essex bestand.

Gez. Brendan O'Reilly, Chief Coroner der City of London

XVI

DIARIUM (VII)

Zeitpunkt der Niederschrift: 25. Februar 1601, knapp zweieinhalb Stunden nach Mitternacht

[02.45 h]

»UND IHR SAGTET, sie waren zu zweit?«, fragte ich, die Hand an der schmerzenden rechten Schläfe, trat in die Erkernische und sah hinunter auf die Broad Street. Hier droben, nur einen Steinwurf von der Straßengabelung entfernt, entging einem praktisch nichts. Man bekam hautnah mit, was im Viertel vorging, konnte den Nachbarinnen beim Wasserholen zuschauen und Passanten sowie vorbeifahrende Kutschen, Reisewagen und Fuhrwerke beobachten.

Und man konnte Gegenmaßnahmen treffen, wenn Gefahr drohte.

»Soweit ich das beurteilen kann – ja.«

»Könnt Ihr die beiden näher beschreiben?«, hakte ich nach und heftete den Blick auf einen Schankwirt, der alle Hände voll zu tun hatte, einen Zecher an die frische Luft zu setzen. Bei den Passanten schien dies auf geringes Interesse zu stoßen, mit Ausnahme von zwei Gassenjungen, die das reich verzierte Wirtshausschild mit Schneebällen bewarfen. »Denkt nach, jedes noch so unbedeutende Detail könnte von Bedeutung sein.«

»So gern ich es täte – ich kann Euch leider nicht weiterhelfen.«

»Gibt es einen Grund dafür?«

»Da fragt Ihr noch?«

»Wir sitzen beide im selben Boot. Das dürfte Euch nicht entgangen sein.«

»Mit Verlaub, das wage ich zu bezweifeln.«

»Ich nicht.« In der Tat, hier droben entging einem nichts. Das hatten sich die beiden zunutze gemacht. Sie hatten mich kommen sehen und sogar noch genug Zeit gehabt, Brannigans Schwester an den Stuhl zu fesseln, ihr einen Knebel in den Mund zu schieben und mich nach allen Regeln der Kunst außer Gefecht zu setzen. »Wir beide, Ihr und ich, haben das gleiche Ziel, nämlich die Mörder Eures Bruders hinter Schloss und Riegel zu bekommen. Das wird nicht leicht sein, ich gebe es zu. Aber ich finde, wir sollten es zumindest versuchen.«

»So, findet Ihr.«

»Unbedingt«, bekräftigte ich, runzelte die Stirn und wandte mich zu meiner Gesprächspartnerin um. »Was habt Ihr denn gedacht?«

»Was Ihr auch tun werdet, es macht ihn nicht mehr lebendig.« Eileen Brannigan war nicht unattraktiv, wenngleich ihr das gewisse Etwas fehlte, um Männern den Kopf zu verdrehen. Sie war schlank, wenn nicht gar eine Spur zu schmal, überdurchschnittlich groß und offenbar selbstbewusst genug, um meinem forschenden Blick standzuhalten. Das Auffälligste an ihr waren denn auch ihre bernsteinfarbenen Augen, eine Idee zu weit auseinander, aufgrund der langen und dichten Wimpern sowie der fein geschwungenen Brauen jedoch überaus ausdrucksstark, um nicht zu sagen anziehend. Es war keine Venus von Milo, welche mir da entgegenblickte, man möge mir die frivole Bemerkung verzeihen. Aber es war ein Gesicht, das ich unter Tausenden wiedererkannt hätte, trotz oder gerade wegen der zu weit auseinanderstehenden Augen, der hohen Wangenknochen und der markanten Kinnpartie, welche auf eine gesunde Portion Selbstbewusstsein schließen ließ. Eileen Brannigan fiel auf, das war keine Frage, auch und vor allem aufgrund der schulterlangen kastanienbraunen Haarsträhnen, aus denen sie am Hinterkopf einen kunstvollen Zopf geflochten hatte. Weniger auffällig und ihren Lebensumständen entsprechend wirkte dagegen ihr Kleid aus dunkler Wolle, komplettiert durch eine weiße Bluse mit gestärktem Kragen, unter der eine silberne Halskette hervorlugte. »Geschehen ist geschehen, wer bin ich, dass ich daran etwas ändern könnte.«

»Verzeiht, wenn ich so offen bin – aber macht Ihr es Euch nicht ein wenig leicht?«

»Keineswegs.« Die 23-Jährige, knapp sechs Jahre älter als ihr zu Tode gemarterter Bruder, ließ den Blick durch die geräumige Wohnstube schweifen. Ihre Peiniger hatten ganze Arbeit geleistet, das konnte man mit Fug und Recht behaupten. Kein Gegenstand befand sich an seinem angestammten Platz, angefangen bei der schweren eisenbeschlagenen Truhe, mit brachialer Gewalt aufgebrochen, über die Wandbehänge, offenbar achtlos in die Ecke geworfen, bis hin zum massiven Eichentisch und den Stühlen sowie dem nicht minder massiven Polstersessel, mit einem Dolch aufgeschlitzt, um ein Versteck ausfindig zu machen. Nicht einmal vor den Wandvertäfelungen aus furnierter Eiche hatten die Eindringlinge haltgemacht, auch sie waren mit roher Gewalt aus den Fugen gerissen und im Anschluss daran zu Kleinholz verarbeitet worden. Überall, wohin mein Blick fiel, nichts als Tapetenreste, über den gesamten Boden verstreute Kleider, Kupfermünzen, ein zerbrochener Stickrahmen, mit einem Stemmeisen herausgerissene Bodenplanken und Scherben, so weit das Auge reichte. »Ich versuche zu überleben, das ist alles.«

»Und Euer Bruder, bedeutet er Euch nichts?«

Der Blick, der mich in diesem Moment traf, schnitt mir buchstäblich ins Herz. »Nehmt Platz, Master Percival, ich will Euch eine Geschichte erzählen.«

Ich griff nach dem nächstbesten Stuhl und tat, wie mir geheißen.

»Habt Ihr Geschwister?«

»Nein.«

»Ich hatte fünf, Stuart nicht mitgerechnet«, begann die junge Frau, rieb sich die schmerzenden Handgelenke und ergänzte: »Alle eines frühen Todes gestorben, die Zwillinge im Kindbett, die anderen während der Pestepidemie vor acht Jahren. Zusammen mit Mutter. Ihr seht, das Schicksal hat es nicht gut mit den Brannigans gemeint.«

»Was das angeht, kann ich mitreden«, flüsterte ich und stieß einen halblauten Seufzer aus. »Ich war erst zehn, als meine Mutter starb.«

Eileen Brannigan blitzte mich prüfend an. »Und Euer Vater?«

»Darüber möchte ich nicht sprechen.«

»Mit anderen Worten, er hat sich aus dem Staub gemacht.«

Ich zögerte. »So würde ich das nicht sagen.«

»Sondern wie?«

»Drücken wir es mal so aus, mein Vater ist ein bedeutender Mann.«

»Ja wenn das so ist, kann ich Euch gut nachfühlen«, erwiderte die junge Frau, senkte den Blick und ließ einen Moment verstreichen, bevor sie die Rede wieder an mich richtete. »Bitte entschuldigt, ich wollte nicht aufdringlich wirken.«

»Keine Ursache, halb so schlimm.«

»Freut mich zu hören«, antwortete Brannigans Schwester und warf einen bekümmerten Blick in die Runde. »Bringen wir es hinter uns, Master Percival, je eher, desto besser. Bitte helft mir auf die Sprünge, wo waren wir stehengeblieben?«

»Bei Eurer Familie.«

»Die gibt es nicht mehr.«

»Genauer gesagt, bei unseren Vätern.«

»Ich wüsste nicht, was daran so interessant wäre«, antwortete die 23-Jährige prompt, ob aus Desinteresse oder Berechnung, konnte man ihrer Miene nicht entnehmen. »Lasst uns über Stu reden, sonst vergeuden wir unsere Zeit.«

»Eine Frage noch.«

»Und die wäre?«

»Wie lange ist Euer Vater eigentlich tot? Ich meine, seit damals habt Ihr es bestimmt nicht leicht gehabt, oder sehe ich das falsch?«

»Ziemlich genau zwei Jahre, falls Ihr es genau wissen wollt.« Der Blick der jungen Frau schweifte ins Leere. »Von da an ging es mit uns bergab, schneller, als ich es mir hätte träumen lassen. Auf einen Schlag bettelarm, das muss man erst einmal verkraften. Immerhin war Vater Ratsschreiber gewesen – und somit wohlhabender als die meisten Nachbarn. Unter die Arme gegriffen hat er ihnen trotzdem, für ihn war das selbstverständlich. Ohne Hilfe einen Brief aufsetzen, wer kann das schon. Wie dem auch sei, die Leute im Viertel wussten es zu schätzen.«

»Euer Vater war ein sparsamer Mann, kann das sein?«

»Sparsam ist überhaupt kein Ausdruck«, bekräftigte die 23-Jährige und machte eine ausladende Bewegung mit der Hand. »Sonst hätten wir wesentlich kleinere Brötchen backen müssen.«

»Und Euer Bruder, was war mit ihm?«

»Wäre es nach Vater gegangen, wäre Stuart in seine Fußstapfen getreten und Ratsschreiber geworden. Dass nichts daraus wurde, daran trägt Vater keine Schuld. Lebte er noch, bräuchte er sich keine Vorwürfe zu machen, denn er hat jeden Penny zusammengekratzt, damit Stuart es einmal besser hat. Für die Westminster School hätten die Ersparnisse natürlich nicht gereicht, für unsereins hängen die Trauben dort zu hoch. Aber immerhin brachte er das Kunststück fertig, Stuart im Manor of the Rose unterzubringen. Bitte fragt nicht, wie Vater das gedeichselt hat, aber darauf kam es in dem Moment nicht an. Für fünf Schilling pro Quartal zuzüglich 12 Penny für die Reinigung des Schulgebäudes in der Suffolk Lane wurde Stuart eine Erziehung zuteil, von der andere – vor allem Mädchen – nur träumen konnten. Zugegeben, mit über 60 Schülern pro Klasse ging es dort ziemlich beengt zu, das kann man nicht von der Hand weisen. Trotzdem hätte Stuart die Situation meistern können, so er es gewollt hätte.«

»Aber er wollte nicht.«

»›Wollen‹ ist vielleicht das falsche Wort, Master Percival«, fügte Eileen Brannigan korrigierend an. »Sagen wir mal so, nach Vaters Tod fehlte die ordnende Hand – und das nötige Kleingeld selbstverständlich auch. Die Ersparnisse reichten jedenfalls nicht aus, die waren schneller aufgebraucht, als wir gucken konnten.«

»Das heißt, Ihr konntet das Schulgeld nicht mehr aufbringen.«

»Doch.«

»Und wo liegt dann das Problem?«

»Ganz einfach, mein Bruder lernte die falschen Freunde kennen. Ich redete mit Engelszungen, predigte, lamentierte, drohte, mahnte, beschwor ihn, von seinem Tun abzulassen. Vergebens.«

»Von seinem Tun?«

»Wie gesagt, er kam in schlechte Gesellschaft.«

»Verstehe.«

Der Temperamentsausbruch kam wie aus dem Nichts. »Gar nichts versteht Ihr, Master Percival«, fuhr mich meine Gesprächspartnerin an, kurz davor, in Tränen auszubrechen. »Jeder schlägt mal über die Stränge, habe ich mir eingeredet, warum also nicht auch Stu. Falsch gedacht, kann ich da nur sagen. Ich hätte vorausahnen können, wo das alles endet, ach, was rede ich, ich hätte es vorausahnen *müssen*. Ihr könnt Euch nicht vorstellen, Master Percival, wie oft ich mir deswegen Vorwürfe gemacht habe. Tag und Nacht, so wahr Gott mein Zeuge ist.«

»Aber Ihr wart machtlos.«

Die junge Frau machte eine ratlose Geste. »Ich will es mal so sagen, ich hatte alle Hände voll zu tun, um für unseren Lebensunterhalt zu sorgen. Ich konnte so viel schuften, wie ich wollte, das Geld hat vorn und hinten nicht gereicht. Oder ist Euch schon mal eine Wäscherin begegnet, die sich aus eigener Kraft über Wasser halten kann? Nein? Seht Ihr, genau da scheiden sich die Geister. Um zu gewährleisten, dass mein Bruder ein ehrbares Handwerk erlernt, hätte Vater sein letztes Hemd hergegeben. Und ich, was war mit mir? Ich war dazu auserkoren, eine möglichst gute Partie zu machen, möglichst viele Kinder zu gebären und zu allem Ja und Amen zu sagen, was den Herren der Schöpfung in den Sinn kam. Ich solle tun, was er mich heiße, dann werde sich mein Schicksal zum Guten wenden. Genau das waren Vaters Worte.« Eileen Brannigan lachte bitter auf. »Zum Guten, dass ich nicht lache. Dabei hielt er es nicht einmal für nötig, mir Lesen und Schreiben beizubringen. Und das von einem Ratsschreiber, ich fasse es nicht. Eins kann ich Euch sagen, Master Percival: Wäre unser Gemeindepfarrer nicht gewesen, der mich unter seine Fittiche nahm, ich wäre so unwissend geblieben wie ein Kind.« Die 23-Jährige schnitt eine angewiderte Grimasse. »Glück gehabt, mehr fällt mir dazu nicht ein. Hätte auch schlimmer ausgehen können.«

Es gibt Momente, in denen man sich jeglichen Kommentars enthalten sollte. Ein solcher Moment war jetzt gekommen.

»Aber reden wir über etwas anderes, Herr Rechtsanwalt«, sprach die junge Frau, erhob sich und machte sich ans Aufräumen. »Reden wir über Stuart, wegen ihm seid Ihr ja schließlich hier.«

»Aber nur, wenn …«

Eileen Brannigan sah mich mit erwartungsvoller Miene an.

»Aber nur, wenn Ihr dazu imstande seid, wollte ich sagen.«

»Das bin ich, keine Sorge.«

»Ihr sagtet, Euer Bruder sei in schlechte Gesellschaft geraten. Wie ist das zu verstehen?«

»Anfangs hoffte ich, er würde wieder Vernunft annehmen. Doch die Hoffnung erwies sich als Wunschdenken. Die Zechtouren wurden immer länger, und ich konnte von Glück sagen, wenn er überhaupt nach Hause kam. Das Schlimme war, beim Trinken und den damit verbundenen Exzessen ist es nicht geblieben.«

»Das bedeutet?«

»Irgendwann kam ich dahinter, dass Stuart dem Glücksspiel verfallen war. Wie hoch seine Schulden waren, kann ich beim besten Willen nicht sagen, nur so viel, dass sie immens gewesen sein müssen. Ihr ahnt, wie die Geschichte weitergeht?«

Ich nickte.

»Stuart steckte in der Klemme. Um seine Gläubiger zu besänftigen, hätte es theoretisch zwei Möglichkeiten gegeben.«

»Schulden abstottern oder …«

»Oder sich Gedanken machen, wie man schnell und mühelos an anderer Leute Geld kommt. Ich denke, es bedarf keiner Erwähnung, wie Stuart sich entschied.«

»Nein.«

»Wenngleich ich mich frage, was ihn dazu trieb, seinen Körper feilzubieten.« Um Haltung bemüht, hielt meine Gesprächspartnerin inne. »Ihr sagt ja gar nichts, Master Percival, hat es Euch die Sprache verschlagen?«

»Es wäre gelogen, wenn ich behauptete, Euer Bericht ließe mich kalt.«

»Und was meint Ihr dazu?«

»Ich finde, mir steht es nicht zu, meine Meinung darzulegen. Ich bin hier, um ein Verbrechen aufzuklären, und nicht, um über andere zu richten.«

Eileen Brannigan deutete ein Lächeln an. »So leid es mir tut, Barrister, aber das kaufe ich Euch nicht ab.«

Ich tat so, als hätte ich die Bemerkung nicht gehört. »Wie habt Ihr davon erfahren?«

»Dass Stuart sich als Strichjunge verdingte, meint Ihr?« Die Augen voller Tränen, konnte meine Gesprächspartnerin nicht weitersprechen. Die Emotionen, welche mich just in diesem Moment überkamen, möchte ich hier nicht schildern. Das bin ich meinem Ruf als Gentleman schuldig. »Purer Zufall, wie so oft.«

»Ihr erlaubt, dass ich offen spreche, Mistress Brannigan?«

»Natürlich.«

»Wenn dem so ist, eine Frage: Ist Euch bekannt, wo … äh … Verzeiht, wenn ich es so unumwunden ausdrücke, aber …« Da stand ich nun, Auge in Auge mit einer Frau, deren Blick mich wie einen Schuljungen zum Erröten brachte. Und stammelte herum, als sei sie das erste weibliche Wesen, das ich zu Gesicht bekam. »Aber ist Euch bekannt, wo er sein Gewerbe …«

»Habt Dank für Eure Rücksichtnahme, Master Percival. Ich weiß es zu schätzen, seid dessen gewiss.« Das Objekt meiner Bewunderung zog ein Taschentuch hervor, betupfte die tränenfeuchten Augen und sagte: »Nie und nimmer hätte er sich mit diesen Leuten einlassen dürfen.«

»Habt die Güte und erklärt Euch, Mistress. Ihr sprecht in Rätseln.«

»Damit wir uns richtig verstehen, Master Percival: Der Hurenwirt war das geringere Übel.« Der Köper der jungen Frau straffte sich. »So merkwürdig sich dies für Außenstehende auch anhören mag.«

»Sondern wer?«

»Ich wünschte, ich könnte Euch eine befriedigende Antwort darauf geben.«

»Und ich wünschte, Ihr würdet mir alles mitteilen, was Ihr wisst«, erwiderte ich, nicht sicher, worauf meine Gesprächspartnerin anspielte. »Offen gestanden, ich verstehe nicht ganz, was Ihr meint.«

Die junge Frau stieß ein höhnisches Schnauben aus. »Ich fürchte, da gibt es auch nicht viel zu verstehen«, fuhr sie geraume Zeit später fort, damit beschäftigt, die Scherben eines zu Bruch gegangenen Bierhumpens aufzulesen. »Er ist sehenden Auges ins Verderben gerannt, und es gab nichts, was ihn davon abhalten konnte.«

»Wann genau habt Ihr Euren Bruder eigentlich zum letzten Mal gesehen?«

»Vor fünf Tagen.«

»Und wo?«

»In einer Taverne, wo denn sonst.«

»Gehe ich richtig in der Annahme, dass es sich um eine Taverne mit besonderer Kundschaft gehandelt hat?«

Eileen Brannigan pflichtete mir schweigend bei.

»Mit einer Kundschaft, die sich primär aus den gehobenen Kreisen rekrutiert?«

»Alle Achtung, Master Percival«, tat meine Gesprächspartnerin mit gerunzelter Stirn kund, was ihrer Anziehungskraft keinen Abbruch tat, »Ihr versteht Euer Handwerk.«

»Darf man erfahren, welchen Namen das Lokal trägt?«

»The Big Prick. Sagt ja wohl alles, oder?« Die junge Frau lachte verächtlich auf. »Nur einen Katzensprung von der Guildhall entfernt, falls Ihr es genau wissen wollt.«

»Will ich aber nicht.«

»Umso besser für Euch, wenn ich das so sagen darf.«

»Ich nehme an, das Zusammentreffen war nicht zufälliger Natur?«

»Nein, selbstverständlich nicht.« Brannigans Schwester unterbrach ihre Aufräumarbeiten, fuhr sich mit dem Handrücken über die Stirn und sagte: »Ich machte mir Sorgen, wie so häufig in letzter Zeit. Deshalb bin ich ihm gefolgt, obwohl ich nichts mehr hasse, als anderen Leuten hinterherzuspionieren.«

»Anders ausgedrückt, es kam zum Eklat.«

Eileen Brannigan nickte. »›Eklat‹ ist überhaupt kein Ausdruck. Der ganze Unmut, die aufgestaute Wut, das Missfallen über seinen Lebenswandel, all das kam auf einen Schlag zum Vorschein. Ich konnte mich nicht beherrschen – und wollte es auch nicht. Stuart war völlig perplex – und die Kavaliere, die er um sich geschart hatte, waren es auch. Schade nur, dass mich der Wirt vor die Tür gesetzt hat, sonst hätte ich sie mir der Reihe nach vorgeknöpft.«

»Und Euch in große Gefahr begeben.«

»Ich war in Sorge um meinen Bruder, ist das denn so schwer zu verstehen?«

»Mitnichten, Mistress Brannigan«, gab ich in besänftigendem Ton zurück, stützte die Handflächen auf die Oberschenkel und sagte: »Effekt gleich null, nehme ich an?«

»Nicht so voreilig, Master Percival«, erwiderte Stuarts Schwester, ordnete ihr Haar und warf mir einen Blick zu, der Emotionen auslöste, über die ein Gentleman Stillschweigen bewahren sollte. »Der interessante Teil kommt erst noch.«

»Wie darf ich das verstehen?«

»Als ich den Big Prick betrat, befand sich Stuart in Gesellschaft von zwei Männern, der eine groß, schlahk und ganz in Schwarz, der andere stiernackig und gedrungen, ein Schläger wie aus dem Bilderbuch.«

»Kundschaft, nehme ich an?«

»Das wage ich zu bezweifeln, Herr Rechtsanwalt.« Eileen Brannigan holte Luft. Bis auf Weiteres würde die Stube unbewohnbar sein, und die Frage war, was aus ihrer Bewohnerin werden sollte. »Die beiden Herren waren aus gänzlich anderem Holz geschnitzt.«

»Was macht Euch so sicher?«

Noch so ein Blick, der mir das Gefühl gab, mich bis auf die Knochen zu blamieren. »Gegenfrage, Herr Rechtsanwalt: Wer garantiert mir, dass mir so etwas wie heute nicht noch mal passiert?«

»Ich.«

»Ach ja?«

»Ihr steht unter meinem Schutz, Mistress«, platzte ich heraus, wie gebannt von meinem Gegenüber, die mich mit amüsiertem Augenaufschlag musterte. »Darauf könnt Ihr Euch verlassen.«

»Na schön, dann will ich mal nicht so sein«, gab Letztere zur Antwort, erhob sich und trat bis auf Armeslänge an mich heran. »Um es kurz zu machen, Master Percival. Die beiden Männer, die meine Wohnung verwüstet haben, waren keine Unbekannten für mich.«

Auf einen Schlag voller Tatendrang, hielt es mich nicht mehr auf meinem Stuhl. »Wollt Ihr damit andeuten, es habe sich um die gleichen Personen wie …«

»Korrekt, Barrister«, fiel Eileen Brannigan mir ins Wort, zog die Brauen hoch und bückte sich nach der Hanfschnur, mit der sie von den Eindringlingen gefesselt worden war. »Die Männer, mit denen Stuart sich im Big Prick getroffen hat, waren die gleichen wie die, die dieses Chaos angerichtet haben!«

XVII
CONFESSIO (IV)

Zeitpunkt der Niederschrift: 7. Februar 1601, kurz nach Beginn der achten Stunde

[13.00 h]

Ich liebe Spinnen. Ich weiß, es klingt makaber, aber im Gegensatz zu meinen Mitmenschen ziehen sie mich magisch an. Mag sein, dass ich mit meiner Meinung allein dastehe, doch mache ich mir nichts daraus. Wer wie ich von aller Welt verachtet wird, der legt auf fremde Ansichten keinen Wert, egal, aus wessen Mund sie stammen. Und es ist ihm einerlei, ob er scheel angesehen, gemieden oder hinter vorgehaltener Hand mit Hohn übergossen wird. Verschafft es ihm doch die Freiheit, nach eigenem Gutdünken zu handeln – und Sympathien zu hegen, die auf Unverständnis stoßen.

Bereits in meiner Kindheit, vor allem während meiner Aufenthalte im Burghley House, geschah es, dass ich im Park umherstreifte und den bewunderten Achtbeinern beim Weben ihrer Netze zusah. Aus gehöriger Entfernung, versteht sich, und mein Holzschwert in der Hand, um sie mir bei Bedarf vom Leib zu halten. Anders als meine Mitschüler, die bei ihrem Anblick von Ekel gepackt wurden, verharrte ich jedoch auf der Stelle, regungslos, in Erwartung des alles entscheidenden Moments.

Dass dieser Moment kommen würde, war nur eine Frage der Zeit. Nichts leichter, als mein Holzschwert oder einen herumliegenden Ast zu nehmen, wie ein Berserker loszustürmen und das Netz samt Schöpferin in Stücke zu hauen. Genau das wäre mir jedoch nie in den Sinn gekommen, damals wie heute nicht. Ich ließ es gemächlich angehen, konnte stundenlang dasitzen und den Gegenstand meiner Neugierde beim Weben beobachten. Es bereitete mir Freude, die Netze im Sonnenlicht glitzern und wie eine kostbare Perlenkette funkeln zu sehen, die einen trichterförmig, die andern mit dem Aussehen eines Rads und wiederum andere in Form eines Schlauchs, in dem die Beute auf Nimmerwiedersehen verschwand.

Auf Nimmerwiedersehen, als habe es das vorwitzige Insekt nie gegeben.

Ergo: Um etwas fürs Leben zu lernen, empfiehlt es sich, mit offenen Augen durch die Welt zu gehen. Aus Büchern kann man eine Menge lernen, daran hege ich keinen Zweifel. Wesentlich mehr Gewinn trägt man jedoch davon, wenn man die Natur zum Vorbild nimmt und die richtigen Schlüsse aus den vor Ort gewonnenen Erkenntnissen zieht. Nehmen wir zum Beispiel die Webspinnen, von denen es Dutzende von Arten gibt. Um Beute zu machen, das heißt, um zu überleben, sind sie darauf angewiesen, ein möglichst dichtes Netz zu kreieren, je undurchlässiger, desto größer die Erfolgschancen. Dazu benötigt wird vor allem eins, nämlich Zeit. Unziemliche Hast oder mangelnde Sorgfalt können fatale Folgen haben und die Schöpferin des Netzes um den erhofften Erfolg bringen. Von daher ist es geboten, mit Bedacht und einer gehörigen Portion Abgeklärtheit zu Werke zu gehen, vorausgesetzt, es ist einem ernst mit dem, was man tut.

Was das soeben Dargelegte mit meinem Amt als leitender Minister Ihrer Majestät zu tun hat, begehrt der Leser dieser Zeilen zu wissen? Mehr, als es bei oberflächlicher Betrachtung den Anschein hat, fürchte ich. Machen wir uns nichts vor: Wer Politik betreibt, kann sich über einen Mangel an Feinden nicht beklagen, so niederschmetternd die Erkenntnis auch klingen mag. Und er tut gut daran, sich damit abzufinden. Nur Narren, an denen bei Hof wahrlich kein Mangel herrscht, sind der Meinung, sie könnten es jedem recht machen. Eine Einstellung, die fatale Folgen haben kann.

Um Widersacher mundtot zu machen, gibt es verschiedene Möglichkeiten, je nach Grad ihrer Gefährlichkeit. Manchmal genügt es, dem Rivalen einen diskreten Wink zu geben oder seine Schwächen bloßzulegen, um ihn zu gegebener Zeit unter Druck zu setzen. Darüber hinaus kann es aber auch vorkommen, dass man mit Akribie, Einfallsreichtum und Diskretion zu Werke gehen und sich jeden Schritt, den man tut, genau überlegen muss. Nur so wird es einem gelingen, ein möglichst lückenloses Netz zu knüpfen, auf dass sich der Betreffende darin verheddern möge.

Je undurchlässiger, desto größer die Aussichten auf Erfolg. Und desto größer die Wahrscheinlichkeit, dass der Genarrte keine Nachahmer finden wird.

Im Übrigen ist es keine große Kunst, einen Rivalen zu demontieren. Alles, was zur Erreichung des Ziels benötigt wird, ist, den wunden Punkt des Gegenspielers ausfindig zu machen. Das kann dauern, ich gebe es zu. Irgendwann, und sei es auch in ferner Zukunft, werden die Bemühungen indes von Erfolg gekrönt sein. Laster haben wir nämlich alle, der eine mehr, der andere weniger. Und wenn nicht, dann gibt es irgendein Geheimnis, welches wir vor der Welt zu verbergen trachten, so bestrebt wir auch sind, nichts davon nach außen dringen zu lassen. Auch wenn man noch so geschickt agiert, früher oder später kommt alles ans Licht. Davon bin ich felsenfest überzeugt.

Nur nichts überstürzen, lautet die Devise. Blinder Eifer schadet nur, nichts törichter, als mit der Tür ins Haus zu fallen. Regel Nummer zwei: Sei diskret, je weniger Mitwisser, desto größer die Aussicht auf Erfolg. Drittens und letztens: Hast du es mit einem ebenbürtigen Gegner zu tun, finde Mittel und Wege, um ihn aus der Reserve zu locken. Will heißen, lege einen Köder aus und warte ab, bis dein Widersacher anbeißt.

In aller Ruhe, ohne übereilt zu handeln.

Wie allgemein bekannt, gibt es zwei Arten von Ködern, nämlich Geld oder attraktive Frauen. Oder, um ein heißes Eisen anzufassen, feminin anmutende Knaben. Im Falle des Earls of Essex, meines verhassten Rivalen, habe ich mich für die dritte Variante entschieden. Besteht der Ruf, der ihm vorauseilt, doch nicht zu Unrecht. Devereux als Lebemann zu bezeichnen, erscheint mir schmeichelhaft, wenn nicht gar deplatziert. Nach Auskunft einer Hausangestellten, die in meinem Sold steht, ist er nämlich sowohl dem weiblichen als auch dem eigenen Geschlecht zugeneigt, was – wen wundert's! – bei Hof geflissentlich totgeschwiegen wird. Um ihn zu demaskieren respektive zu demontieren gab es folglich zwei Möglichkeiten, die eine eher konventionell, die zweite anrüchig, wenn nicht gar widerwärtig.

Um es vorwegzunehmen, ich hege eine innige Antipathie gegen den Mann, seit frühester Jugend, wie ich mit

Groll im Herzen betonen muss. Ich war 13, als der eitle Geck in mein Leben trat, eine Begegnung, die meinem Dasein eine schicksalhafte Wendung gab. Nicht etwa, dass ich außerstande gewesen wäre, den um vier Jahre Jüngeren in die Schranken zu weisen. Schließlich war ich der Sohn von Lord Burghley, graue Eminenz hinter dem Thron und unverzichtbarer Berater der Königin. Nein, ich wäre Manns genug gewesen, mich zu behaupten, betrachtete es jedoch als unter meiner Würde, dem Hurenbastard zu zeigen, wo sein Platz ist.

Man verzeihe mir die unflätige Wortwahl, es soll nicht wieder vorkommen. Am Wahrheitsgehalt des Gesagten, fürchte ich, besteht nicht der geringste Zweifel. Dass Essex' Mutter die Geliebte des Earls of Leicester war, pfiffen die Spatzen von den Dächern, lange bevor der gehörnte Ehemann davon erfuhr. Am Wutanfall der Königin im Gefolge der Heirat der beiden Turteltauben änderte dies jedoch nichts. Umso erstaunlicher, dass unsere Monarchin einen Narren an meinem Intimfeind gefressen hatte, wieso, werde ich wohl nie begreifen.

Wir wurden Todfeinde, das ließ sich nicht vermeiden. Todfeinde fürs gesamte Leben. Wenn jemand die Schuld trägt, dann Devereux, eitler als ein Pfau, eingebildeter als ein französischer Comte, raufustiger als ein Ire, der sich dem Trunk hingibt, und ungebildeter als ein Hintersasse. Das klingt, als trüge ich einen unbändigen Hass im Herzen, größer als der Groll, den ich gegenüber den Papisten hege. Ich fürchte, der Eindruck kommt nicht von ungefähr. Worin der Ursprung dafür zu suchen ist? Ganz einfach. Devereux ließ keine Gelegenheit aus, mir Schaden zuzufügen. Dementsprechend schlecht war es um meine Reputation bestellt, sowohl bei der Dienerschaft im Burghley

House als auch bei den Altersgenossen, die der Obhut meines Vaters unterstellt waren. Bei allem, was mir widerfuhr, war Essex die treibende Kraft, und als sei ich mit meiner Gestalt nicht genug gestraft, machte er sich auch noch lustig darüber, nannte mich Zwerg, Krüppel, Glotzkröte, Missgeburt und vieles mehr. Besonders viel Spaß bereitete es ihm, meine Defizite auf sportlichem Gebiet aufs Korn zu nehmen. Derlei Attacken trafen mich besonders hart, und es fiel mir nicht leicht, die Contenance zu wahren. Auf Vater, so schwer es mir fällt, dies zu erwähnen, war ohnehin kein Verlass. Der allmächtige Lord Burghley hatte Besseres zu tun, als sich in die Niederungen unserer Streitereien zu begeben, das machte er mir unmissverständlich klar. Der künftige erste Minister Ihrer Majestät, ließ er mich von oben herab wissen, müsse lernen, seinen Mann zu stehen, sonst sei er es nicht wert, seinem Land zu dienen.

Noch Fragen?

Ich denke nein.

Vor drei Jahren, am vierten Tag im Monat August, war es endlich so weit. Vater segnete das Zeitliche, und ich, Robert Cecil, verachtet, verhasst, verspottet, verleumdet und vieltausendfach verflucht, wurde sein Nachfolger. Die Rache war mein, der Tag, an dem ich mein Netz zu weben begann, gekommen.

Zugegeben, Devereux hat es mir leicht gemacht. Fast ein wenig zu leicht, wie ich im Nachhinein gestehen muss. Anstatt vom Ruhm zu zehren, den er bei Cádiz erwarb, dürstete ihn nach neuen Taten. Nun ja, was soll ich sagen. So kann es gehen, wenn man den Hals nicht voll bekommt und blindlings ins Verderben rennt. Irland befrieden, dass ich nicht lache. Um dieses Kunststück zu bewerkstelligen, hätte es eines Feldherrn von Format bedurft. Ein Hasardeur wie Essex, eher am eigenen Wohlergehen als an demjenigen seiner Soldaten interessiert, war die schlechteste Wahl, die man hätte treffen können. Mich in die Phalanx der Mahner einzureihen, kam mir dennoch nicht in den Sinn. Ich war mir sicher, Essex würde über kurz oder lang scheitern, eine Einschätzung, mit der ich vollkommen richtig lag.

Alles andere als richtig lag ich dagegen mit meiner Prognose, wie die Königin das Scheitern ihres Favoriten goutieren würde. Gewahrsam im York House, nur einen Katzensprung von seinem Stadtpalais entfernt. Mehr nicht. Angesichts der Schwere des Vergehens für mich kein Grund zum Jubilieren. Ich war außer mir, konnte es nicht begreifen. Selbst jetzt, im Angesicht des kläglichen Scheiterns, hielt die Königin immer noch zu ihm. Aus Gründen, die nicht nur mir völlig schleierhaft waren.

Ein Sprichwort sagt, wilde Tiere sind am gefährlichsten, wenn man ihnen eine schwere Wunde zugefügt hat. Essex bildete keine Ausnahme von dieser Regel. Er war angezählt, lag jedoch noch nicht am Boden. Mit anderen Worten, um ihn kaltzustellen, musste ich mir etwas einfallen lassen. Das Netz, in dem er sich verfangen sollte, durfte keine Webfehler aufweisen. Sonst wäre es ihm ein Leichtes, durch die Maschen zu schlüpfen.

Auf die Gefahr hin, mich zu wiederholen: Mein Plan ging dahin, Essex an seinem wunden Punkt zu treffen. Dies zu bewerkstelligen war jedoch schwieriger, als ich dachte. Anders ausgedrückt, ich beging einen folgenschweren Fehler.

Einen Fehler, der mich zwang, unorthodoxe Methoden anzuwenden.

Stuart Brannigan, so jung und schon so talentiert. Einer meiner fähigsten Leute, ein Spitzel und Lockvogel wie aus dem Bilderbuch. Dass ausgerechnet er zum Verräter werden würde, hätte ich nie und nimmer gedacht.

Irren ist menschlich, möge er in Frieden ruhen.

XVIII

DIARIUM (VIII)

Zeitpunkt der Niederschrift: 25. Februar 1601, knapp drei Stunden nach Mitternacht

[03.20 h]

»Mein Freund Clayton auf Freiersfüssen – dass ich das noch erleben darf!«, rief Brendan frohgemut aus, durchmaß die Stube meiner Kanzlei und kostete die Chance, mich auf die Schippe zu nehmen, weidlich aus. »Kaum lässt man ihn auf die Damenwelt los, angelt er sich eine dralle Maid, schleift sie an den Haaren hinter sich her und quartiert sie in seinem Junggesellenhaushalt ein. Ohne Hintergedanken, versteht sich, aus rein beruflichen Gründen. Schließlich handelt es sich um eine wichtige Zeugin, da wollen wir mal nicht so sein. Was die Nachbarn wohl sagen, wenn sie spitzkriegen, mit was für einem Unhold sie da Tür an Tür wohnen? Sodom und Gomorrha in der Thames Street, pfui und abermals pfui!« Brendan wedelte wie ein Bußprediger mit dem Zeigefinger herum. »Ich muss schon sagen, Percy-Boy, du bist mir ja ein ganz Schlimmer. Kleiner Schwerenöter, wie? Kaum lässt man ihn aus den Augen, sündigt er, dass die Fetzen fliegen. Da sieht man's mal wieder, der Apfel fällt eben nicht weit vom Stamm. Sag mal, schämst du dich eigentlich nicht?«

»Tut mir leid, dich enttäuschen zu müssen, Brendan. Aber mir ist momentan nicht nach Scherzen zumute.« So sind diese Iren nun einmal. Um sich auf anderer Leute Kosten zu amüsieren, ist ihnen jedes Mittel recht. Am besten, man lässt sie ins Leere laufen. Die sicherste Methode, um Brendan und Konsorten den Wind aus den Segeln zu nehmen. »Wir ermitteln in einem Mordfall, da vergeht einem ja wohl das Lachen.«

Der Appell zur Mäßigung blieb ohne Wirkung. »Sage mir keiner, ihr Engländer hättet keinen Geschmack«, fuhr Brendan unbeeindruckt fort und labte sich an den selbstgebackenen Ingwerplätzchen, die Margie auf den Tisch gestellt hatte. »Ich muss schon sagen, ich habe dich unterschätzt. Hut ab, Percy-Boy, von dir kann man eine Menge lernen.«

»Vor allem, wie man's nicht macht, oder wie siehst du das?«, versetzte ich und deutete auf meine rechte Schläfe, wo eine dunkelrote Schwellung prangte. »Wir leben gefährlich, das ist dir ja wohl klar.«

Brendans Heiterkeit erlitt einen herben Dämpfer. »Kann man wohl sagen«, pflichtete er mir bei, was ihn nicht daran hinderte, zwei Plätzchen auf einmal in den Mund zu schieben. »Und du bist dir wirklich sicher, dass …«

»Hundertprozentig, Brendan. Irrtum ausgeschlossen.«

»Mit allem hätte ich gerechnet, nur damit nicht.«

»Falls es dich beruhigt, mir geht es genauso.«

Das Kinn zwischen Daumen und Zeigefinger, legte der Coroner eine Denkpause ein. Und vertilgte ein weiteres Plätzchen. »Tja, wie heißt es doch gleich? Im Leben trifft man sich immer zweimal. Und du bist dir auch absolut …«

»Absolut, ob du es glaubst oder nicht.«

»So leid es mir tut, Clayton«, räumte Brendan mit nachdenklicher Miene ein, setzte sich neben mich und starrte an die gegenüberliegende Wand, »das kriege ich in meinen Schädel nicht rein. Ich dachte, wir sehen den Kerl nie wieder.«

»Nicht nur du, alter Freund, nicht nur du«, bekräftigte ich, die Szene im Sinn, als ich das Bewusstsein verlor. So oft ich sie mir auch vergegenwärtigte, am Bild, das vor meinem inneren Auge entstand, änderte sich nichts. Der Mann, dem ich meine Schramme zu verdanken hatte, war kein Unbekannter für mich. Und für Brendan, der die Plätzchen keines Blickes mehr würdigte, auch nicht. »Maxwell Barnes ist von den Toten auferstanden, an den Gedanken müssen wir uns gewöhnen.«

»Scheint so.«

»*Ist* so, fürchte ich.« Das war leichter gesagt als getan, der Gewissheit zum Trotz, dass mein Erinnerungsvermögen wie gewohnt funktionierte. Maxwell Barnes, Sohn eines Friedensrichters aus Norfolk, war kein Kommilitone wie jeder andere gewesen, weder für mich, als sich unsere Wege am Queen's College in Cambridge kreuzten, noch für Brendan, weiland frischgebackener Student der Medizin, der wenig später zu uns gestoßen war. »Ich frage mich, wie so etwas möglich ist.«

»Dass er nicht zögert, dir eins über den Schädel zu ziehen?«

»Das natürlich auch, aber nicht nur.« Maxwell, Brendan und ich waren unzertrennlich gewesen, von Anbeginn bis zu seinem Verschwinden vor zehn Jahren. Wir hatten zusammengehalten wie Pech und Schwefel, selbst für Cambridger Verhältnisse, wo Kameradschaft seit jeher großgeschrieben wurde. Das Kleeblatt, so der durchaus zutreffende Spitzname, hatte denn auch häufig von sich reden gemacht, sei es durch Brendans Frauengeschichten, mit denen er wiederholt für Gesprächsstoff sorgte, sei es durch Maxwells Neigung, die Professoren coram publico in Verlegenheit zu bringen. Es ist mir zwar ein wenig peinlich, dies zuzugeben, aber was dessen akademische Meriten betraf, konnte ich meinem Stubennachbarn nicht das Wasser reichen. Maxwell war nicht nur begabt, sondern brillant, wenn nicht gar genial gewesen, und es gab nicht wenige, die ihm eine glänzende Zukunft als Jurist prophezeit hatten. An seiner Neigung, die Kommilitonen von oben herab zu behandeln, hatte dies jedoch nichts geändert. Soweit ich mich entsinnen kann, waren Brendan und ich die einzigen gewesen, mit denen er so etwas wie Konversation betrieb, ein Verhalten, mit dem Maxwell auf wenig Gegenliebe stieß. Das Gleiche galt für die Art, wie er sich kleidete, nämlich von Kopf bis Fuß in Schwarz. Verglichen mit den Kommilitonen, die in puncto Extravaganz miteinander gewetteifert hatten, fiel er denn auch gänzlich aus dem Rahmen, von seinem Aussehen, dem die Aura des Mystischen anhaftete, nicht zu reden. Maxwell war annähernd so groß wie ich, jedoch ungleich auffälliger, wenn ich das so formulieren darf. Die wie ausgebleicht wirkende Haut hatte nicht unwesentlich dazu beigetragen, bedingt durch eine Phobie vor Sonnenlicht, die das Maß des Normalen überschritt. Ohne Hut, dunklen Umhang und das bis oben zugeknöpfte Wams hatte sich der Exzentriker nicht auf die Straße gewagt, und es gab Stimmen, die behaupteten, er sei nicht ganz richtig im Kopf. Von Sinnen oder nicht, Maxwells Gesichtszüge sprachen für sich. Nahezu sechs Fuß groß, leichenblass, das pergamentfarbene Gesicht von tiefen Falten durchpflügt, markante Hakennase, ausgezehrt wie ein Asket, stechender Blick aus schachtförmigen Höhlen und halb so alt, wie sein Aussehen vermuten ließ. So ist mir das Mysterium namens Barnes in Erinnerung geblieben.

Kurzum, aus Maxwell wurde man nicht schlau. Das galt für die Marotten, die er im Umgang mit seinen Kommilitonen an den Tag legte, und es galt insbesondere für die Art und Weise, wie sich sein Abschied von der Universität vollzog. Er war kein Mann der großen Worte, darin waren wir uns ähnlich. Am faden Beigeschmack, den sein plötzliches Verschwinden hinterließ, änderte dies jedoch nichts. Maxwell Barnes verschwand spurlos, vom einen auf den anderen Tag, ohne Vorankündigung und ohne Abschiedsworte. Brendan und ich waren am Boden zerstört gewesen, doch sosehr wir auch nach einem Lebenszeichen Ausschau hielten, so deprimierend war das Resultat.

Doch dann, nach Wochen bangen Wartens, traf eine unerwartete Nachricht ein. Der Dekan höchstpersönlich teilte uns mit, Kommilitone Barnes habe um die Streichung von der Liste der Studierenden gebeten, ohne Angabe von Gründen, wie er mit eindringlicher Miene versicherte. Der Betrieb war wieder seinen gewohnten Gang gegangen, und es schien, als habe es den exzentrischen Mitstudenten nie gegeben.

Dass dem nicht so war, hatte ich auf höchst schmerzhafte Art zu spüren bekommen, ein Erlebnis, auf das ich liebend gern verzichtet hätte. »Ehrlich gesagt, Brendan, ich weiß nicht, was ich von der Geschichte halten soll.«

»Ich schon.«

»Wie meinst du das?«

»Na, du machst mir wirklich Spaß.« Der Coroner ließ die angestaute Atemluft entweichen, sah mich kopfschüttelnd an und sagte: »Ich wüsste nicht, was es da zu verstehen gäbe. Er wollte dich ins Jenseits befördern, das ist doch wohl klar.«

»Das bezweifle ich.«

»Und wenn nicht, was würde das am Geschehen ändern?«

Meine Antwort bestand aus einem langgezogenen Seufzen. »Nichts.«

»Na also, sag ich doch.«

Brendan hatte recht. Um Licht ins Dunkel des Mordfalls zu bringen, waren wir auf Fakten angewiesen. Auf Fakten, die uns auf die Spur des Täters bringen würden. Oder *der* Täter. Je nachdem. »Du erlaubst, dass ich rekapituliere?«

Der Coroner rang sich zu einem huldvollen Nicken durch.

»Am gestrigen Freitag, genauer gesagt spätnachmittags, macht Brad Tennyson, seines Zeichens Müllkärrner, einen grausigen Fund. Wie mittlerweile bekannt, handelt es sich bei dem von ihm am Houndsditch aufgefundenen Leichnam um die sterblichen Überreste von Stuart Brannigan, zuletzt wohnhaft in St Bartholomew by the Royal Exchange.«

»Anhand der Obduktion, durchgeführt vom genialsten Coroner aller Zeiten, wird ersichtlich, dass das 17-jährige Mordopfer auf barbarische Weise gequält wurde. Genauer gesagt, Brannigan wurde entmannt. Nicht genug damit, wurde ihm das Geschlecht in den …«

»Todesursache?«

»Exitus durch Ersticken«, gab Brendan postwendend zurück, nur um im gleichen Atemzug hinzuzufügen: »Jetzt hab dich mal nicht so, du Sensibelchen. Und sieh den Tatsachen ins Auge.«

»Die da lauten: Stuart Brannigan, jüngstes von insgesamt sieben Geschwistern, ehemaliger Zögling im Manor of the Rose und Sohn eines vor zwei Jahren verstorbenen Ratsschreibers, war laut Aussage seiner Schwester Eileen als Lustknabe tätig.«

»Eine Information, die durch das Entfernen der Körperbehaarung sowie künstlich gezogene Brauen und einen zinnoberrot gefärbten Schopf bestätigt wird.«

»Du hast den Ohrring vergessen.«

»Klugscheißer.«

»Ehre, wem Ehre gebührt.«

»Fahren Sie fort, Herr Staranwalt, ich bin ganz Ohr.«

»Wie gesagt: Laut Angaben seiner Schwester, 23 Jahre alt und derzeit als Wäscherin tätig, war Brannigan auf die schiefe Bahn geraten. Aber lassen wir das.«

»Genau, pfui Teufel aber auch!«

»Darf ich weitermachen oder möchtest du noch einen Kommentar absondern?«

Brendan machte eine abwehrende Geste.

»Bleibt die Frage nach dem Mordmotiv.«

»Und diejenige nach dem Täter.«

»Oder nach *den* Tätern und ihrem einflussreichen Auftraggeber.«

Brendan runzelte die Stirn. »Du glaubst also, wir haben es mit einem Auftragsmord zu tun.«

»Ich glaube es nicht nur, ich weiß es.«

»Und woher die Gewissheit, Eure Magnifizenz?«

»Gegenfrage: Wieso, Herr von und zu Ale-Fass, wollte uns der Chief Constable ins Handwerk pfuschen?«

»Na schön«, lenkte Brendan achselzuckend ein, »nehmen wir mal an, du hast recht. Dann bedeutet das, Brannigan befand sich im Besitz von Informationen, die …«

»Geeignet waren, einen handfesten Skandal vom Zaun zu brechen. Du hast es erfasst, mein Freund.«

»Fragt sich nur, um welche Art von Informationen es sich handelt«, vollendete Brendan, die Hände verschränkt und das Kinn auf die Daumenkuppen gestützt. »Und wer einen Meuchelmörder anheuern würde, um sie unter den Tisch zu kehren. Tja, was soll ich sagen? Leute, die Dreck am Stecken haben, gibt's wie Sand am Meer. Besonders in der High Society. Je höher, desto mehr haben die Herrschaften zu verbergen. Der Fisch stinkt vom Kopf her, das weißt du genauso gut wie ich.«

Tief in Gedanken, fuhr ich abrupt in die Höhe. »Was hast du gerade gesagt?«

»Dass der Fisch vom Kopf her stinkt, oder bist du anderer Meinung?«

»Keineswegs, Brendan, keineswegs.« Der Gedanke, der mich in diesem Augenblick durchfuhr, war so brisant, dass ich ihn nicht auszusprechen wagte. »Wie dem auch sei, die Indizien sprechen dafür, dass unser gemeinsamer Freund Maxwell in die Angelegenheit verwickelt war.«

»Dass er der Mörder ist, sprich es ruhig aus.«

»Und die Beweise?«

»Na, du machst mir vielleicht Spaß!«, wetterte Brendan und warf mir einen ungläubigen Blick zu. »Brannigan stand mit ihm in Kontakt, schon vergessen?«

Ich verneinte.

»Gehen wir mal davon aus, dass Brannigan zu viel wusste. Was läge näher, frage ich dich, als möglichst viel Kapital aus der Sache zu schlagen?«

»Nichts.«

»Ergo: Der smarte Jüngling vereinbart ein Treffen, um die Konditionen auszuhandeln.«

»Und wird kurzerhand beseitigt.«

»Bist ein schlaues Kerlchen, Percy-Boy. Hab ich immer schon gewusst.«

»Lass mich kurz nachdenken, Brendan.« Die Fingerkuppen aneinandergelegt, ließ ich die Geschehnisse Revue passieren. »Angenommen, deine Hypothese träfe zu.«

»Ich höre?«

»Dann würde das bedeuten, dass der Deal geplatzt ist. Was ich damit sagen will, ist: Hätten Maxwell und sein Helfershelfer bekommen, wonach sie suchten, wäre es nicht notwendig gewesen, die …«

»… Bude deiner Herzallerliebsten auf den Kopf zu stellen, sie zu fesseln und nach allen Regeln der Kunst auszuquetschen, du sagst es«, kam der Coroner der Antwort in rekordverdächtigem Tempo zuvor. »Was haben sie eigentlich zu ihr gesagt?«

»Maxwell und sein Handlanger? Kein Wort.«

»Schon irgendeine Idee, wonach Barnes gesucht haben könnte?«

»Ich gäbe etwas dafür, wenn ich es wüsste, Chief Coroner.«

»Und was jetzt?«

»Gute Frage.« Die Stirn in Falten, grübelte ich über unser weiteres Vorgehen nach. »Das Beste ist, ich begebe mich in den Big Prick, knüpfe mir den Wirt vor und fühle ihm ein wenig auf den Zahn.«

»Mein Freund Clayton auf Erkundungstour im Bordell, dass ich das noch erleben darf.« Brendan hielt sich den Bauch vor Lachen. »Na, dann sieh dich mal vor, dass du nicht unter die Räder gerätst, wärst nicht der Erste, dem so ein Malheur passiert. Und nimm genug Geld mit, wenn schon, denn schon.«

»Deinen Humor wollte ich haben, Brendan.«

Die Äußerung verhallte ungehört. »Und was ist mit mir?«, lästerte der Coroner, immer dann zur Stelle, wenn Ermittlungen der besonderen Art anstanden. »Damit das klar ist, ich will auch meinen Spaß haben.«

»Keine Sorge, Brendan«, lenkte ich mit diabolischem Schmunzeln ein, rückte so nah wie möglich an ihn heran und flüsterte: »Du bist dazu auserkoren, eine höchst brisante Mission auszuführen. Dazu braucht es jemanden wie dich, falls du verstehst, was ich damit meine.«

»Brisante Mission, was soll das heißen?«

»Falls es dir nichts ausmacht, würde ich dich bitten, eine weibliche Zeugin zu verhören«, flötete ich, nach Kräften bemüht, meine Heiterkeit zu unterdrücken. »Mit Betonung auf ›weiblich‹, falls du verstehst, was ich meine.«

Es kam, wie es kommen musste. Ich hatte richtig kalkuliert. »Klingt nicht übel«, räumte Brendan nach kurzem Zögern ein, in Gedanken bei der attraktiven Zeugin, die seine Fantasie zum Brodeln brachte. »Und um wen handelt es sich?«

»Um eine Hausgehilfin des Earls of Essex, falls du es genau wissen willst«, fuhr ich mit todernster Miene fort. »Du erinnerst dich an das Wappen auf Brannigans Wams?«

»Denkst du etwa, ich bin schwer von Begriff?«, fuhr der Coroner mich an, schnell bei der Hand, wenn seine Fähigkeiten in Zweifel gezogen wurden. »Du willst also, dass ich die junge Lady aushorche, sehe ich das richtig?«

»Nur mal langsam, alter Schwerenöter, von ›jung‹ habe ich nichts gesagt.«

Um eine Enttäuschung reicher, stieß Brendan einen halblauten Klagelaut aus. »Sondern?«

»Sagen wir mal so, es handelt sich um eine nahe Verwandte von Margery.«

»Um wen?«, rief Brendan mit bestürzter Miene aus, sprang auf und starrte mich an, als sei ich nicht mehr ganz richtig im Kopf. »Das meinst du doch nicht ernst, oder?«

»Doch«, gab ich mit scheinheiligem Augenaufschlag zurück, kurz davor, laut loszubrüllen. »Wenn hier jemand etwas von Frauen in reiferen Jahren versteht, dann du. Weißt du was, Brendan? Am besten, du nimmst Margie mit, gemeinsam werdet ihr das Kind schon schaukeln.«

»Margie?«, blaffte Brendan und funkelte mich mit wutentbrannter Miene an. »Sag mal, hast du sie noch alle? Ich und dein Hausdrachen, vereint im Kampf gegen das Böse. Das muss man sich mal vorstellen. Vergiss es, Clayton, bevor das passiert, kaufe ich mir einen Strick und hänge mich in aller Ruhe ...«

»Lasst Euch nicht aufhalten, Ire. Und lasst mich wissen, wenn ich Euch behilflich sein kann.«

Um festzustellen, wer Brendans Worte beim Betreten der Stube aufgeschnappt hatte, mussten wir uns nicht umdrehen. Die Stimme in unserem Rücken zerstreute jegliche Zweifel.

»Margie, du?«

»Ja, ich, Clayton«, grummelte meine Amme, auf dem Rückweg von ihrer Schlafkammer, wo sie Brannigans Schwester einquartiert hatte. »Raus mit der Sprache, was habt ihr zwei Meisterdetektive ausgeheckt?«

»Nicht der Rede wert, Margie«, flötete ich, nahm Wams und Hut vom Haken und hastete mit weit ausgreifenden Schritten zur Tür. »Der Coroner wird dich auf den neuesten Stand bringen. Bis nachher, ihr beiden, ich habe zu tun!«

Die Zeit ist aus den Fugen.

The time is out of joint.

Hamlet I,5

DRITTES BUCH

Schwer ruht das Haupt, das eine Krone drückt.

Uneasy lies the head that wears a crown.

König Heinrich IV. III,1

XIX
CONFESSIO (V)

Zeitpunkt der Niederschrift: 25. Februar 1601, dreieinhalb Stunden nach Mitternacht

[04.00 h]

Es gäbe noch so viel zu berichten, aber da ich nicht mehr lange zu leben habe, muss ich mich notgedrungen kurz fassen. Die Akkuratesse wird dabei zu kurz kommen, das ist nun einmal nicht zu ändern. Dennoch werde ich bemüht sein, der Wahrheit eine Gasse zu bahnen, auf die Gefahr, noch mehr anzuecken als bisher. Mag Cecil auch versuchen, mir die Schuld für die Geschehnisse des 8. Februar in die Schuhe zu schieben und die Frechheit besitzen, mich als prinzipienlosen Hochverräter zu brandmarken, seine Winkelzüge werden die gewünschte Wirkung verfehlen. Denn noch gibt es Leute, die sich nicht ins Bockshorn jagen lassen, die nicht alles für bare Münze nehmen, was die Ohrenbläser von Robert Cecil unters Volk streuen. An sie, welche die Machenschaften des infamen Krüppels durchschauen, richtet sich mein Appell, und ich bin zuversichtlich, dass sie die Lauterkeit meiner Absichten erkennen werden.

Natürlich weiß ich, was mir bevorsteht, schließlich bin ich Realist. Beim ersten Hahnenschrei, während meine Landsleute noch in tiefem Schlummer liegen, wird der

Lord Lieutenant des Tower diese Stube betreten, er wird mich fragen, ob ich eine angenehme Nachtruhe gehabt habe und mir den Vorschlag unterbreiten, einen Imbiss einzunehmen. Da ich Tafelfreuden zeitlebens zu schätzen wusste und ein kategorisches Nein einem Affront gleichkäme, bin ich geneigt, die Offerte anzunehmen, egal, ob die Henkersmahlzeit mundet. Wichtig ist allein, Haltung zu bewahren, beinahe um jeden Preis, so schlimm es auch um einen bestellt sein mag. Ein Peer von England, davon bin ich zutiefst überzeugt, sollte anderen ein Beispiel geben. Selbst dann, wenn seine Lage aussichtslos erscheint.

Wie oft ich den Weg zum Schafott in Gedanken zurückgelegt habe, vermag ich nicht zu sagen. Aber ich weiß, dass ich ihn erhobenen Hauptes absolvieren und meine Widersacher, die sich wie Aasgeier um das Blutgerüst scharen werden, keines Blickes würdigen werde. Intriganten wie Raleigh werden sich die Gelegenheit gewiss nicht entgehen lassen, mit dem Gedanken muss ich notgedrungen leben.

Am meisten beschäftigt mich jedoch die Frage, ob meine Mitverschworenen dasselbe Schicksal erleiden werden wie ich. Was, frage ich mich bangen Herzens, wird aus Southampton, Rutland und Sussex werden, was aus Mounteagle, Cromwell, Sandys und all jenen, welche für mich Partei ergriffen und Leib und Leben aufs Spiel gesetzt haben, um die Königin aus Cecils Würgegriff zu befreien? Ich werde es vermutlich nie erfahren, noch werde ich Gelegenheit haben, ihnen Lebewohl zu sagen.

Ich werde meinen letzten Gang allein hinter mich bringen müssen, eskortiert von einem halben Dutzend Hellebardisten, die jeden meiner Schritte beobachten. An Flucht zu denken wäre töricht, soweit bekannt, ist dies noch niemandem geglückt. Am Ende des Weges, auf Tower Green, wird dann das Schafott auf mich warten, eigens zu diesem Anlass zusammengezimmert, wie der Lord Lieutenant durchblicken ließ.

Und danach, was dann? Was wird geschehen, wenn das Tagewerk des Henkers vollendet ist?

Wohin wird mich mein Weg dann führen?

Drei Stunden noch, und ich werde es erfahren.

Ich weiß, welchen Vorwurf künftige Generationen erheben werden, nämlich dass ich es war, der den Stein ins Rollen gebracht und meinen Widersachern in die Hände gespielt hat. Aus ihrer Sicht mag dies zutreffen, wobei ich mich frage, ob es eine Alternative gab. Cecil wäre nicht der gewesen, für den er gehalten wurde, hätte er nichts unversucht gelassen, um mich vor aller Welt bloßzustellen. Nicht genug, dass er mich nach Kräften bei der Königin anschwärzte, er besaß darüber hinaus auch die Dreistigkeit, meine Rückkehr aus Irland als Fahnenflucht darzustellen. Doch das war längst noch nicht alles, ich hätte es wahrhaftig wissen müssen. Der Bucklige wollte mich nicht kaltstellen oder meiner Ämter berauben oder mich aus der Gunst der Königin verdrängen, er wollte mich vernichten – und für immer vom Angesicht der Erde tilgen. Nun ja, wie die Dinge liegen, stehen die Chancen dazu nicht schlecht. Exakt drei Stunden, und Robert Cecil ist am Ziel seiner Wünsche.

In einem Punkt freilich hat sich der höchst ehrenwerte 1. Earl of Salisbury geirrt. Anders als von ihm vermutet, halte ich es mit dem weiblichen Geschlecht. Wiewohl ich aus sicherer Quelle weiß, dass Cecil den Versuch unternahm, meine Präferenzen auf die Probe zu stellen. Ein männlicher Lockvogel, in Liebesangelegenheiten offenbar nicht unerfahren. Es versteht sich von selbst, dass es mir gelang, Cecils Pläne zu durchkreuzen, mit welchen Methoden, gehört nicht hierher.

Dass es Hunderte von Spitzeln gibt, die in Cecils Sold stehen, ist hinlänglich bekannt. Solange England mit dem Rücken zur Wand steht und Spanien alles daransetzt, das Gift des Papismus in die Ohren meiner Landsleute zu träufeln, ist dies mehr recht als billig. Ein Souverän muss wissen, was in seinem Land vorgeht, und er muss im Bilde sein, welche Pläne seine Widersacher ausgeheckt haben. Andernfalls muss er damit rechnen, dass die Tage seiner Herrschaft gezählt sind, ein Grund mehr, das Ohr am Puls des Volkes zu haben.

Cecil wäre jedoch nicht Cecil, wenn er diesbezüglich nicht übers Ziel hinausgeschossen wäre. Was ich damit ausdrücken will, ist: Mittlerweile ist es so weit, dass es nichts gibt, was dem Ersten Minister Ihrer Majestät verborgen bleibt. Insofern war es leichtfertig von mir zu glauben, meine Pläne würden nicht publik werden. Einer wie Cecil wird weder rasten noch ruhen, bis er über alles, was in diesem Land vorgeht, in Kenntnis gesetzt worden ist. Das hätte ich nicht außer Acht lassen dürfen.

Für Vorwürfe an die eigene Adresse ist es jedoch zu spät. Wieder in Freiheit, fasste ich den Entschluss zu handeln – und zahlte einen hohen Preis dafür.

Wie hoch, sollte mir am Abend des 8. Februar bewusst werden.

XX

DIARIUM (IX)

Zeitpunkt der Niederschrift: 25. Februar 1601, dreieinhalb Stunden nach Mitternacht

[04.05 h]

DIE TUGEND SEI die Zwillingsschwester des Lasters, so lautet ein geflügeltes Wort. Im Licht der Erfahrungen, welche ich unlängst gesammelt habe, kann ich dem nur zustimmen. Es gibt Momente, in denen es auch mir schwerfällt, das illustre Paar voneinander zu unterscheiden, genau wie es Menschen gibt, die mir ein Rätsel nach dem andern aufgeben. Als Beispiel hierfür mag der Earl of Essex dienen, in dessen Diensten Stuart Brannigan stand. Wie es sich für einen Angehörigen des Hofstaates gehörte, führte er ein standesgemäßes Leben, das heißt, er tat zumindest so. Ein repräsentatives Domizil am Strand gehörte ebenso dazu wie eine lange Ahnenreihe und eine Gattin aus gutem Hause. Im Falle von Robert Devereux, 2. Earl of Essex, waren alle drei Kriterien erfüllt. So hatte es zumindest den Anschein. Devereux hatte eine Witwe aus den Reihen der oberen Fünfhundert geheiratet und für eine stattliche Anzahl an Nachkommen gesorgt, von denen drei das Erwachsenenalter erreichten. Darüber hinaus konnte er auf einen ansehnlichen Stammbaum verweisen, der, geht man vom französischen Familiennamen aus, für eine Karriere bei Hof unerlässlich war. Zu guter Letzt sei erwähnt, dass der Earl ein Palais sein Eigen nannte, nach dem sich etliche seiner Standesgenossen die Finger geleckt hätten, direkt am Strand, in unmittelbarer Nachbarschaft von Prachtbauten wie dem Savoy oder Burghley House, Domizil von Robert Cecil, Erster Minister der Königin. Schenkt man Gerüchten Glauben, verfügte die Residenz des Lebemannes über mehr als drei Dutzend Schlafzimmer, eine Gemäldegalerie, eine Privatkapelle und selbstverständlich auch über einen Bankettsaal. Luxus wird in diesen Kreisen großgeschrieben, einer wie ich, der das Dasein eines Arme-Leute-Anwalts fristet, kann davon nur träumen.

Die Kehrseite der Medaille besteht freilich darin, dass Essex nicht so tugendhaft war, wie es den Anschein hatte. Genaueres kam Außenstehenden wie mir natürlich nicht zu Ohren, allenfalls Gerüchte, deren Wahrheitsgehalt man nicht überprüfen konnte. Nach allem, was man so hörte, war der Earl jedoch nicht geeignet, als Musterbeispiel des treusorgenden Gatten hervorgehoben zu werden. Bekannt ist, dass seine Geliebte einen Sohn zur Welt brachte, mittlerweile knapp 10 Jahre alt, wenn ich mich recht erinnere, und dass er keine Gelegenheit ausließ, um Damen jedweder Herkunft den Hof zu machen. Gerüchteweise war sogar die Rede davon, bei seinem Werben um die Gunst der Königin sei mehr als Galanterie im Spiel gewesen. Ein Verdacht, den man aus naheliegenden Gründen für sich behalten sollte.

Tugend und Laster, wie nah sie doch beieinanderlagen. Hier der draufgängerische Kriegsheld, der das Leben um seiner Nation willen aufs Spiel setzte, dort der schillernde Bonvivant, der es genoss, in aller Munde zu sein. Der sich nicht darum scherte, was andere über ihn dachten.

Lasterhaft oder nicht, das ist hier die Frage. Die Tatsache, dass Brannigan zu seinen Bediensteten zählte, gab mir natürlich zu denken, wenngleich ich mich fragte, welche Position der junge Mann innehatte. Ein in einschlägigen Kreisen bekannter Lustknabe als Bediensteter eines Höflings, welcher der Königin wie kaum ein Zweiter nahegestanden war. In meinen Augen passte das nicht zusammen, es sei denn, Essex war darauf aus, die Päderasten in seinem Umfeld bei Laune zu halten. Ich drücke mich so unumwunden aus, weil bekannt ist, dass nebst anderen der Earl of Southampton der Knabenliebe große Bedeutung beimisst.

Pietätvoll formuliert, oder nicht? Schwamm drüber, bleiben wir beim Thema. Gibt es doch Momente, in denen mich der Verdacht beschleicht, dass tugendhafte Menschen äußerst rar geworden sind. Tut mir leid, wenn ich es so formulieren muss, sprechen die Einblicke, die ich ins Leben von Stuart Brannigan bekam, doch eine allzu deutliche Sprache.

Auf den Punkt gebracht: War es Zufall, dass der 17-Jährige ins Gefolge des Earls aufgenommen wurde, oder steckte eine tiefer gehende Absicht dahinter? Hatte Devereux nach erfahrenen Liebesdienern Ausschau gehalten, um seinen dem Laster frönenden Gefährten den Aufenthalt im Essex House so angenehm wie möglich zu machen? Oder war es ein Außenstehender, der die Fäden zog, ein Gegenspieler etwa, der es darauf anlegte, Devereux vor aller Augen bloßzustellen? Um in einer Schlangengrube wie dem Whitehall Palace zu überleben, muss man mit allen Wassern gewaschen sein, sonst darf man sich nicht wundern, wenn man hinter Gittern landet. Wer den Kopf auf den Schultern behalten will, sollte das nicht vergessen.

Gesetzt den Fall, Brannigan wurde als Lockvogel benutzt, wer kam dann als Strippenzieher infrage? Dass Essex viele Neider hatte, davon konnte man getrost ausgehen. Schuld daran waren unter anderem seine Temperamentsausbrüche gewesen, eine nie versiegende Quelle des Ärgers, die seinem Ruf immens geschadet hatten. Auch hatte er den nötigen Respekt vermissen lassen, sowohl gegenüber der Kamarilla, die ihn je länger, umso kritischer beäugte, als auch gegenüber der Königin, bei der er sich Dinge herausnahm, die manch anderem den Kopf gekostet hätten.

Oder war es Zufall, dass sich die Wege von Essex und Brannigan gekreuzt hatten, will heißen, bestand die Möglichkeit, dass der Mord weder etwas mit dem Earl noch mit einer der zahlreichen Hofintrigen zu tun hatte? War es ein Freier gewesen, der den jungen Mann auf dem Gewissen hatte, ein Geistesgestörter, dem es Freude bereitete, sein Opfer etappenweise zu Tode zu quälen? Fragen über Fragen, deren Beantwortung davon abhing, was ich bei meinen Recherchen in Erfahrung bringen würde.

Der Ort, an den ich mich begab, lag im Herzen Londons, nur zwei Querstraßen von der Guildhall entfernt. So viel zum Thema Tugend – und der Verbundenheit mit ihrer verruchten Zwillingsschwester. Ich weiß, es klingt naiv, aber ich war erstaunt, wie nah beieinander The Big Prick und das mit allem Prunk ausstaffierte Rathaus lagen. Schließlich ist die Guildhall keine x-beliebige Kaschemme, sondern der Ort, wo der 26-köpfige Stadtrat tagt, the cream of the crop, wie wir Engländer sagen. Darüber hinaus, auch das am Rande erwähnt, dient das Gebäude dem Lord Major als Residenz, was bedeutet, dass dort neben allerlei Festivitäten auch Zusammenkünfte mit Mitgliedern des Hofstaats stattfinden. Zu zweifelhaftem Ruhm ist unser Rathaus als Schauplatz einer Reihe aufsehenerregender Prozesse gelangt, unter anderem derjenige gegen Lady Jane Grey, neun Tage Königin, bevor sie anno 1554 wegen Hochverrats exekutiert wurde. So vergeht der Ruhm der Welt, kann ich da nur sagen, auf die Gefahr, als Zyniker bezeichnet zu werden.

Genug des Philosophierens, das gehört nicht hierher. Und zurück zum 7. Februar, als ich gegen Ende der achten Stunde in die Colman Street einbog. Erneut hatte es zu schneien begonnen, und ehe ich es mich versah, war mein Umhang mit klebrigen weißen Flocken übersät. Die Welt, in die ich gerade eintauchte, war eine gänzlich andere, nicht zu vergleichen mit der Cheapside, wohin man sich begab, um zu sehen und gesehen zu werden. Hier, nur etwa 500 Yards vom Tummelplatz der Betuchten entfernt, gab es keine prunkvollen Fachwerkfassaden, keine überdachten Verkaufsstände, keine Geschäfte mit Waren aus aller Welt und natürlich auch kein Straßenpflaster. Hier gab es Häuser, von denen der Verputz abblätterte, so sie denn überhaupt verputzt worden waren. Und wie überall in London gab es Berge von Abfall, im Visier von Dutzenden von Wanderratten, die bei meinem Herannahen die Flucht ergriffen. Ihr Quieken ging mir durch Mark und Bein, genauso wie der Anblick eines Hundekadavers, der vom Rad eines Fuhrwerks plattgedrückt worden war. Über den Geruch, welcher dem halb verwesten Rumpf entströmte, möchte ich mich lieber nicht äußern, der Leser dieser Zeilen wird es mir gewiss danken.

Das Gleiche gilt für das Wirtshausschild, das in puncto Eindeutigkeit nichts zu wünschen übrig ließ. Es mag ja noch angehen, wenn man heruntergekommene Kaschemmen nach Fabeltieren benennt, etwa nach Einhörnern, geflügelten Pferden oder feuerspeienden Drachen. Ein ganz bestimmter Teil der männlichen Anatomie sollte dabei jedoch außen vor bleiben, aus Anstand, wie ich wohl nicht eigens betonen muss. Laster gibt es bereits genug auf der Welt, vor allem in Southwark, wo sich ein Amüsierbetrieb an den nächsten reiht.

Manchmal höre ich mich wie ein Puritaner an, ich weiß. Nichts läge mir jedoch ferner, als mit jenen Eiferern zu sympathisieren, welche sich mit der Bibel unterm Kopfkissen zur Nachtruhe begeben. Leider nehmen diese an Zahl und Einfluss immer mehr zu, zum Missfallen meiner Landsleute, die dazu neigen, alle Fünfe hin und wieder gerade sein zu lassen. Ale, Weib und Gesang, würde mein Freund Brendan sagen, hätten noch keinem geschadet, in Maßen, versteht sich, sonst gingen sie auf Kosten der Gesundheit.

»Der Herr wünschen?« Alles hätte ich in dieser schummerigen Seitengasse erwartet, nur nicht die sittsam gekleidete Maid, welche mit fragendem Blick auf der Türschwelle verharrte. Und die nach kurzem Räuspern hinzufügte: »Ihr müsst verzeihen, aber wir haben noch geschlossen.«

»Ich fürchte, da gibt es nichts zu verzeihen«, antwortete ich, im Zweifel, ob ich an die richtige Adresse geraten war. »Ich bin aus beruflichen Gründen hier.«

Das hochaufgeschossene blonde Mädchen, höchstens 16 Jahre alt und das streng gescheitelte Haar unter einer weißen Leinenhaube mit weinroter Bordüre, runzelte die Stirn. »Euer Name, Master …«

»Percival, Clayton Percival«, vollendete ich und warf einen Blick durch den Türspalt, hinter dem ich ein leises

Knarren vernommen hatte. »Falls möglich, würde ich gern den Wirt sprechen.«

»Ich fürchte, das wird nicht möglich sein«, antwortete das Mädchen und zurrte die blütenweiße Schürze zurecht, welche es über dem bis oben zugeknöpften Kleid aus dunkelblauer Schafswolle trug. »Vater hat zu tun.«

»So leid es mir tut, es ist dringend.«

»Inwiefern?«

»Insofern, als dass ich in einem Mordfall ermittle«, gab ich zurück und lugte durch den Spalt, durch den der Geruch von Kohlsuppe drang. »Bedaure, aber leider mangelt es mir an Zeit.«

Die Falten auf der Stirn des Mädchens vertieften sich. »Seid Ihr von der Polizei?«, fragte es und wich erschrocken zurück. »Bitte glaubt mir, Vater trägt keine Schuld.«

»Woran denn?«, hakte ich nach, machte einen Schritt nach vorn und schob meine Stiefelspitze in den Spalt. »Dürfte ich erfahren, von was du gerade …«

»Nein, dürft Ihr nicht!«, schallte es aus dem Inneren des Hauses, während die Tür ruckartig aufgerissen und meine Frage kurzerhand abgewürgt wurde. »An die Arbeit, Lucy, der Boden schrubbt sich nicht von allein.«

»Gestatten: Mein Name ist Percival«, ließ ich mich so höflich wie möglich vernehmen, ein Unterfangen, welches bei meinem Gegenüber auf wenig Gegenliebe stieß. »Mit wem habe ich das Vergnügen?«

»Das geht Euch einen Scheißdreck an!«, blaffte der Wirt, nahezu kahlköpfig, fettstrotzend, tonnenbäuchig und mit einem Übermaß an gelber Galle ausstaffiert, wie das feuerrot angelaufene Vollmondgesicht bewies. »So, und jetzt seht zu, dass Ihr die Beine in die Hand nehmt, sonst …«

»Sonst was?«, herrschte ich den Bordellbesitzer an, beugte mich nach vorn und warf ihm einen Blick zu, der jeden Zweifel an meiner Entschlossenheit im Keim erstickte. »Damit Ihr Bescheid wisst, mein Bester: Entweder Ihr steht mir Rede und Antwort, oder ich sehe mich genötigt, Euch eine Lektion in Sachen Benimm zu verabreichen. Ihr tut gut daran, mich ernst zu nehmen, Herr Wirt, je schneller das in Euren Schädel vordringt, desto besser für Euch. Zu Eurer Information: Ich habe Verbindungen, von denen Ihr nur träumen könnt. Ich hoffe, das war deutlich genug, wenn nicht, rechnet bitte damit, dass Ihr Eure Konzession verliert. Kommentar dazu? Nein? Ach so, bevor ich es vergesse: Ich bin Anwalt von Beruf, das solltet Ihr natürlich wissen.«

»Anwalt, na so was. Und was wollt Ihr von mir?«

»Ihr habt doch nichts dagegen, wenn ich kurz hereinkomme, oder?«, antwortete ich, zwängte mich an meinem Gegenüber vorbei und betrat den schummerigen Korridor, an dessen Ende sich eine halb offen stehende Tür befand. »Was meint Ihr, wo können wir uns ungestört unterhalten? Wenn wir gerade dabei sind, mit wem habe ich eigentlich das Vergnügen?«

»Mit Jack Draper, falls Ihr es genau wissen wollt«, raunzte der Wirt, warf mir einen Blick zu, der vor Animosität nur so strotzte, und ließ die mit Bandeisen beschlagene Tür ins Schloss fallen. »Was immer Ihr mir in die Schuhe schieben wollt, ich habe mir nichts zuschulden kommen lassen.«

»Aber, aber, wer wird denn gleich an das Schlimmste denken«, versetzte ich, während mein Blick der Wendeltreppe folgte, die vom Korridor ins obere Stockwerk führte. »Nur ein paar kurze Fragen, dann seid Ihr mich wieder los. Vorausgesetzt, Ihr kooperiert.«

»Nichts lieber als das«, höhnte der Wirt und stieß die Tür zur Gaststube auf, in der es nach abgestandenem Ale, Zwiebeln und Bratenfleisch roch. »Ich habe ja sonst nichts zu tun, Master …«

»Macht nichts, ich sage es gern noch mal«, fuhr ich mit unverhohlenem Spott dazwischen, die Augen auf die gemauerte Ofenbank gerichtet, auf der sich eine Katze undefinierbaren Alters breitgemacht hatte. In puncto Fettleibigkeit stand sie ihrem Herrn in nichts nach, was meinen Unmut in ungeahnte Höhen schnellen ließ. »Schön habt Ihr's hier, richtig gemütlich. Kein Wunder, dass Euer Etablisse… Kein Wunder, dass Euer Lokal in aller Munde ist, wollte ich sagen. Ale vom Fass solange der Vorrat reicht, oder, bei entsprechend großer Geldbörse, Schaumwein aus Frankreich, dazu Jünglinge, denen der Liebreiz des Weiblichen anhaftet, auf Wunsch gern auch Mischwesen im reiferen Alter. So etwas spricht sich herum, Master Draper, oder wie seht Ihr das? Ach so, ich wollte ja Euer Gedächtnis auffrischen: Clayton Percival. Anwalt und Strafverteidiger an Ihrer Majestät Kriminalgerichtshof in Newgate.«

»Was wollt Ihr, Percival – spuckt es aus!«

»Ihr habt recht, kommen wir zur Sache.« Ohne Rücksicht auf das aufgeschwemmte Katzenvieh, gegen das ich eine spontane Abneigung hegte, ließ ich mich auf der Bank neben dem gekachelten Ofen nieder. Das Objekt meiner Aversion räumte widerstrebend das Feld. »Was sagt Euch der Name Brannigan?«

Die Antwort fiel erstaunlich offen aus. »Einiges.«

»Einer Eurer Lustknaben?«

»Einer meiner *Bediensteten*«, echote Draper, goss sich einen Krug Ale ein, nahm einen kräftigen Schluck und scheute sich nicht, ein widerwärtiges Rülpsen von sich zu geben. »Und – was hat das hintertriebene Stück Scheiße ausgefressen?«

»Das frage ich Euch, Herr Wirt.«

Draper stieß ein bitterböses Lachen aus. »Da fragt Ihr den Falschen, Barrister.«

»Wieso?«

Die Heiterkeit des Bordellbesitzers verschwand so schnell, wie sie aufgebrandet war. »Ach nichts, war nur so dahergesagt.«

»Mit Verlaub, das nehme ich Euch nicht ab.«

»Und wenn schon, wen juckt's«, fauchte Draper und trat nach der Katze, die sich laut schnurrend an sein linkes Bein geschmiegt hatte. »Und überhaupt, das geht nur mich und diese miese Kanalratte etwas an.«

»Mies?«

»Sagt mal, seid Ihr eigentlich schwer von Begriff?«, keifte Draper und stieß einen abfälligen Grunzlaut aus. »Der Kerl hat mehr auf dem Kerbholz, als Ihr Euch ausmalen …«

»Hatte.«

Die Glubschaugen des Wirts sprangen förmlich aus den Höhlen. »Wie meint Ihr das?«

»Brannigan ist tot. Genauer gesagt, er wurde ermordet.«

»Und von wem?«

Gesetzt den Fall, Draper log mir etwas vor, dann war dies eine Darbietung, die eines Schauspielers der Lord Chamberlain's Men würdig war.

»Ihr werdet es nicht für möglich halten, Draper – deswegen bin ich hier.«

»Das kommt davon.«

»Wie meinen?«

Deutlich milder gestimmt, ließ sich der Wirt mit der

Antwort auf meine Frage Zeit. »So, wie ich es sage«, ließ er in gedämpftem Tonfall verlauten, erhob sich und begann, in der Schankstube hin und her zu watscheln. »Das kommt davon, wenn man sich mit den falschen Leuten abgibt. Hätte Stu auf mich gehört, wäre er noch am Leben.«

»Auf Euch gehört, wie meint Ihr das?« Die Hände auf den Oberschenkeln, ließ ich Draper keinen Moment aus den Augen. »Mir scheint, Ihr wisst mehr, als Ihr zugeben wollt.«

Die Antwort bestand aus einem vielsagenden Lächeln. »Bemüht Euch nicht, Herr Anwalt«, gab der Wirt postwendend zurück, die behaarten Arme vor der Brust verschränkt. »Aus mir bekommt Ihr nichts heraus.«

»Sehe ich das richtig, Brannigan hat sich Euch anvertraut?«

»Gebt Euch keine Mühe, Master Percival. Das war mein allerletztes Wort.«

»Um Missverständnissen vorzubeugen, Draper: Ich kann auch anders.«

»Soll das etwa eine Drohung sein?«

»Ihr habt es erfasst, mein Bester«, zahlte ich mit gleicher Münze zurück und erhob mich, um meinem Gesprächspartner den Weg zu versperren. »Wie gesagt, *Draper*, ich kann auch anders«, fuhr ich fort, Auge in Auge mit dem Wirt, dessen Weinfahne jeglicher Beschreibung spottete. »Und darum meine Frage: Wann genau habt Ihr Brannigan zum letzten Mal gesehen?«

»Montagabend. So, und jetzt macht, dass Ihr …«

»Jetzt rede ich, ist das klar?« Es liegt mir nicht, den Tonfall eines Inquisitors anzuschlagen, aber was sein musste, musste einfach sein. »Ist Euch bekannt, dass er in die Dienste des Earls of Essex getreten war?«

»Wisst Ihr, was Ihr mich könnt, Percival?«

»Also ja«, erwiderte ich, gänzlich unbeeindruckt von der wutverzerrten Fratze, der ich mich gegenübersah. »Kam es deswegen zu Streitigkeiten? Ich meine, Leute Eures Schlages sehen es doch nicht gern, wenn ihnen die Verdienstquellen abhandenkommen, hab ich recht?«

»Wenn Ihr es genau wissen wollt: Ich habe drei Kreuze gemacht, als er sich verpisst hat.«

»Was Ihr nicht sagt, und weshalb?«

»Meine Sache, nicht Eure.«

»Und wann hat Brannigan seine Dienste aufgekündigt?«

»Vor circa einem Monat.«

»Geht es noch ein bisschen genauer?«

Die aufgeschwemmte Fratze gefror zu Eis. »Raus hier, aber sofort!«

»Auf die Gefahr hin, mich zu wiederholen«, gab ich zurück, wandte mich ab und drehte mich vor dem Verlassen der Schankstube nochmals um. »Wenn Ihr denkt, Ihr seid aus dem Schneider, befindet Ihr Euch auf dem Holzweg. Damit Ihr Bescheid wisst, Draper: Ihr habt es hier nicht mit Euresgleichen zu tun. Entweder Ihr sagt die volle Wahrheit, oder ich sorge dafür, dass Ihr Eures Lebens nicht mehr froh werdet. Haben wir uns verstanden, Herr Wirt? Also: Bedenkzeit bis Sonnenuntergang, aber nur, weil Ihr es seid!«

XXI

INVESTIGATIO (V)

Gedächtnisprotokoll betreffend den Fall des am sechsten d. M. tot aufgefundenen Stuart Brannigan, zu Papier gebracht von Brendan O'Reilly, Chief Coroner der City of London

Zeitpunkt der Niederschrift: Samstag, 7. Februar 1601

[13.40 h]

Aus der Befragung der Zeugin Harriet Perkins, 63 Jahre alt, zuletzt wohnhaft in St Dunstan in the West und Cousine zweiten Grades der ebenfalls anwesenden Margery Burke, von Beruf Haushälterin, geht das Folgende hervor:

Vor seiner Ermordung, über deren Umstände gesicherte Erkenntnisse vorliegen, war Stuart B. als Lakai im Haushalt des Earls of Essex tätig. Die Zeugin legte Wert auf die Feststellung, dass sein Erscheinungsbild (gefärbtes Haupthaar, goldener Ohrring, ausgezupfte und künstlich nachgezogene Augenbrauen) in keinster Weise den in höheren Kreisen üblichen Gepflogenheiten entsprach. Das Gleiche treffe auf das Auftreten des Mordopfers zu, welches sie, um die Zeugin wörtlich zu zitieren, als »anstößig, frivol und lasterhaft« bezeichnete. Gefragt, was sie damit meine, gab Harriet P. nach längerem Zögern zu Protokoll, dass es das

Mordopfer offenbar darauf angelegt habe, Männern mit abnormen Neigungen »schöne Augen zu machen«. Ihren Beobachtungen zufolge seien die Bemühungen durchaus auf Gegenliebe gestoßen, so sowohl bei mehreren Standesgenossen des Earls als auch bei einer hochgestellten Persönlichkeit im Essex House, über deren Identität sie jedoch Stillschweigen bewahren wolle. Um herauszubekommen, auf wen sie mit ihrer Bemerkung anspielte, musste der Verfasser dieser Zeilen mit Konsequenzen drohen, falls die Zeugin nicht bereit sei, den Namen der betreffenden Person zu nennen.

Dergestalt zur Vernunft gebracht, gab Harriet P. zu Protokoll, sie habe das Mordopfer und James Talbot, den 58-jährigen Privatsekretär des Earls of Essex und Nachlassverwalter von dessen Stiefvater Leicester, in einer »kompromittierenden Situation« angetroffen, was sie bewogen habe, Talbots Büro Hals über Kopf zu verlassen. Auch Tage danach, so die Zeugin, sei sie noch völlig schockiert und nicht imstande gewesen, mit irgendjemandem über den Vorfall zu sprechen. Da sie sich jedoch keine Feinde machen wolle und Diskretion in hochadeligen Haushalten oberstes Gebot sei, habe sie davon abgesehen, den Earl über die Vorgänge im Büro seines Privatsekretärs in Kenntnis zu setzen.

Vor drei Tagen, am 4. Februar des laufenden Jahres, habe Talbot dann erneut für Aufregung gesorgt, jedoch in gänzlich anderer Weise. Im Verlauf des Tages, so Harriet P., sei unter den Bediensteten im Essex House das Gerücht umgegangen, Talbot sei spurlos verschwunden. Über den Verbleib des gräflichen Vertrauten kursierten zunächst die wildesten Gerüchte, so lange, bis der Earl ein Machtwort gesprochen und demjenigen mit Entlassung gedroht habe, der den Namen seines väterlichen Freundes in den Mund nehme. Das habe gewirkt, denn danach habe sich niemand mehr getraut, über die mysteriöse Angelegenheit zu sprechen. Zumindest nicht im Essex House, wie die Zeugin mit Blick auf ihre ebenfalls anwesende Cousine erklärte.

Davon abgesehen, ließ die Zeugin unter dem Siegel der Verschwiegenheit verlauten, sei es im Domizil des Earls in letzter Zeit nicht mit rechten Dingen zugegangen. Auf die Frage, wie sie das meine, gab die 63-Jährige zu Protokoll, dort sei ein ständiges Kommen und Gehen gewesen, das heißt, der Hausherr habe sich mit Freunden und Vertrauten zu zahlreichen Sitzungen hinter verschlossenen Türen zusammengefunden. Über deren Inhalt sei im Gegensatz zu früheren Zusammenkünften nichts nach außen gedrungen, da Bewaffnete aus dem Gefolge des Earls dafür gesorgt hätten, dass kein Unbefugter das Sitzungszimmer betrat.

Verdacht erregt habe die Geheimniskrämerei trotzdem, umso mehr, weil im Verlauf der Woche kistenweise Waffen gehortet und darüber hinaus Dutzende von Fässern herbeigekarrt worden seien. Um was es sich dabei handelte, sei allen Bediensteten klar gewesen, wenngleich man sich gehütet habe, die Vermutungen offen auszusprechen. Ihr selbst, vertraute die Zeugin dem Protokollanten an, sei angesichts des waffenstarrenden Gefolges angst und bang geworden, der Grund, weshalb sie mit dem Schlimmsten rechne.

Anmerkung des Verfassers: Im Falle von Harriet P. scheint es sich um eine durchaus verlässliche Zeugin zu handeln. Ihre Aufgabe bestand hauptsächlich darin, diverse Botengänge zu erledigen und beim Herrichten der Tafel behilflich zu sein. Laut eigenen Angaben hat die Zeugin das Mordopfer am vergangenen Montag, also vor fünf

Tagen, zum letzten Mal gesehen. Soweit sie sich erinnern könne, habe Brannigan beim Verlassen von Essex House den Eindruck erweckt, als seien »sämtliche Quälgeister der Hölle hinter ihm her«. Seit jenem Morgen, als er circa zwei Stunden nach dem Mittagsläuten das Weite suchte, sei Brannigan nicht mehr gesehen worden, weder im Essex House oder in dessen Nachbarschaft, noch anderswo, will heißen in seiner Stammtaverne am Temple Bar. Er sei wie vom Erdboden verschluckt gewesen, was dem Earl, der sich mehrfach über seinen Verbleib erkundigt habe, »ziemlich gegen den Strich« gegangen sei.

Die Zeugin betonte, vom Tod Brannigans nichts gewusst und erst aus dem Mund des Verfassers davon erfahren zu haben. Auf die Frage, ob sie sich vorstellen könne, was aus Talbot geworden sei, antwortete sie mit einem klaren Nein. Wie bereits erwähnt, sei der Privatsekretär seit nunmehr drei Tagen nicht mehr gesehen worden. Da er sehr zurückgezogen gelebt habe, seien die Spekulationen über seinen Verbleib wie Pilze aus dem Boden geschossen. Genaueres habe man jedoch nicht in Erfahrung bringen können, nicht einmal der Earl, der persönlich beim Polizeichef vorstellig geworden sei.

Fazit: In Bezug auf den oder die Täter respektive das Tatmotiv lassen sich aus der Befragung der Zeugin P. so gut wie keine brauchbaren Anhaltspunkte gewinnen. Darüber hinaus empfiehlt es sich, die zuständigen Behörden über die Vorgänge im Essex House in Kenntnis zu setzen, am besten in anonymer Form, um den Fortgang der Ermittlungen zu gewährleisten.

Gez. Brendan O'Reilly, Chief Coroner der City of London

Wahnsinn bei Großen darf nicht ohne Wache gehen.

Madness in great ones must not unwatched go.

Hamlet III,1

VIERTES BUCH

Wie ihr, leb' ich von Brot, ich fühle Mangel,
Ich schmecke Kummer und bedarf der Freunde.
So unterworfen nun,
Wie könnt Ihr sagen, dass ich König bin?

I live with bread like you, feel want,
Taste grief, need friends: subjected thus,
How can you say to me, I am a king?

König Richard II. III,3

XXII
DIARIUM [X]

Zeitpunkt der Niederschrift: 25. Februar 1601, knapp vier Stunden nach Mitternacht

[04.30 h]

»DEN OBDUKTIONSBERICHT, SONST lernt Ihr mich kennen!«, geiferte Fitzroy, umlagert von zahlreichen Gaffern, die den Disput mit dem Coroner verfolgten. Ein Wortgefecht wie dieses bekam man nicht oft geboten, und wer Brendan kannte, wusste, dass er auf seine Kosten kommen würde. »Her mit dem Bericht, oder ich lasse Euch in Ketten legen.«

Wie nicht anders zu erwarten, wurde der Coroner seinem Ruf gerecht. »In Ketten legen, was Ihr nicht sagt«, höhnte er mit demonstrativer Gelassenheit, die Arme vor der Brust verschränkt. »Mutet Ihr Euch da nicht ein bisschen zu viel zu, Chief Constable? Ich meine, drei gegen einen, an Eurer Stelle würde ich das Risiko nicht eingehen.«

Aus der Menschentraube, welche sich vor der Tür meiner Kanzlei gebildet hatte, drang Hohngelächter an mein Ohr. Bekanntermaßen war Fitzroy für die Londoner ein rotes Tuch, und was für meine Mitbürger galt, galt natürlich auch für mich. Selten zuvor hatte es einen Polizeichef gegeben, der so unbeliebt gewesen war wie er, und wie um dies zu bestätigen, machte sich Schadenfreude auf den Gesichtern breit. Ein Umstand, der Fitzroy und seinen Begleitern nicht verborgen blieb. »Spart Euch die dreisten Sprüche, Chief Coroner, andernfalls …«

»Andernfalls was?«, blaffte Brendan zurück, immer dann in Höchstform, wenn es gegen seinen Lieblingsgegner ging. »Wollt Ihr mir etwa drohen, Ihr halbe Portion?«

»Ihr habt es erfasst, Coroner. Nehmt endlich Vernunft an, oder Ihr lernt mich kennen.«

Brendan schnitt eine gelangweilte Grimasse. »Also wirklich, Chief Constable, da kriegt man es ja mit der Angst. Vor allem, wenn ich mir Eure beiden Schoßhündchen angucke.«

Fitzroy brodelte vor Zorn. »Macht ruhig weiter so!«, kläffte er, weder stämmig noch gewandt genug, um meinem rauflustigen Freund Paroli zu bieten. »Wenn Ihr denkt, ich lasse mich an der Nase herumführen, befindet Ihr Euch im Irrtum. Ich sitze am längeren Hebel, *Ire*, das ist Euch hoffentlich klar.«

»Kann es sein, dass Ihr etwas gegen Iren habt?«

»Nur gegen solche, die ihr Mundwerk nicht im Zaum halten können«, geiferte Fitzroy mit Blick auf die stetig wachsende Menge, mehr als die Hälfte davon Nachbarn, die aus ihrer Sympathie für Brendan keinen Hehl machten. Bei Engländern will das etwas heißen, sind sie doch schnell bei der Hand, wenn es gilt, über die Iren herzuziehen. »Aber wie heißt es doch so schön: Hunde, die bellen, beißen nicht.«

»Frage an alle: Was sind die schwersten Jahre im Leben eines Polizisten?« Typisch Brendan. Anstatt Ärger aus dem Weg zu gehen, machte er sich einen Spaß daraus, den Polizeichef bis aufs Blut zu reizen. Das sah diesem Heißsporn mal wieder ähnlich. »Na, weiß es einer?«

Auf den Gesichtern der Umstehenden erschien ein breites Grinsen.

»Die erste und zweite Klasse, was denn sonst!«, wieherte Brendan und hielt sich den Bauch vor Lachen. Wie auf Kommando stimmte die Menge in sein Gelächter ein. »Da wird ihm nämlich einiges abverlangt. Aber macht nichts, selig sind, die da geistig arm sind, denn ihrer ist das Himmelreich. Schreiben und Lesen ist nicht jedermanns Sache, jetzt guckt nicht so, Fitzroy, muss es ja auch nicht.«

»Ihr kommt Euch wohl sehr gescheit vor, was?«, knurrte der Chief Constable, Speichel im Mundwinkel und nur noch einen Schritt von seinem erwartungsfrohen Kontrahenten entfernt. »Aber seht Euch vor, O'Reilly, wenn Ihr so weitermacht, landet Ihr hinter Gittern.«

»Und Ihr auf meinem Seziertisch«, zahlte Brendan, dem das Witzereißen zur zweiten Haut geworden war, mit gleicher Münze zurück. »Wäre mir eine Ehre, Chief Constable – und natürlich auch eine Freude.«

»Lass gut sein, Brendan«, mischte ich mich lauthals ein, bahnte mir eine Gasse und vertrat meinem Freund den Weg, um Schlimmeres zu verhüten. Und fügte mit scheinheiliger Miene hinzu: »Du weißt doch, der Chief Constable tut nur seine Pflicht. Wir wollen doch nicht, dass er Ärger bekommt, oder?«

»Natürlich nicht«, blies Brendan ins gleiche Horn, griff in seine Umhängetasche und förderte ein Konvolut zutage, das er dem erbosten Widersacher überreichte. »Hier, Chief Constable, damit Ihr was zu tun habt.«

Puterrot im Gesicht, holte der Polizeichef Luft, um zu antworten – und ließ es bei einem verächtlichen Blick bewenden. »Nun ja, Chief Coroner«, zischte er und riss die Papiere mit einer brüsken Handbewegung an sich, »verglichen mit Euch brauche ich mich da nicht zu verstecken, oder was meint Ihr?«

»Mein Freund stimmt Euch aus vollem Herzen zu, Chief Constable«, rettete ich erneut die Situation, bevor Brendan endgültig der Gaul durchging. »Gehabt Euch wohl und richtet dem Lord Major Grüße von mir aus. Ach, übrigens: Wusstet Ihr, dass wir zusammen auf die Schule gegangen sind?«

»Donnerwetter, dem hast du's aber gezeigt, Percy«, geizte Brendan nicht mit Lob und ließ seinen Worten ein anerkennendes Schulterklopfen folgen. »Den wären wir fürs Erste los.«

»Wollen wir's hoffen«, erwiderte ich, entledigte mich meines Umhangs und begab mich in die Wohnstube, wo Brannigans Schwester und Margie unserer harrten. Speziell Letzterer stand die Aufregung ins Gesicht geschrieben, was ich mit einem verschmitzten Lächeln quittierte. »Wiewohl man den Tag nicht vor dem Abend loben soll.«

»Ich weiß nicht, wie es dir und den beiden Damen geht«, erwiderte Brendan, vollführte eine Verbeugung, die eines Gentleman würdig gewesen wäre, und nahm an der Seite meiner Amme Platz. »Aber was mich betrifft, ist mein Bedarf an Ärger gedeckt. Stimmt's oder habe ich recht, schöne Frau?«

»Und das von einem konvertierten Iren, dass ich das noch erleben darf.« Anders als sonst, wo sie mit einer Schimpfkanonade geantwortet hätte, hielt sich Margies

Reaktion in Grenzen. Die Befragung ihrer Cousine war nicht spurlos an ihr vorübergegangen, kein Wunder angesichts der Dinge, die zur Sprache gekommen waren. »Setz dich, Clayton, du wirst müde sein.«

Ich tat, wie mir geheißen, neugierig beäugt von meiner Nebensitzerin, die mich mit fragendem Gesichtsausdruck musterte. »Und wie steht es mit Euch, Mistress, habt Ihr Euch gut eingelebt?«

Eileen Brannigan bejahte, ein wenig in sich gekehrt, aber dennoch guter Dinge. »Eure Haushälterin war so freundlich, mir ihre Kammer …«, begann sie, nur um mitten im Satz unterbrochen zu werden.

»Sagt einfach Margie zu mir«, ließ sich meine Ersatzmutter vernehmen, deutete auf die Karaffe in der Tischmitte, aus welcher der Duft von selbstgebrautem Kräuterpunsch drang, und verkündete zum allgemeinen Erstaunen: »Wir Frauen im Hause Percival müssen schließlich zusammenhalten.«

Es fehlte nicht viel, und Brendan hätte lauthals losgeprustet, wie ein Blick auf meinen sichtlich amüsierten Freund bewies. Ich dagegen wusste nicht, wie mir geschah, nicht zuletzt, weil ich Margie nicht mehr wiedererkannte. Zusammenhalten, da hörte ja wohl alles auf. Und das von ihr, die sich schwertat, andere Götter neben sich zu dulden. Ob alt oder in der Blüte ihrer Jahre, bei Frauen war man gegen Überraschungen nie gefeit. An dieser Binsenweisheit kam ich nicht vorbei. »Ich schlage vor, wir kommen zur Sache.«

»Schade«, lamentierte Brendan und zwinkerte unserem Gast mit breitem Grinsen zu, »ausgerechnet jetzt, wo es spannend wird. Lass dir ja nichts gefallen, Percy, sonst sitzt du im Handumdrehen unterm Tisch.«

»Sprichst du aus Erfahrung oder wie darf ich das verstehen?«, fuhr ich Brendan an, dessen Sinn für Humor einmal mehr an meinen Nerven zehrte. »Ich wüsste nicht, was es da zu grinsen gäbe.«

»Ich schon«, gab der Coroner zurück, klug genug, den Bogen nicht zu überspannen. »Aber lassen wir das, du hast das Wort, Clayton.«

»Einen Moment noch«, antwortete ich und richtete das Wort an Brannigans Schwester, die unser Wortgefecht mit amüsiertem Augenaufschlag verfolgt hatte. »Ihr müsst Euch das nicht anhören, Mylady«, sagte ich, unsicher, wie ich meine Worte wählen sollte. »Bitte versteht mich nicht falsch, aber ... Ich will es einmal so sagen, Ihr könnt Euch vorstellen, dass jetzt gleich Dinge zur Sprache kommen werden, die ...«

»Die für die Ohren einer Frau nicht geeignet sind? Ist es das, was Ihr mir sagen wolltet, Master Percival?«

»Natürlich nicht, wo denkt Ihr hin«, beteuerte ich, das Haupt gesenkt, um dem Blick der jungen Frau auszuweichen. »Ich dachte nur, also wenn Ihr mich so fragt, ich meine, was ich damit sagen wollte, ist, dass ...«

»Wir allmählich zur Tagesordnung übergehen sollten?«, vollendete Brendan, so scheinheilig, dass ich ihm am liebsten den Hals umgedreht hätte. »Schieß los, oh du aufgehender Stern am Anwaltshimmel, wir hängen an deinen Lippen.«

»Zuerst du, dann ich.«

»Na schön«, erwiderte Brendan mit huldvollem Lächeln, was meine Mordgelüste in nie gekannte Höhen schnellen ließ. »Dein Wunsch ist mir wie immer Befehl.«

»Dann lass hören.«

Der Coroner tat, wie ihm geheißen, schilderte im Detail, was die Befragung der Zeugin Perkins ergeben hatte, und ließ es sich nicht nehmen, Margies Verdienste am Zustandekommen des Treffens zu loben. »Wäre das Abbild weiblicher Anmut zu meiner Rechten nicht gewesen, dann stünden wir erheblich schlechter da.«

Die Antwort ließ nicht lange auf sich warten. »Ihr seid ein elender Schmeichler, Ire«, brummte die Seele meiner Kanzlei und ließ sich dazu hinreißen, ihrem Nachbarn einen schmerzhaften Rippenstoß zu verpassen. Der wiederum war so perplex, dass es ihm die Sprache verschlug, ein Phänomen mit Seltenheitswert, wie ich mit tiefem Bedauern konstatierte. »So schwer es mir fällt, ich muss Euch recht geben.«

Margery Burke und Brendan O'Reilly, bis vor Kurzem noch Intimfeinde, doch nun wie durch ein Wunder miteinander versöhnt, einträchtig nebeneinandersitzend, Komplimente austauschend und einen Toast auf das Gelingen unserer Ermittlungen ausbringend.

Das ging bei Weitem über meinen Horizont.

»Ich rekapituliere, wenn es gestattet ist«, begann ich, griff nach der Karaffe und füllte meinen Becher bis zum Rand. »Halten wir also fest: Am gestrigen Freitagnachmittag wird am Houndsditch der entstellte Leichnam des 17-jährigen Stuart Brannigan entdeckt, der einen Tag zuvor als vermisst gemeldet wurde. So weit korrekt, Mistress?«

Die Angesprochene nickte knapp.

»Laut Aussage des Wirts, bei dem das Mordopfer ein- und ausging, wurde der Getötete vor fünf Tagen, das heißt am 2. Februar, zum letzten Mal gesehen.«

»Ihr braucht nicht um den heißen Brei herumzureden, Master Percival. Wie Ihr wisst, bin ich über Stuarts Lebenswandel im Bilde.«

»Ganz wie Ihr wollt, Mistress«, antwortete ich mit belegter Stimme, die Augen auf dem Trinkbecher, den ich mit der Innenseite meiner Hände umschlungen hielt. »Fahren wir also fort. In Ermangelung von Zeugen, die Euren Bruder seitdem lebend gesehen haben, müssen wir davon ausgehen, dass er zwischen dem Zweiten und Sechsten dieses Monats getötet wurde.«

»Und wie?«

»Bedaure, Mistress, aber ich bin nicht befugt, Details aus laufenden Ermittlungen preiszugeben.«

»Schon gut, Percy, lass mich das machen.« Hin und wieder gibt es Momente, in denen ich froh bin, wenn Brendan mir unter die Arme greift. »Der Herr Anwalt ist ein wenig zartbesaitet, müsst Ihr wissen.«

»Bin ich nicht.«

»Und ob du das bist«, gab der Coroner mit vielsagendem Lächeln zurück und fasste die Ergebnisse der Obduktion auf pietätvolle Weise zusammen. »So, nun wisst Ihr Bescheid.«

Unser Gast deutete ein Nicken an.

»Fakt ist«, nahm ich den Ball nach kurzem Schweigen wieder auf, »dass wir bezüglich des Tatorts und der Frage, um wen es sich bei dem oder den Tatverdächtigen handelt, auf Mutmaßungen angewiesen sind. Wovon wir allerdings ausgehen können, ist, dass Stuart Brannigan einem Racheakt zum Opfer fiel. Aufgrund der Route, die der Müllkärrner Tennyson einschlug, kann man jedoch folgern, dass sich der Tatort im östlichen Teil der City befunden haben muss. Dass die sterblichen Überreste des Gemeuchelten durch halb London transportiert wurden, nur um auf Tennysons Müllkarren versteckt zu werden, kann ich mir nur schwer vorstellen.«

»Geht mir genauso. Und was ist mit unserem ehemaligen Kommilitonen?«

»Gute Frage.« Das Kinn auf der Daumenkuppe, ließ ich die Begegnung auf dem Hinterhof Revue passieren. »Ich weiß nicht, wie du es siehst, Brendan, aber ich vermute, dass er als ausführendes Organ fungiert.«

»Fragt sich nur, für wen.«

»Ich gäbe etwas dafür, wenn ich es wüsste«, sprach ich in nachdenklichem Ton, »in einem Punkt bin ich mir allerdings sicher.«

»Nämlich?«

»Wer auch immer die Fäden im Hintergrund zieht, sowohl Fitzroy als auch Barnes tanzen nach seiner Pfeife. Beziehungsweise stehen in seinem Sold.«

»Fehlt nur noch der Beweis. Ohne den können wir ja wohl nichts ausrichten.«

»Heißt das, du gibst mir recht?«

Brendan lächelte verschmitzt. »Ich sag's zwar ungern, Percy«, gestand er und zwinkerte Margie zu, worauf diese mit einem weiteren Rippenstoß reagierte. »Aber mir scheint, deine Theorie hat etwas für sich. Fragt sich, wonach Maxwell und der Schlägertyp gesucht haben. Und darum meine Frage an Euch, Mistress: Könnt Ihr Euch erinnern, worüber die beiden bei der Durchsuchung Eurer Wohnung gesprochen haben? Denkt genau nach, jedes noch so banal erscheinende Detail könnte von Bedeutung sein.«

»Das brauche ich nicht.«

Ich stutzte. »Und wieso nicht, wenn man fragen darf?«

»Weil sie kein einziges Wort miteinander gesprochen haben.«

»Schwer vorstellbar.«

»Aber wahr, Master Percival.« Eileen Brannigan sah mich mit fragendem Gesichtsausdruck an. »Ob Ihr mir Glauben schenkt oder nicht.«

»Ich sehe keinen Grund, dies nicht zu tun«, erwiderte ich und suchte Brendans Blick, da ich mich in meiner Ehre gekränkt fühlte. »Oder wie siehst du das, alter Freund?«

Der Coroner wich einer Antwort aus. »Weißt du, was ich merkwürdig finde?«

»Ich nehme an, du wirst es mir gleich sagen.«

»Warum so barsch, Herr Anwalt? Irgendetwas nicht in Ordnung?«

Hätte der Gentleman in mir nicht die Oberhand behalten, ich wäre Brendan an die Gurgel gegangen. »Und wenn, zerbrich dir darüber bitte nicht den Kopf.«

Der Wink mit dem Zaunpfahl wirkte. »Dieser Talbot, was weißt du über ihn?«

»Nicht viel mehr als du, fürchte ich. Wieso fragst du?«

»Wenn ein Mann in seiner Position verschwindet, kommt dir das nicht merkwürdig vor?«

»Ich weiß nicht, was daran merkwürdig sein soll«, erwiderte ich, in Gedanken bei der Frage, was aus meiner Sitznachbarin werden sollte. Abgesehen davon, dass ihre Wohnung auf den Kopf gestellt und in ein Trümmerfeld verwandelt worden war, musste man für die Zukunft mit dem Schlimmsten rechnen. Dass Barnes und sein Begleiter nicht fündig geworden waren, war eine Sache, die Frage, ob die Angelegenheit damit ausgestanden war, eine andere. Eileen Brannigan lebte gefährlich, das ließ sich nicht bestreiten. Und meine Aufgabe lautete, dafür zu sorgen, dass sich so etwas wie vor zwei Stunden unter keinen Umständen wiederholte. »Vergiss nicht, es ist erst drei

Tage her. London ist nun einmal ein gefährliches Pflaster, da kann allerhand passieren.«

»Du sagst es«, pflichtete der Coroner mir bei, leerte seinen Becher und schlug mit der flachen Hand auf den Tisch. »Und was jetzt?«

»Frag mich bitte etwas Leichteres, Brendan«, entgegnete ich, von lähmender Müdigkeit erfüllt, die mich vom einen auf den andern Augenblick übermannt hatte. Mir war, als sei ich einen Tag oder noch länger auf den Beinen gewesen, und je angestrengter ich mir unsere Lage vor Augen führte, desto mehr verspürte ich den Wunsch, den Kopf freizubekommen. Auch Rom war nicht an einem Tag erbaut worden, sagte ich mir, warum also nicht ein paar Stunden abschalten, um mit neuerwachter Energie ans Werk zu gehen. »Das Beste ist, wir legen eine Denkpause ein. Heute Abend sieht die Welt wieder anders aus.«

»Was dagegen, wenn ich mir diesen ... Wie heißt dieser schmierige Wirt doch gleich?«

»Draper«, entgegnete ich, »Jack Draper.«

»Was dagegen, wenn ich ihm einen Höflichkeitsbesuch abstatte?«

»Du und höflich, das ist der beste Witz seit Langem.« Obwohl mir nicht danach war, konnte ich mich eines Schmunzelns nicht erwehren. »Aber übertreib es nicht, wir haben schon genug Ärger am Hals.«

»I wo! Du kennst mich doch«, gab Brendan mit scheinheiliger Miene zurück, warf Margie eine Kusshand zu und rüstete zum Aufbruch. »Wetten, ich kriege ihn so weit, dass er aus dem Nähkästchen plaudert?«

»Daran hege ich nicht den geringsten Zweifel«, antwortete ich, die Hand in der Innentasche meines Wamses, um mein Schnupftuch hervorzukramen. Margies Punsch hinterließ eben seine Spuren, und sei es nur in Form von Schweißperlen, die wie Tautropfen an meiner glühend heißen Stirn hingen. »Versuch dein Glück, meinen Segen hast du.«

»Habt Dank, Heiliger Vater«, spottete Brendan, stets bereit, seiner Antipathie gegenüber dem Katholizismus freien Lauf zu lassen. Margie quittierte es mit einem kräftigen Schubs, was Brendan ohne Widerworte über sich ergehen ließ. »Und was ist mit dem Rest der Welt?«

»Da mach dir mal keine Gedanken«, beschied ich meinen Freund, wohl wissend, auf wen die Anspielung gemünzt gewesen war. Dann warf ich einen Blick auf das Flugblatt, das ich nebst Schweißtuch aus meinem Wams gefischt hatte. König Richard II., verfasst von William Shakespeare, aufgeführt von den Lord Chamberlain's Men. Wo sonst als im Globe Theater, unter freiem Himmel. Und das bei den gegenwärtigen Temperaturen. Was tat man nicht alles, um mit der Dame seiner Wahl ins Gespräch zu kommen. »Ich kann sehr gut auf mich selbst aufpassen.«

Falsch gedacht, Master Percival.

Das konnte ich nicht.

XXIII
INVESTIGATIO (VI)

Eildepesche zu Händen von Robert Cecil, 1. Earl of Salisbury, Lordsiegelbewahrer, Staatssekretär und Erster Minister Ihrer Majestät der Königin, verfasst von Sir Richard Berkeley, Lieutenant of the Tower of London

Privatissime, streng geheim!

Zeitpunkt der Niederschrift: 7. Februar 1601, gegen Ende der neunten Stunde

[14.20 h]

MYLORD MÖGEN MIR VERZEIHEN, wenn ich ohne Umschweife zur Sache komme, aber die Neuigkeiten, über die im Folgenden zu berichten sein wird, dulden keinen Aufschub.

Ich halte es für meine Pflicht, Euch mitzuteilen, dass James Talbot, rechte Hand des Earls of Essex, unerwartet verstorben ist. Eure Lordschaft werden sich erinnern, dass der des Hochverrats bezichtigte und vor drei Tagen auf Euren Befehl in Gewahrsam genommene Privatsekretär des Earls im Verdacht stand, an der Vorbereitung eines gegen Ihre Majestät die Königin gerichteten Staatsstreichs beteiligt zu sein. Wie ich während seiner Überstellung in meine Obhut aus dem Mund der mit seiner Beschattung betrauten Agenten erfuhr, seien Letztere nach mehrwöchiger Observation zu der Überzeugung gelangt, Talbot habe als Verbindungsmann zwischen seinem Herrn und Gesinnungsgenossen aus den Kreisen des Hochadels fungiert, deren Absicht es ist, die Königin aus dem Amt zu jagen. Wie weit die heimtückischen Umtriebe mittlerweile gediehen sind, kann ich aufgrund der mir vorliegenden Informationen nicht sagen, und das trotz zahlreicher Versuche, Talbots Zunge in bewährter Manier zu lösen.

Gefragt, wo der Earl seine Privatunterlagen aufbewahre, gab der Gefangene zu Protokoll, diese seien ohne sein Wissen außer Haus geschafft worden. Auf die Frage, ob dies auch auf die Unterlagen aus dem geheimen Nachlass seines Stiefvaters zutreffe, verweigerte er dagegen die Aussage. Dies zwang mich dazu, die in solchen Fällen üblichen Methoden der Wahrheitsfindung anzuwenden, gemäß der Ermächtigung des Kronrats, welche die Unterschrift von Eurer Lordschaft trägt. Anfänglich, das heißt während der knapp zwei Tage währenden Dunkelhaft, ließ der Gefangene die Sonderbehandlung ohne Anzeichen von Schwäche über sich ergehen, und das trotz seines vergleichsweise hohen Alters, in dem manch anderer die Aussichtslosigkeit seiner Lage zur Kenntnis genommen hätte. Nicht so Talbot, der sich beharrlich weigerte, der Realität ins Auge zu sehen. Dass er alles nur noch schlimmer machte, schien ihn nicht zu interessieren, und so fasste ich den Entschluss, ungleich härtere Druckmittel anzuwenden. Aber auch das, so die als Little Ease bekannte und nur vier Fuß im Quadrat große Kammer, erzielte nicht den gewünschten Effekt. Talbot beteuerte immer wieder, keine Kenntnis vom Nachlass des Earls of Leicester zu besitzen, und das, obwohl ihm niemand so nah gestanden war wie er. Vom einem Briefwechsel, welcher geeignet sei, dem Ansehen Ihrer Majestät großen Schaden zuzufügen, habe er noch nie gehört. Aufgrund dessen entbehre das Gerücht, der Stiefvater des Earls of Essex und einstmalige Favorit der Königin habe ihm kurz vor dem Ableben seine Privatkorrespondenz anvertraut, jeglicher Grundlage. Kurzum, Talbot wurde nicht müde, seine Unschuld zu beteuern, selbst dann, als ich am heutigen Samstag die Weisung erteilte, die Befragung mithilfe der Streckbank fortzusetzen. Er habe keine Ahnung, wovon die Rede sei, versicherte er mit letzter Kraft, so lange, bis sogar ich geneigt war, Talbot Glauben zu schenken.

Doch dann, vor circa einer Stunde, geschah das Unerwartete. Nach Aussage von Master Topcliffe, Verhörspezialist mit langjähriger Erfahrung, erweckte Talbot den Anschein, als wolle er ein Geständnis machen, indem er ihn bat, die Befragung zu unterbrechen. Auch die Bitte, mit einem Geistlichen unter vier Augen sprechen zu dürfen, wurde ihm gewährt. Dass Talbot dabei sein Leben aushauchte, war meines Erachtens nicht vorauszusehen. Im Nachhinein, das möchte ich in aller Deutlichkeit sagen, hat sich das Entgegenkommen jedoch als sinnvoll erwiesen.

Es versteht sich von selbst, dass der Geistliche, dessen Name an dieser Stelle nicht genannt werden soll, zur Preisgabe der ihm anvertrauten Informationen aufgefordert wurde. Dazu war er denn auch ohne Umschweife bereit, unter der Bedingung, dass sein Name nicht aktenkundig werde. Aus triftigen Gründen wurde dem auch entsprochen, gelang es doch, Licht ins Dunkel der mysteriösen Vorgänge zu bringen.

Doch nun, um die Geduld Eurer Lordschaft nicht weiter zu strapazieren, zum Wesentlichen. Wie der Secretarius gegenüber seinem Gesprächspartner einräumte, habe er eine Person seines Vertrauens gebeten, die Privatkorrespondenz des Earls of Leicester an sich zu nehmen, um sie so lange in Verwahrung zu nehmen, wie es ihm, Talbot, sinnvoll erscheine. Als Grund, warum er einem Lakaien aus dem Gefolge des Earls anscheinend blind vertraut habe, gab der Sterbende an, er habe vermeiden wollen, dass die Briefe »in die falschen Hände gelangen«, wie er sich dem Geistlichen gegenüber auszudrücken geruhte. Des Weiteren habe er damit gerechnet, in allernächster Zukunft verhaftet zu werden, eine Befürchtung, welche sich im Licht der Ereignisse als begründet erwies. Dessen ungeachtet sei der Earl über seine Machenschaften nicht im Bilde gewesen, weder über die geheime Transaktion, noch über die Tatsache, dass Leicester ihn auf dem Sterbebett angewiesen habe, seine Korrespondenz mit der Königin zu vernichten. Auf die Frage, weshalb er sich dem Willen des Sterbenden nicht gefügt habe, gab Talbot keine Antwort, auch gestand er nicht, worum es sich beim o. g. Briefwechsel gedreht habe. Das, so der Sterbende zu dem Geistlichen, werde er »schon selbst herausfinden müssen«, Worte, welche kaum noch zu verstehen gewesen seien.

Ich hege keinen Zweifel, dass es Eurer Lordschaft gelingen wird, die Causa Talbot zu einem erfolgversprechenden Abschluss zu bringen. Seid versichert, dass ich Euch weiterhin zur Verfügung stehen werde, auch und vor allem, was die gegen unsere Landesherrin gerichteten Ränke betrifft.

Gott schütze England, und Gott schütze die Königin!

Gez. Sir Richard Berkeley, Lieutenant of the Tower of London

XXIV

DIARIUM (XI)

Zeitpunkt der Niederschrift: 25. Februar 1601, knapp viereinhalb Stunden nach Mitternacht

[05.00 h]

»HE, DU TOLLPATSCH, kannst du nicht aufpassen?«, rief ich dem Bierkutscher hinterher, im Begriff, meinem Unmut durch eine Serie von Flüchen Luft zu machen. Ein Glück, dass der Gentleman in mir die Oberhand behielt, sonst wäre ich bei meiner Begleiterin unten durch gewesen. »Wohl einen über den Durst getrunken, wie?«

»Aber, aber, Master Percival«, machte Eileen Brannigan aus ihrer Missbilligung keinen Hehl und wischte den Schneematsch von meinem Umhang, der durch vorbeirumpelnde Fuhrwerke aufgewirbelt worden war. Und fügte mit gespielter Entrüstung an: »Redet so etwa ein Gentleman? Ihr enttäuscht mich, Barrister, jemand wie Ihr sollte sich besser im Griff haben.«

»Bitte um Vergebung, Mmmmylady«, stammelte ich und wusste nicht, wohin mit meinen Blicken, während die 23-Jährige so tat, als bemerke sie meine Verlegenheit nicht. »Es soll nicht wieder vorkommen.«

»Das will ich auch hoffen, Master Percival«, antwortete meine Kronzeugin in scherzhaftem Ton, lächelte mich an und hakte sich nach getaner Arbeit bei mir unter. »So, und jetzt lasst uns weitergehen, sonst verpassen wir den Anfang.«

»Euer Wunsch ist mir Befehl, Mistress«, pflichtete ich ihr bei, unterwegs ins Globe Theater, um Abstand von den zurückliegenden Ereignissen zu gewinnen. »Schade um jede Zeile, die wir verpassen.«

Stutzig geworden, wandte die 23-Jährige den Blick nach links. »Warum so sarkastisch, Master Percival, stimmt etwas nicht?«

»Keineswegs, wo denkt Ihr hin.« Und ob hier etwas nicht stimmte. Shakespeare, der vermeintliche Autor von König Richard II., außer mir und Brendan wusste niemand darüber Bescheid, ginge es nach uns, würde dies auch so bleiben. In London lebt es sich gefährlich, besonders wenn man sich mit den falschen Leuten anlegt. Als Anwalt sollte man das nicht außer Acht lassen. »Alles bestens, kein Grund zur Beunruhigung.«

»Ja, wenn das so ist, bin ich zufrieden«, antwortete Eileen Brannigan und lotste mich zwischen zwei Maroniverkäufern hindurch, die sich die Kehle aus dem Leib schrien, um Kunden anzulocken. »Ordentlich was los hier, findet Ihr nicht auch?«

»Zu viel, wenn Ihr mich fragt«, erwiderte ich und bahnte mir den Weg durch die Menge, vorbei an einer Schlange aus Einspännern, Ochsenkarren und Fuhrwerken, die sich vor dem Nordtor der London Bridge gebildet hatte. »Eher geht ein Kamel durch ein Nadelöhr, als …«

»Ein mit Ale-Fässern beladenes Fuhrwerk über die London Bridge?«

»Ihr sagt es, Mylady«, antwortete ich, im Zweifel, ob es nicht besser gewesen wäre, eine Jolle für zwei Personen zu mieten. Zwei Pence für die Hin- und Rückfahrt waren allemal besser als das organisierte Chaos, welches um diese Tageszeit auf dem knapp 26 Fuß breiten Nadelöhr herrschte. Noch dazu, wo Eile dringend geboten war. »Aber was soll's, da müssen wir durch.«

Wie recht du doch hattest, Clayton. Um ins Globe zu gelangen, wo wir der Kälte mit vereinten Kräften trotzen würden, mussten meine Kronzeugin und ich da durch, und zwar im Eiltempo. Das jedoch war leichter gesagt als getan. Weit und breit ist die London Bridge nämlich die einzige Brücke, die über die Themse führt, knapp 900 Fuß lang und gerade einmal breit genug, um Zusammenstöße zwischen entgegenkommenden Fuhrwerken zu verhindern. Und, nicht zu vergessen, stabil genug, um über 100 Häuser zu tragen, die meisten davon mehrstöckig, allen voran das Nonsuch House. Selbst für Londoner wie mich, die die Torbögen der Brücke dutzende Male passiert haben, stellt das Gebäude eine wahre Augenweide dar, kein Wunder, wenn der Blick des Betrachters auf das Lustschloss mit den vier Zwiebeltürmen und dem opulenten Schnitzwerk fällt.

Von wegen Höchstgeschwindigkeit, dachte ich, während wir uns im Schneckentempo vorwärtsschoben, vorbei an dick vermummten Händlern, welche Fleischpasteten und Krammetsvögel feilboten, vorbei auch an Fischverkäuferinnen, an Geldwechslern mit Rechentafeln, Hökerinnen, Finsterlingen mit Schmuggelware sowie Damen mit zweifelhaftem Leumund, trotz der Kälte auf Kundenfang, wie ich kopfschüttelnd registrierte. »Nur noch ein paar Hundert Yards, dann sind wir da«, sprach ich zu meiner Nachbarin und lenkte ihre Aufmerksamkeit auf die Southwark Cathedral, von wo aus es nicht mehr weit zum Globe Theater war. Der eigentliche Zweck des Ablenkungsmanövers bestand jedoch darin, der jungen Frau den mit Abstand makabersten Anblick von ganz London zu ersparen, so sie die auf dem Südturm aufgespießten Schädel nicht schon längst zu Gesicht bekommen hatte. In Teer getaucht und gekocht, um Neuankömmlingen als Warnung zu dienen, so blickten die Delinquenten auf den Strom der Passanten herab. Bei den Hingerichteten handelte es sich in der Mehrzahl um Hochverräter oder um Zeitgenossen, die bei den Herrschenden in Ungnade gefallen waren. William Wallace, notorischer England-Hasser und von seinen schottischen Gefolgsleuten auch Braveheart genannt, war der Erste gewesen, dessen Kopf für die dubiose Einschüchterungsmaßnahme hatte herhalten müssen. Ich kann es nicht oft genug betonen, Praktiken wie diese sind mir zutiefst zuwider, ganz gleich, auf wessen Kosten und aus welchen Beweggründen. Kein Zweifel, Wallace hatte anno 1305 einen Aufruhr gegen den König angezettelt, ein Ereignis, über das Patrioten wie ich nur ungern reden. Aber das heißt noch lange nicht, dass man besiegte Gegner in den gleichen Topf wie wild gewordene Bestien werfen und sie wie Jagdtrophäen zur Schau stellen sollte. Ein Land wie das unsrige muss mit gutem Beispiel vorangehen, das kann man nicht oft genug betonen. Sonst werden künftige Generationen mit dem Finger auf uns zeigen.

Southwark, mit Abstand das größte Sündenbabel weit und breit, die Liebesnester der Kleriker nicht mitgerechnet. Kleiner Seitenhieb am Rande, hin und wieder sitzt mir eben der Schalk im Nacken. Tummelplatz der Noblesse und der gescheiterten Existenzen, von Tagelöhnern und respektablen Ratsherrn, Letztere – wen wundert's! –

inkognito unterwegs. Jagdrevier von Huren und Taschendieben, von Trickbetrügern und Falschspielern, scheinheiligen Propheten und Quacksalbern, Wunderheilern und religiösen Fanatikern, die nicht müde werden, das Herannahen des Weltuntergangs zu verkünden. Alt und Jung, Dekan und Dirne, Streuner und Stenz, Gelehrte und Galgenvögel, Magistrate und Meuchelmörder, Vaganten oder Vikare auf der Suche nach Bräuten für eine Nacht, sie alle, meine Begleiterin und ich eingeschlossen, zwängten sich durch die engen Gassen, auf Brettern balancierend, um dem Gemisch aus Abwässern, Schneematsch und Tierkot zu entgehen. Sie alle, auch wir beide, wurden Teil des nicht enden wollenden Gewimmels, angezogen durch die Tanzmusik in den Tavernen und die Lockrufe der Händler, aufgeschreckt durch das Geschrei auf den Rängen der Hahnenkampfarenen oder eine Messerstecherei zwischen angetrunkenen Handwerksburschen, angewidert durch den schnöden Mammon, der das Zepter über den Häuptern der Amüsierwilligen schwang.

Ich bitte erneut um Verzeihung, leider geht bisweilen auch der Poet mit mir durch. Oder der Kavalier, je nach Bedarf. Was ich damit ausdrücken möchte? Nun, was das betrifft, muss ich den Leser dieser Zeilen enttäuschen. Es schickt sich nicht, Gefühlsregungen an die große Glocke zu hängen, schon gar nicht, wenn man ehrenwerte Absichten verfolgt.

Genug der hehren Worte, besser, wir bleiben beim Thema. Wenden wir uns also meinen Erlebnissen im Globe Theater zu. Dort angekommen, mussten meine Begleiterin und ich feststellen, dass die Vorstellung längst im Gange und der Andrang außerordentlich groß gewesen war, und das, obwohl das Stück in der Publikumsgunst unter »ferner liefen« rangierte. Die Hoffnung auf einen Sitzplatz mussten wir damit begraben, für mich, der ich meiner Begleitung etwas bieten wollte, eine herbe Enttäuschung. Nicht so für Eileen Brannigan, der die Vorfreude auf das Kommende ins Gesicht geschrieben stand.

»Nun ja, besser als nichts«, grummelte ich zerknirscht, zwei Pennymünzen in der Hand, die ich der vollschlanken Kassiererin überreichte. Diese wiederum riss sie mir förmlich aus der Hand und steckte sie in den Schlitz der grün glasierten Keramikdose, welche auf dem Schragentisch neben dem Eingang zum Parkett deponiert war. Einen Penny pro Person für das Stehparterre, zwei für einen überdachten Platz im Freien, drei für das Gleiche mit Schemel, vier Pence für einen Stehplatz auf den mit Stroh überdachten Rängen, Schemel und Kissen inklusive, fünf für eine Sitzgelegenheit auf der Galerie und lächerliche sechs Mäuse für den Fall, dass man der Holzbank auf der Galerie den Vorzug gab, Sitzkissen im Preis eingeschlossen. Pro Abend kam für die Teilhaber, zu denen unter anderem Shakespeare gehörte, somit eine hübsche Stange Geld zusammen. Mindestens zwölf Pfund, falls ich mit meiner Kalkulation richtiglag. Vorausgesetzt, das circa 3.000 Zuschauer fassende Theater war wie heute bis auf den letzten Platz besetzt.

Genug davon, bevor jetzt auch noch der Buchhalter mit mir durchgeht.

»Heiße Maroni gefällig – oder lieber einen Becher Glühwein?« Das Angebot der Austern-Dirne, wie die im Stehparkett umherscharwenzelnden Verkäuferinnen im hiesigen Jargon genannt werden, brachte mich auf den Boden der Realität zurück. Ein Seitenblick auf meine dick eingepackte Begleiterin, und ich wusste, was ich zu tun hatte.

»Beides, wenn ich bitten darf«, antwortete ich, was Eileen mit einem dankbaren Nicken quittierte.

Moment, Moment. Um Missverständnissen vorzubeugen: Meine Kronzeugin und ich waren noch nicht per Du. Ein Gentleman, der etwas auf sich hält, sollte es vermeiden, mit der Tür ins Haus zu fallen – und, so seine Avancen Aussicht auf Erfolg besitzen, den Lieferanteneingang benutzen.

Kleines Bonmot am Rande, der Schalk will partout nicht von mir lassen.

»Schmeckt köstlich, findet Ihr nicht auch?«, fragte ich, nachdem Eileen – ich wollte sagen: meine Begleiterin – von meinem Glühwein gekostet hatte. »Oder wie wär's hiermit, die Maroni munden vorzüglich.«

»Habt Dank, Master Percival, Ihr seid wirklich ein Schatz.«

»Ihr macht mich verlegen, Mistress, wisst Ihr das?«, gab ich zurück und wurde den Eindruck nicht los, dass die Umstehenden jedes einzelne Wort mitbekamen. Dass ich keine gute Figur abgab, war mir bewusst, so linkisch, als könne ich nicht bis drei zählen. »Gibt es … äh … Gibt es noch etwas, das ich für Euch tun kann?«

»Ich muss doch sehr bitten, Master Percival«, gab die Angesprochene zurück, während das Geschehen auf der Bühne dem Höhepunkt zustrebte. Richard II. versus Bolingbroke, Thronprätendent aus dem Hause Lancaster. Ein Zwist mit weitreichenden Folgen, wie man aus den Geschichtsbüchern weiß. »Mehr als Ihr kann man wirklich nicht tun. Meine Hochachtung, Herr Anwalt. Ihr wisst, wie man mit Frauen umgeht.«

»Sagen wir mal so: Ich wünschte, ich wüsste es.«

»Nur keine falsche Bescheidenheit, Master Percival.

Wenn alle Männer so gute Manieren hätten wie Ihr, wäre uns Frauen wohler ums Herz. Ihr seid ein Gentleman, ob Ihr es hören wollt oder nicht.«

Mir fehlten die Worte. Endlich jemand, der mein wahres Ich erkannte, anders als Brendan, der das exakte Gegenteil behauptete und mir einreden wollte, ich verstünde nichts von Frauen.

Scherz beiseite, und zwar endgültig.

»Warum so wortkarg, Master Percival, was bedrückt Euch?«

»Gar nichts, Mylady«, beteuerte ich, steckte eine Maroni in den Mund und wusste mir nicht anders zu helfen, als einen Blick auf die übrigen Besucher zu werfen. Genau wie ich, der ich pfundweise Esskastanien in mich hineinschaufelte, um meine Verlegenheit zu kaschieren, schienen auch die übrigen Zuschauer einen gesunden Appetit zu haben. Das war beruhigend zu wissen, wenngleich ich mich fragte, ob der eine oder andere nicht besser daran getan hätte, ein Ale-House oder eine Taverne mit warmer Küche aufzusuchen. Ganz oben auf der Wunschliste, so hatte es den Anschein, standen Nüsse, gefolgt von Früchten, je nach Geschmack getrocknet oder frisch. Wie überall kam es auf den Inhalt der jeweiligen Geldbörse an, welchen Gaumenfreuden der Betreffende den Vorzug gab. Rosinen, Holunderbeeren, getrocknete Pflaumen und vieles mehr, je nach Geschmack, so mein Eindruck, waren dem Appetit der Theaterbesucher keine Grenzen gesetzt. Etwas teurer, wenngleich nicht weniger begehrt, waren die Meeresfrüchte, frisch vom Fang, wie die emporsteigenden Gerüche nahelegten. Ob Muscheln, Spitzschnecken oder Tintenfisch, ob Seezunge, Dorsch, Scholle oder Aal, auch hier blieben keinerlei Wünsche offen.

Außer meinen, wenn die frivole Bemerkung gestattet ist. Schluss damit, schließlich handelt es sich hier um einen Bericht über die Hintergründe eines Mordfalls und keinesfalls um den Versuch, mein Innenleben breitzutreten. Beschränken wir uns daher auf das Nötigste, es ist besser so.

Da stand ich nun, umgeben von schwadronierenden, hemmungslos schmatzenden und scharwenzelnden Zuschauern, Seite an Seite mit einer Frau, die mich so sehr in den Bann zog, dass ich vom Geschehen auf der Bühne nicht viel mitbekam. Umschwirrt von diversen Händlern, die gebratene Äpfel, Ingwerkuchen oder mit Glühwein gefüllte Schläuche feilboten. Umgarnt von aufdringlichen Austern-Dirnen, die nicht müde wurden, ihre Waren an den Mann zu bringen.

Apropos Geräuschkulisse. Bei allem Verständnis für das Mitteilungsbedürfnis der Zuschauer, stünde ich auf der Bühne, würde mich die Quasselei auf die Barrikaden treiben. Oder auf direktem Weg ins Irrenhaus. Vom Zischen, welches durch das Öffnen der Ale-Flaschen verursacht wurde, gar nicht zu reden. Tja, so sind die Gepflogenheiten nun mal. Mit Ausnahme einer überschaubaren Minderheit, welche der Kunst um ihrer selbst willen huldigt, sieht die Mehrheit der Londoner die Dinge anders. Für sie, darunter zahlreiche Handwerksburschen, stehen die kulinarischen Genüsse im Vordergrund. Genüsse der besonderen Art, welchen im Anschluss an die Vorstellungen gehuldigt wird, mit inbegriffen. Wie viele Bordelle, Ale-Kaschemmen, Spielhöllen, Hinterhofbühnen und Hahnenkampfarenen auf engstem Raum um die Gunst der Amüsierwilligen buhlen, kann ich beim besten Willen nicht sagen. Ihre Anzahl, da bin ich mir sicher, wird jedoch weiter steigen, genau wie das Quantum derjenigen, welches Jahr für Jahr nach London strömt.

»Na, wie gefällt es Euch, Master Percival?«

»Wie meinen?« Erwischt, was für eine Blamage. Nicht genug, dass ich bei der Aufklärung meines Falles auf der Stelle trat, ließ ich keine Gelegenheit aus, um mich vor meiner Begleiterin zu blamieren. Von wegen Gentleman, so etwas konnte auch nur mir passieren. »Tut mir leid, Mistress, aber ich war in Gedanken«, gestand ich und trippelte nervös auf der Stelle.

»Bei Eurem Fall, nehme ich an?«

»Ihr sagt es.«

»Ich weiß, es klingt makaber, wenn gerade ich so etwas von mir gebe«, bekannte Eileen Brannigan, ohne mich dabei anzusehen. Auf der Bühne, von der uns circa 20 Yards trennten, lief gerade die entscheidende Szene ab. Hier der Triumphator, der den Rivalen zur Abdankung nötigte, dort der Unterlegene, der wusste, was die Stunde geschlagen hatte. Demütigender konnte die Herrschaft eines gekrönten Hauptes nicht enden. »Aber ich finde, wir sollten uns den Abend nicht verderben lassen. Die Realität wird uns früh genug einholen, ob wir wollen oder nicht.«

»Das wird sie, da muss ich Euch recht geben«, flüsterte ich und nahm den Rat zum Anlass, mich voll und ganz auf das Stück zu konzentrieren. Wie hieß es an anderer Stelle doch gleich? ›Schwer ruht das Haupt, das eine Krone drückt.‹ Eine Bemerkung, die, bezogen auf unsere Königin, immer noch Gültigkeit besaß. Hier die Rivalität mit Spanien, dort die gähnend leere Staatskasse, hier die Tücken des Alters, dort die Suche nach einem geeigneten Nachfolger, die Zwistigkeiten mit dem Earl of Essex nicht zu vergessen. Um ehrlich zu sein, ich hätte nicht in ihrer Haut stecken wollen.

Und in derjenigen ihres glücklosen Vorgängers auch nicht. »Die schwere Last geb' ich von meinem Haupt«, hallte es mir aus dem Mund des Darstellers entgegen, der den bemitleidenswerten Hauptprotagonisten verkörperte. »Das unbeholf'ne Szepter aus der Hand, / Den Stolz der Herrschaft aus dem Herzen weg. / Mit eignen Tränen wasch' ich ab den Balsam, / Mit eignen Händen geb' ich weg die Krone, / Mit eignem Mund leugn' ich mein heil'ges Recht, / Mit eignem Odem lös' ich Pflicht und Eid. / Ab schwör' ich alle Pracht und Majestät, / Ich gebe Güter, Zins und Renten auf, / Verordnungen und Schlüssen sag' ich ab.« Und weiter, an Bolingbroke gewandt: »Lang' lebe du, auf Richards Sitz zu thronen; / Und bald mag Richard in der Grube wohnen.«

Der Monolog war noch nicht beendet, als ein Raunen durch die Reihen der Zuschauer ging, kaum hörbar zunächst, doch dann so laut, dass die Darsteller Mühe hatten, dagegen anzukämpfen. »Lang' lebe du, auf Richards Sitz zu thronen; / Und bald mag Richard in der Grube wohnen« – Schande über mich, weil ich nicht imstande gewesen war, die Aktualität des Stückes zu erkennen.

Schande und abermalige Schande.

Wie vom Donner gerührt, warf ich einen Blick in die Runde. Allerorten, auch auf den überdachten Rängen, das gleiche Bild. Betroffene Mienen, aufgeregt miteinander tuschelnde Honoratioren, beifälliges Nicken, aber auch lautstarke Entrüstung. Und jede Menge Zeitgenossen, die sich auffällig ruhig verhielten, allem Anschein nach Spitzel, die im Sold von Robert Cecil standen.

»Gott schütze König Heinrich! – Also spricht / Entfürstet Richard –, geb' ihm Heil und Licht! – Was ist noch übrig?«

Heil und Licht, aber für wen? Etwa für …

Da stand ich nun, wie zu einer Salzsäule erstarrt, einer von mehreren Tausend Zuschauern, die das Geschehen auf der Bühne mit angehaltenem Atem verfolgten. Ein König, gesalbt und mit allen ihm zustehenden Befugnissen versehen, wurde von einem aufrührerischen Standesgenossen des Thrones beraubt. Von einem Mann aus den eigenen Reihen, um es plastisch zu formulieren.

Offen gestanden, ich glaube nicht an Zufälle. Weder bei der Lösung von Kriminalfällen noch in meiner Eigenschaft als Anwalt, und schon gar nicht im Angesicht eines Spektakels, das so bizarr wirkte, dass es buchstäblich zum Himmel stank.

Das war kein Zufall, dessen war ich mir zu 100 Prozent sicher.

Das war der Versuch, das Volk gegen seine Monarchin aufzuwiegeln.

Cui bono, die Frage aller Fragen. Eine Frage, die zu beantworten mir nicht schwerfallen würde.

»He, was soll das, könnt Ihr nicht aufpassen?«

In Gedanken beim Earl of Essex, dessen Zwist mit der Königin in aller Munde war, wurde ich unsanft unterbrochen. Anders als ich, der ich mit mir selbst genug zu tun hatte, hegte der Handwerksbursche neben mir keine friedfertigen Absichten. »Wenn Ihr mich schon anrempelt, könnt Ihr Euch wenigstens entschul…«

»Und weshalb?«, fiel mir der fettleibige Einfaltspinsel mit der schokoladenbraunen Wollmütze ins Wort, kein Kostverächter, wie der weingetränkte Atem bewies. »Etwa, weil du etwas Besseres bist?«

»*Ihr*, wenn ich bitten darf«, hielt ich dagegen, Szenenapplaus im Ohr, in den sich zahlreiche Zwischenrufe mischten. Kein gutes Zeichen, was die Gemütslage der einfachen Leute anging. Zielscheibe des Unmuts, wie die lautstarken Äußerungen dokumentierten, war jedoch weniger die Königin, sondern Robert Cecil, der mit Abstand unpopulärste Politiker im Land. »Anstandshalber, versteht sich.«

»Wenn ich dir die Fresse polieren soll, musst du es sagen«, zog der Fleischklops ohne Rücksicht auf die Umstehenden vom Leder, bei denen das Imponiergehabe auf wenig Gegenliebe stieß. »Gehen wir raus, oder ...«

»Halt die Klappe, oder ich geh mit *dir* raus«, drohte einer meiner Nebenleute, der Kleidung nach Dockarbeiter und kräftemäßig unverkennbar im Vorteil. »Oder geh nach Haus zu deiner Mama, da gibt's Haferbrei, damit du groß und stark wirst!«

Das Gelächter, das dem Zuruf folgte, sprach für sich, und ehe ich es mich versah, war der Handwerksbursche verschwunden.

»Sachen gibt's, die gibt es überhaupt nicht.« Nichts Böses ahnend, wandte ich mich wieder meiner Begleiterin zu. »Kein Benimm, oder was sagt Ihr dazu, Eileen?«

Doch ich erhielt keine Antwort. Nicht etwa, weil die Aufmerksamkeit meiner Schutzbefohlenen dem Stück oder seinen Protagonisten galt.

Sondern weil sie verschwunden war.

Und zwar spurlos.

XXV

CONFESSIO (VI)

Zeitpunkt der Niederschrift: 25. Februar 1601, knapp eineinhalb Stunden vor Sonnenaufgang

[05.30 h]

»DER FEIND MEINES FEINDES ist mein Freund.« So lautet die sattsam bekannte Spruchweisheit. Anders ausgedrückt, um Cecil aus dem Amt zu jagen, war ich auf Verbündete angewiesen. Je zahlreicher, desto größer die Chance, den Buckligen genau dorthin zu befördern, wo er hergekommen war.

Nämlich in den tiefsten Schlund der Hölle.

Schon gut, ich gebe es zu. Es war eine Illusion zu glauben, die Londoner seien bereit, ihre Haut um meinetwillen zu Markte zu tragen. Was das betrifft, wurde ich eines Besseren belehrt. Auf das Volk ist eben kein Verlass, ich hätte es wissen müssen. Gleicht es doch einer Dirne, die ihre Gunst bald diesem, bald jenem Freier zuwendet, je nach Inhalt der Geldbörse, die der Betreffende am Gürtel trägt.

Geld allein, auch das wurde mir im Nachhinein klar, ist jedoch nicht alles. Regel Nummer eins: Wer nach Macht strebt, muss bereit sein, sämtliche Skrupel über Bord zu werfen. Regel Nummer zwei: Wer an der Macht bleiben will, sollte Wert darauf legen, dass man ihm Respekt entgegenbringt. Oder darauf, dass seine Untertanen vor ihm kuschen. Im Hinblick darauf hatte Robert Cecil ganze Arbeit geleistet, das musste man neidlos anerkennen. Keine Theatervorstellung ohne Schnüffler, kein Jahrmarkt ohne die allgegenwärtigen Ohrenbläser und keine Predigt am St Paul's Cross, bei der sich die Agenten von Cecils Gnaden nicht unter die Gläubigen mischten. Wahrhaftig, mir scheint, es gibt nichts in diesem Land, worüber mein Intimfeind nicht im Bilde wäre.

Eins gleich vorweg, um Schuldzuweisungen zu vermeiden. Ich kann mich beim besten Willen nicht erinnern, wer von uns auf die Idee kam, die Londoner mithilfe eines Theaterstücks zu manipulieren. Ein Historiendrama als Mittel, um das Volk wachzurütteln. An sich keine schlechte Idee, wie ich finde, auch jetzt noch, nur ein paar lumpige Yards von den elysischen Gefilden entfernt. Eine Idee indes, die bei den Darstellern der Lord Chamberlain's Men nicht unumstritten gewesen war. König Richard II., so der Tenor, sei eines der ältesten Stücke in ihrem Repertoire, nicht geeignet, um Massen an Zuschauern anzulocken. Darüber hinaus, hatte Shakespeare meine Sendboten wissen lassen, benötigten die Schauspieler mehr Zeit, um das Stück einzustudieren. Angesichts der Tatsache, dass seit der letzten Vorstellung mehrere Jahre ins Land gegangen waren, ja wohl verständlich, wie der widerstrebende Autor betonte.

Doch siehe da, es wurde Abhilfe geschaffen. Anders formuliert, Geld wirkt bisweilen Wunder. Glück im Unglück, dass Mounteagle und Percy, um Einfälle nie verlegen, die rettende Idee gehabt hatten. Und dass sie nicht allzu tief in die Tasche greifen mussten, um Shakespeare von der Profitabilität ihres Vorhabens zu überzeugen.

Dass zwischen Wunsch und Wirklichkeit oftmals eine Lücke klafft, bekamen wir am Nachmittag des 7. Februar zu spüren. Zwei Pfund, in etwa ein Drittel der zu erwartenden Einnahmen, waren zwar genug gewesen, um Shakespeare und die übrigen Teilhaber umzustimmen. Aber nicht ausreichend, um den gewünschten Effekt zu erzielen. Was ich damit andeuten will, ist, die Reaktion der wider Erwarten in großer Zahl erschienenen Zuschauer ließ zu wünschen übrig. Im Publikum, welches durchaus erkannte, was gespielt wurde, entstand zwar große Unruhe, in die sich Schmährufe und gegen Cecil gerichtete Beleidigungen mischten. Aber das war es dann auch schon gewesen.

Keine Brandreden, keine Zusammenrottungen, keine Aufforderung, zu den Waffen zu greifen.

Nichts.

Ergo: Wir hatten uns verkalkuliert.

Es war wie verhext, einfach zum Verzweifeln. Ich konnte machen, was ich wollte, meine Bemühungen trugen keine Früchte. Alles, aber auch alles war mir missglückt, beginnend mit dem Desaster in Irland. Der Punkt, an dem sich mein Schicksal zum Schlechten wendete. Wer sich so hoch aufgeschwungen hatte wie ich, der durfte nicht den geringsten Fehler machen. Auch das wurde mir im Nachhinein klar. Das Rad der Fortuna steht niemals still, und wer sich einbildet, die Launen des Schicksals könnten ihm nichts anhaben, für den wird es ein böses Erwachen geben.

Zuerst dieser Laufbursche, der auf Nimmerwiedersehen verschwunden war. Und der, so die im Umlauf befindlichen Gerüchte zutrafen, einem Meuchelmörder zum Opfer fiel.

Und dann Talbot, Faktotum meines Stiefvaters und einer meiner engsten Vertrauten. Nur einen Tag später ebenfalls verschwunden. Oder, wie man mit an Sicherheit grenzender Wahrscheinlichkeit vermuten kann, aus dem Weg geräumt. Auf wessen Geheiß, ist unschwer zu erraten.

Und jetzt dies.

Ergo: Die Anzeichen häuften sich, dass unser Vorhaben zum Scheitern verurteilt sein würde. Der Sturz des Ikarus näherte sich seinem Ende – wann er zerschellen würde, war nur eine Frage der Zeit.

So merkwürdig dies klingen mag, aufgeben kam für mich trotz alledem nicht infrage. Nur Feiglinge würden jetzt die Waffen strecken, nur Hasenfüße, aber nicht wir. Ein Peer von England gibt sich erst dann geschlagen, wenn die Lage aussichtslos erscheint, redete ich mir ein.

Erst dann, und keinen Atemzug früher.

Und so, nachdem ich sämtliche Warnzeichen in den Wind geschlagen hatte, kam es, wie es hatte kommen müssen. Um es mit den Worten der Heiligen Schrift zu formulieren: »Wer Ohren hat zu hören, der höre!« Und weiter: »Aber selig sind eure Augen, dass sie sehen, und eure Ohren, dass sie hören.«

Mein Pech, dass mir der Blick für die Realität abhandengekommen war. Und dass ich so töricht war, die Bedenken meiner Weggefährten vom Tisch zu wischen.

Hätte ich es nicht getan, wäre mir viel erspart geblieben.

Es klopft. Ist es etwa schon so weit? Ja, scheint so, die Sanduhr auf dem Kaminsims spricht eine unmissverständliche Sprache.

In etwas mehr als einer Stunde werde ich zu meiner letzten Reise aufbrechen. Erst dann, im Frühlicht des heraufdämmernden Tages, werde ich Gewissheit haben, wohin das Schicksal meine Schritte lenken wird. Ich hoffe inständig, dass es mir gewogen sein möge, denn ich bin mir keiner Schuld bewusst. Meine Richter waren diesbezüglich anderer Meinung, das stimmt. An der Bilanz, welche ich am Ende meines Lebens ziehe, wird der Urteilsspruch jedoch nichts ändern.

»Guilty, Mylord, of high treason, upon my honour.« Vor sechs Tagen hat sich das noch anders angehört, ich weiß. Dazu gäbe es noch eine Menge zu sagen, aber da die Zeit drängt und das Klopfen an meiner Tür nicht abreißt, bin ich gezwungen, mich kurzzufassen. Am besten, ich tue dies mithilfe eines Gedichts, sagt der Dreizeiler doch mehr als tausend unnütze Worte:

I have deserved to die, I know;
But never against my country's right
Nor to my Queen was never foe.

Ich, Robert Devereux, 2. Earl of Essex und wegen Hochverrats zum Tode verurteilter Diener Ihrer Majestät, schwöre bei allem, was mir heilig ist: Weder war ich noch bin ich meiner Königin feindlich gesinnt, was ich tat, habe ich um ihretwillen und nicht – wie von meinen Widersachern behauptet – um meiner selbst willen getan.

Das beeidige ich, so wahr mir Gott der Herr helfe.

Gott schütze die Königin – und beschere ihr ein langes Leben!

Und mir einen raschen und schmerzlosen Tod.

The rest is silence – mehr bleibt mir nicht zu sagen.

O meine Tat ist faul, sie stinkt zum Himmel.

O, my offence is rank, it smells to heaven.

Hamlet III,3

FÜNFTES BUCH

Man kann Vergangenes nicht ungeschehen machen.

The past cannot be cured.

Königin Elizabeth I. von England (1533–1603)

XXVI

DIARIUM (XII)

Zeitpunkt der Niederschrift: 25. Februar 1601, circa eine Stunde vor Sonnenaufgang

[06.00 h]

WEISST DU, WAS du bist, Clayton Percival? Der größte Einfaltspinsel Englands. Was sage ich, der größte Tor der westlichen Hemisphäre! Nicht genug, dass du bislang auf keinen grünen Zweig gekommen bist, hattest du nichts Besseres zu tun, als alles liegen und stehen zu lassen, den Kavalier zu geben und mit einer Zeugin, die um Leib und Leben fürchtet, am helllichten Tag durch London zu spazieren? So als habe es die beiden Halunken, die es auf sie abgesehen haben, nie gegeben. Anstatt deinen Verstand zu gebrauchen, der dir rät, kein Risiko einzugehen, schlägst du sämtliche Warnungen in den Wind, ohne jegliches Gespür für die Gefahr, in der Brannigans Schwester schwebt. Schlenderst über die London Bridge, gefällst dir in der Rolle des Galans und tust so, als gäbe es nichts Wichtigeres auf der Welt, als sich einen angenehmen Nachmittag im Theater zu gönnen. Von dem Stück, dessen Brisanz dir reichlich spät ins Bewusstsein kommt, bekommst du zwar so gut wie nichts mit, aber wenigstens so viel, um eine abgefeimte Teufelei zu wittern.

Immerhin, für einen Anfänger gar nicht mal so schlecht.

Humor ist, wenn man trotzdem lacht, selbst wenn es einem noch so dreckig geht.

Herumlamentieren hilft nichts, du hast dir alles selbst eingebrockt. Seien wir ehrlich. Wer außer dir wäre so naiv gewesen wie du? Wer außer dir hätte die Ignoranz auf die Spitze getrieben und wäre derart unachtsam gewesen? Und, last but not least, wer, wenn nicht du, wäre auf einen derart plumpen Trick hereingefallen?

Du hast dir alles selbst eingebrockt, sieh den Tatsachen ins Auge. Und sieh zu, wie du aus der Bredouille herauskommst. Lass dir etwas einfallen, oder du ziehst den Kürzeren. Tu etwas, sonst nimmt dich kein Mensch mehr für voll.

Du reißt dich jetzt zusammen, Clayton, ist das klar? Gib nicht auf, damit ist niemandem gedient.

»Leichter gedacht, als getan«, presste ich zwischen zusammengebissenen Zähnen hervor und bahnte mir den Weg durch das Schneegestöber, das die Bankside in eine Winterlandschaft verwandelt hatte. Angetrieben durch den messerscharfen Ostwind, wirbelten Myriaden von Flocken durch die schneidend kalte Luft, wie Derwische, die einen ekstatischen Reigen aufführen. Die London Bridge war wie leergefegt, die Böen so stark, dass ich Mühe hatte, nicht ins Straucheln zu geraten. Verkaufsbuden, Läden sowie das halbe Dutzend Wechselstuben waren geschlossen, außer den Stadtknechten, welche fröstelnd unter den Torbögen ausharrten, ließ sich kein Mensch unter freiem Himmel blicken. Fast schien es, als sei ich das einzige Menschenwesen weit und breit, allein mit mir und dem mit Urgewalten wütenden Sturm, welcher alles, was seine Pfade kreuzte, mit sich fortzureißen schien. Mein Weg schien geradewegs ins Nichts zu führen, an einen Ort, von dem es keine Wiederkehr gab.

Auch das Zeitgefühl war mir komplett abhandengekommen, und während ich mich Zoll um Zoll vorwärtskämpfte, beschlich mich die dumpfe Ahnung, dass meine Bemühungen zum Scheitern verurteilt sein würden. Gesetzt den Fall, Eileen war in die Hände ihrer Widersacher geraten, dann hätte das zur Folge, dass sie auf Nimmerwiedersehen verschwinden würde. Zuvor jedoch, auch da gab ich mich keinen Illusionen hin, würden Barnes und Anhang genau das tun, wovon sie durch mein Erscheinen abgehalten worden waren. Das bedeutete, sie würden versuchen, Eileen mit sämtlichen zu Gebote stehenden Mitteln zum Reden zu bringen. Welche Mittel dabei zur Anwendung kommen würden, darüber machte ich mir keine Illusionen. Der bloße Gedanke, ihr könne etwas zustoßen, trieb mir den Angstschweiß auf die Stirn, und das bei Temperaturen, wie sie sonst nur in nördlichen Gefilden herrschen.

Und so taumelte ich weiter, den Kopf abgewandt, um den eisigen Böen zu trotzen. Wohin des Wegs, so lautete die bange Frage. Etwa in die Broad Street, um in der völlig verwüsteten Wohnung nach Indizien zu suchen? Nein, das kam nun wirklich nicht infrage. Am besten, ich begab mich in die Kanzlei, und sei es nur, um in Ruhe über alles nachzudenken. Wer weiß, vielleicht war Brendan erfolgreicher gewesen als ich, wozu nun wirklich nicht viel gehörte.

Eins freilich stand außer Frage. Ich würde weder rasten noch ruhen, bevor ich ein Lebenszeichen von Eileen erhalten hatte. Und noch etwas. Falls ihr ein Leid geschehen war, würde ich sämtliche Hebel in Bewegung setzen, um ihre Peiniger hinter Schloss und Riegel zu bringen. Und wenn die Jagd nach ihnen bis zum Jüngsten Tag dauern würde.

Koste es, was es wolle, ohne Rücksicht auf Leib und Leben.

Was aber, wenn meine Kronzeugin mehr wusste, als sie mir gegenüber zugegeben hatte? Wenn sie, unwahrscheinlich, aber nicht gänzlich auszuschließen, in die Machenschaften ihres Bruders eingeweiht gewesen war? Wenn sie, kurz und bündig formuliert, darüber Bescheid wusste, was gespielt wurde?

Schluss mit den Grübeleien, Clayton, auf die Art kommst du nicht weiter.

Tu etwas, bevor es zu spät ist.

Fortes fortuna adiuvat – dem Wagemutigen steht das Glück zur Seite.

So tief wie möglich in meinen Umhang gehüllt, passierte ich das Nordtor der London Bridge und bog nach links in die Thames Street ein. Auch hier schneite es so heftig, dass man keine drei Yards weit sehen konnte, von der Kälte, die bis in die verborgensten Winkel meines Körpers drang, nicht zu reden. Und dann erst die Glätte, welche das Straßenpflaster in eine Eisbahn verwandelt hatte. Ein falscher Schritt, und ich würde eine Bauchlandung hinlegen, die es in sich hatte.

»Bist du es, Margie – was ist denn jetzt schon wieder los?« Etwa 200 Yards von meiner Kanzlei entfernt, blieb ich unvermittelt stehen. War mir die Gestalt, die ich mit zusammengekniffenen Augen musterte, doch allzu gut bekannt. »Irgendetwas nicht in Ordnung?«

»Das frage ich dich, Clayton!«, ging die Herrscherin über Haus und Herd schnurstracks zum Angriff über, in einem Tonfall, als stünde ich vor Gericht. »Was ist mit …«

»Erzähle ich dir später, Margie«, fiel ich meiner Amme

ins Wort, da ich nicht die geringste Lust auf Vorhaltungen hatte. »Irgendwelche Neuigkeiten?«

Der Blick, der mich traf, strotzte nur so vor Argwohn. »Später, so, so«, echote die Alte, eingemummt bis zum Kinn und eine Mütze aus Schaffell auf dem eisgrauen Haupt. »Wer's glaubt, wird selig. Du verheimlichst mir doch nichts, oder?«

»Aber nein, wo denkst du hin.«

Wieder dieser Blick, noch durchdringender als zuvor. »Na, dann will ich dir mal glau…«, ächzte Margie, jäh unterbrochen durch eine Schneeböe, die wie aus dem Nichts herangefegt war. »Heilige Muttergottes von Walsingham, steh mir bei!«

»Du riskierst Kopf und Kragen, zum hundertsten Mal.« Der Schreck fuhr mir durch sämtliche Glieder, ungeachtet der Kälte, die dabei war, meinen Körper in eine Eisskulptur zu verwandeln. »Wie oft soll ich dir eigentlich noch sagen, dass du deine Anwandlungen für dich behalten sollst. Du weißt doch, wie es hierzulande zugeht, oder? Ein falsches Wort am falschen Ort, und schon sitzt du hinter Gittern. England hat dem Papst abgeschworen, je früher du das akzeptierst, desto besser. Du weißt, was Renegaten blüht, oder legst du Wert darauf, dass ich dein Gedächtnis auffrische?«

»Du kannst reden, so viel du willst, Clayton Percival. Es wird mich nicht davon abhalten, zur Messe zu gehen.«

»Oh doch, das wird es«, erwiderte ich und hinderte Margie am Weitergehen. Mindestens ein Jahr Gefängnis und die horrende Summe von 66 Pfund, 13 Schillingen und vier Pennies als Sühnezahlung, so lautete die Strafe, was den Besuch einer illegalen Messfeier anging. »So nimm doch Vernunft an, Margery.«

»Vernunft, das sagt gerade der Richtige.«

»Du machst es einem nicht leicht, weißt du das?«

»Falls es dich interessiert, du auch nicht.«

»Danke für die Blumen, Margie, das baut mich auf.« Meine Ersatzmutter auf Abwegen, das hatte mir gerade noch gefehlt. Ausgerechnet jetzt, wo es Wichtigeres gab, als eine starrsinnige alte Dame von ihren Grillen zu kurieren. *Du kannst einem leidtun, Clayton, momentan bleibt dir absolut nichts erspart.* »Also wirklich, als ob ich nicht schon genug um die Ohren hätte.«

»Apropos: Dein Freund Brendan lässt dir ausrichten, er habe bei diesem Wirt auf Granit gebissen.«

»Merkwürdig genug, sonst noch was?«

»Nicht, dass ich wüsste!«, blaffte Margie, schürzte die drei Röcke, die sie übereinander trug, und schob mich kurzerhand zur Seite. »Er sagt, er schaut morgen früh wieder vorbei. Falls du ihn brauchst, er befindet sich in seinem Stammlokal.« Im Gehen begriffen, drehte sich Margie nochmals um. »So sind sie nun mal, die Iren. Trinken bis zur Besinnungslosigkeit, der Völlerei frönen und sich mit liederlichen Weibsbildern herumtreiben. Mehr haben diese Tagediebe nicht im Sinn.«

»Wenn du meinst, Margie«, gab ich zurück und wandte mich kopfschüttelnd ab. »Du musst es ja wissen.«

Die Antwort, so es denn überhaupt eine gab, wurde vom Wüten des an Stärke zunehmenden Sturms verschluckt. »Nun aber los, Clayton«, sprach ich zu mir selbst und drängte mich so dicht wie möglich an die Hauswand rechts von mir heran. »Mach, dass du nach Hause kommst, sonst …«

»Verzeiht, dass ich Euch einfach so überfalle, Master Percival, aber es bleibt mir keine Wahl.«

»Und mit wem habe ich das Vergnügen, junge Dame?«, entgegnete ich, zu überrascht, um auf Anhieb die richtigen Worte zu finden. Und ergänzte: »Kennen wir uns?«

»Ich denke schon, Herr Rechtsanwalt.«

»In der Tat, jetzt erinnere ich mich.« Da stand es nun, das hochaufgeschossene blonde Mädchen, eingehüllt in einen Umhang aus grobem Wollstoff und das streng gescheitelte Haar vom Schnee durchnässt. Da stand es also, nur einen Steinwurf vom Eingang meiner Kanzlei entfernt, die Lippen blau vor Kälte und die verschränkten Arme an die Brust gepresst. »Was führt dich zu mir, junge Dame?«

»Das hier, Master Percival.«

In der Tat, jetzt erinnerte ich mich. Es war gerade einmal fünf Stunden her, seit ich Drapers Tochter zum ersten Mal gesehen und auf höchstens 16 Jahre geschätzt hatte. Und doch schien es mir, als sei in der kurzen Zeitspanne eine rasante Verwandlung mit ihr vor sich gegangen. Ein Prozess, welcher in Nullkommanichts eine Erwachsene aus ihr gemacht hatte. »Was ist das?«

»Ich weiß es nicht, Master Percival«, antwortete das Mädchen, einen versiegelten Umschlag in der Hand, das es unter seinem Umhang hervorgeholt hatte. »Ich dachte nur …«

»Hab keine Angst, Lucy«, antwortete ich, bemüht, das Vertrauen der verschüchterten Maid zu gewinnen. »Von mir hast du nichts zu befürchten.«

»Das weiß ich, sonst wäre ich nicht hier.«

»Darf ich?«

Die Angesprochene deutete ein Nicken an.

»Und von wem hast du das?«, fragte ich, nahm den Umschlag an mich und gab Lucy einen Wink, mir zum

Eingang der Kanzlei zu folgen. »Fühlt sich leicht an, wenn du mich fragst.«

»Kann ich jetzt gehen, Master Percival?«

Die Hausschlüssel in der Hand, blieb ich unverrichteter Dinge stehen. »Was, bei der Kälte?«, rief ich mit besorgter Miene aus, nur eine Handbreit von der Türschwelle entfernt, während sich Lucy nicht vom Fleck rührte. Zwei Meilen Fußmarsch bis zur väterlichen Taverne, bei Dunkelheit und Witterungsverhältnissen wie im Land der Russen. Das war mehr, als man dem zarten Geschöpf zumuten konnte. »Das ist doch nicht dein Ernst, oder?«

»Doch, ist es.«

»Bedaure, mein Kind, aber das kann ich nicht zulassen.«

Der Blick des Mädchens weitete sich. »Wenn Vater das erfährt, bringt er mich um!«, stieß es mit panischem Augenaufschlag hervor und spähte ruckartig über die linke Schulter. »Was auch geschieht, er darf nichts davon erfahren.«

»Sei unbesorgt, Lucy. Ich werde es für mich behalten.«

»Wirklich?«

»Mein Ehrenwort, du brauchst keine Angst zu haben.«

Die Augen gesenkt, verharrte die Wirtstochter auf der Stelle. Der Sturm tobte mit unverminderter Heftigkeit, doch sie schien es nicht zu bemerken. »Er war der einzige Mensch, der mir etwas bedeutet hat«, stieß Lucy geraume Zeit später hervor, nur um mit beschwörender Miene hinzuzufügen: »Und so liebevoll wie kein anderer.«

»Das … Das freut mich für dich«, antwortete ich, darüber nachgrübelnd, auf wen die Bemerkung des Mädchens gemünzt sein könnte. Doch dann, dank einer spontanen

Eingebung, fiel es mir wie Schuppen von den Augen. »Kann es sein, dass wir die gleiche Person vor Augen haben?«

»Schon möglich.«

»Es war Stu Brannigan, der dir den Umschlag gegeben hat, hab ich recht?«

Ein knappes Nicken, gefolgt von einem herzerweichenden Seufzen.

»Und wann?«

»Dienstagabend.«

»Mit welcher Begründung?«

»Ich solle darauf aufpassen, mehr hat er nicht gesagt.«

»Wirklich nicht?«

»Ich spreche die Wahrheit, ob Ihr es glaubt oder nicht«, begehrte das Mädchen auf, im Begriff, die Angst vor der eigenen Courage zu überwinden. »Stu hat mir vertraut, ist das etwa verboten?«

»Nicht, dass ich wüsste«, gab ich zurück und wurde das Gefühl nicht los, dass der Umschlag schwerer als ein Granitblock wog. »Reden wir nicht mehr darüber. Hauptsache, du bist noch am Leben.«

»Noch am Leben?« Der Schreck stand dem Mädchen ins Gesicht geschrieben. »Was wollt Ihr damit sagen?«

»Wie gesagt, reden wir nicht mehr darüber«, gab ich zurück, schloss die Tür auf und unternahm einen letzten Versuch, Drapers Tochter umzustimmen. »Und du willst wirklich nicht hereinkommen?«

Die Antwort ließ nicht lange auf sich warten. »Danke für das Angebot, Master Percival. Aber ich mache mich jetzt lieber auf den Weg.«

»Darf ich dich etwas fragen, Lucy?«

»Aber gewiss doch«, versicherte die Maid, halb zum

Gehen gewandt, um nicht noch mehr Zeit zu verlieren. »Vorausgesetzt, Ihr macht es kurz.«

Allein, ich besann mich eines Besseren. »Ach, nichts«, entgegnete ich, hob die Hand zum Gruß und wartete ab, bis die couragierte junge Frau meinen Blicken entschwunden war. »Was zwischen euch war, geht niemanden etwas an.«

Es gibt Augenblicke, da hängt mir mein Beruf zum Halse raus. Das muss ich der Ehrlichkeit halber zugeben. Wird man als Barrister doch mit Dingen konfrontiert, die so widerwärtig sind, dass es einen davor graust. Manchmal wünsche ich mir, ich hätte ein Handwerk oder ein Gewerbe oder eine Profession erlernt, wo man nicht andauernd in Abgründe blicken muss, so sehr zehrt der Anwaltsberuf an meinen Nerven. Als Pastetenverkäufer auf dem Leadenhall Market lebt es sich vielleicht nicht besser, aber ganz bestimmt leichter. Das Einzige, was ich dabei vermissen würde, wäre meine Bibliothek, aber das wäre dann auch schon alles.

Tut mir leid, wenn ich mich so unverblümt ausdrücke. Aber es ist die Wahrheit. Es gibt Momente, da möchte man an der gesamten Menschheit verzweifeln, in erster Linie an den Mächtigen, oftmals schlimmer als gewöhnliche Kriminelle. Ich weiß, ich weiß. Man hüte sich davor, alle Angehörigen eines Standes über einen Kamm zu scheren. Nichts läge mir ferner, das möchte ich in aller Deutlichkeit feststellen. Um es anschaulich zu formulieren, ein Bader bleibt zwar ein Bader, ein Vagant ein Vagant und ein Abdecker stets ein Abdecker, so hart dies in manchen

Ohren auch klingen mag. Aber das bedeutet noch lange nicht, dass sie nicht genug Anstand im Leib hätten, um Gut und Böse voneinander zu unterscheiden.

Und genau das, fürchte ich, ist der Punkt. Je weiter man die Sprossen emporklettert, welche die Darbenden dieser Welt von der High Society trennen, desto geringer die Skrupel – und desto größer die Bereitschaft, im wahrsten Sinne des Wortes über Leichen zu gehen.

Apropos Leichen. Dass die Pfade der Mächtigen damit gepflastert sind, ist nichts Neues. Man denke nur an Heinrich VIII., der zwei von sechs Gattinnen auf dem Gewissen hatte, darunter Anne Boleyn, leibliche Mutter der Königin. Oder man erinnere sich an ihre Halbschwester Maria, die nicht zögerte, Tausende von Protestanten auf den Scheiterhaufen zu schicken. Und man denke, horribile dictu, an unsere ach so geliebte Herrscherin, hinter der sich eine Blutspur herzieht, die sich wahrlich sehen lassen kann.

Ich merke schon, ich werde zynisch. Als Gentleman und Mann des Geistes sollte man sich das verkneifen, auch wenn man wie ich allen Grund dazu hat. Schon gut, ich weiß genau, was jetzt kommt. Wer im Glashaus sitzt, soll nicht mit Steinen werfen. Konkret formuliert, es gab nicht den geringsten Grund, Margie zu mehr Diskretion aufzufordern. Denn wenn hier jemand den Mund halten musste, dann war ich es. Würde ich das nicht fertigbringen und herausposaunen, was ich weiß, wäre es mit einem Jahr Haft nicht getan. Dann würde ich auf Nimmerwiedersehen im Tower verschwinden, aber nur mit einer Riesenportion Glück.

Tod am Galgen, vorzugsweise in Tyburn. Aufgehängt, aufs Rad geflochten, bei lebendigem Leib, versteht sich, gevierteilt, ausgeweidet wie Schlachtvieh und ins munter prasselnde Feuer befördert, damit nur ja nichts von mir übrigbleibt.

Und das alles zum Selbstkostenpreis.

Habe ich mir immer schon gewünscht.

Zynismus pur, ich gebe es zu. Ein wenig mehr Ausgeglichenheit würde mir gut zu Gesicht stehen. Was aber, frage ich mich, wenn man so wütend ist, dass einem die schwarze Galle hochkommt? Wenn man so aufgebracht ist, dass man die Mächtigen dieser Welt in die tiefste Hölle wünschen würde?

Du kannst es anscheinend nicht lassen, Clayton. In deiner Position sollte man sich Pauschalurteile verkneifen, schreib dir das hinter die Ohren. Zorn ist der schlechteste Ratgeber, den es gibt. Auch das solltest du mittlerweile begriffen haben.

Bleiben wir lieber sachlich, sonst kommen wir auf keinen grünen Zweig. Reden wir über das Privatleben unserer Königin, damit ist uns mehr gedient.

Ob ich das, was ich gleich vom Stapel lassen werde, auch belegen kann? Aber natürlich. Verlässliche Quellen? Und ob. Mit Unterstützung einer gewissen Lucy Draper, ohne die ich weiterhin im Dunkeln getappt wäre, war ich imstande, einen Blick hinter die Kulissen im Whitehall Palace zu werfen. Einen Blick, der mich veranlasst hat, das Haus Tudor und unsere tugendhafte Monarchin in einem gänzlich anderen Licht zu sehen. Aus einer Perspektive, die geeignet ist, den Glauben an Königin und Vaterland zu verlieren.

Vorsichtig ausgedrückt.

Schließlich bin ich ein Gentleman.

Circa zwei Dutzend Briefe, knapp die Hälfte davon aus der Hand der Königin, der Rest aus der Feder von Lettice

Knollys, von peniblen Zeitgenossen auch Laetitia genannt, mit vollem Namen Lettice Devereux oder Lettice Dudley, unter tätiger Mithilfe von Ehegatten Nummer eins oder zwei. Gräfin von Essex und Leicester, mittlerweile stolze 57 Jahre alt und angebliche Mutter von Robert Devereux, 2. Earl of Essex, vor sechs Tagen wegen Hochverrats zum Tode verurteilt.

Mit Betonung auf »angeblich«, wie ich ausdrücklich betonen muss.

Doch beginnen wir mit der Königin. Ehre, wem Ehre gebührt. Tut mir leid, aber dieser Seitenhieb musste sein. Den möchte ich sehen, der nach Lektüre ihrer Korrespondenz nicht zum Menschenhasser wird. Sollte es dieses Muster an Selbstüberwindung geben, ich wäre der Erste, der ihn oder sie hochleben lassen würde. Ich fürchte nur, er oder sie muss erst geboren werden.

Elizabeth aus dem Hause Tudor, Bastard aus dem Alkoven ihres ebenso lasterhaften wie genialen Vaters. In jungen Jahren in den Tower gesteckt, um ihrer zur Königin und passionierten Protestantenhasserin avancierten Halbschwester Maria nicht gefährlich werden zu können. In Ermangelung eines Erben auf deren Sterbebett zur Nachfolgerin ernannt und seit nunmehr 43 Jahren unverheiratete Königin von England.

Unverheiratet, aber nicht kinderlos.

Doch der Reihe nach, sonst verliere ich den Faden. Ich erwähnte bereits, dass unsere angeblich von Gott in ihr Amt berufene Monarchin nicht zimperlich ist, wenn es darum geht, missliebige Zeitgenossen mundtot zu machen. Was das betrifft, stellt sie im Vergleich zu ihren Vorgängern keine Ausnahme dar, schon gar nicht in Bezug auf ihren Erzeuger, den sie in puncto Temperament und fehlende Skrupel nicht verleugnen kann. Sei es der Herzog von Norfolk, Haupt der katholischen Partei, seien es Jesuiten im Untergrund oder Papstanhänger, sei es Mary Stuart, die so töricht war, gegen ihre Cousine zu opponieren. Die Litanei derjenigen, denen die Gegnerschaft zur Königin zum Verhängnis wurde, ist lang. Ne feriaris, feri. Schlage zu, bevor andere es tun. Oder, auf die Situation in unserem Land gemünzt: Wenn du dich als Frau behaupten willst, musst du Mumm in den Knochen haben.

Und den Männern zeigen, wo es langgeht.

Noch Fragen?

Doch wohl kaum, denke ich.

Keine Angst, ich habe nicht vor, um den heißen Brei herumzureden. Kommen wir daher zu den Briefen, welche sich in dem versiegelten Kuvert befanden.

Wie gesagt, zehn davon stammen aus der Feder der Königin, versehen mit ihrem Siegel, eigenhändig unterzeichnet. Adressiert an den Earl of Leicester, den damaligen Favoriten. Der geneigte Leser versteht, worauf ich hinauswill? Ich denke schon. James Talbot, unlängst verschwundener Sekretär des Earls of Essex, fungierte als dessen Faktotum, was den Schluss nahelegt, er sei für den Fall des Ablebens seines Herrn damit beauftragt worden, Leicesters Privatkorrespondenz zu vernichten. Dass er sich einen Teufel um die Anweisung scherte, wirft ein bezeichnendes Licht auf ihn – und auf den brisanten Inhalt der amourösen Ergüsse.

Würde mich wundern, wenn dem nicht so wäre. Liebesbriefe aus der Feder der Königin, einer leidenschaftlicher als der nächste. Aufregender geht es nun wirklich nicht. Kostprobe gefällig? Kein Problem: ›Oh Du, mein süßes Rotkehlchen, wie sehne ich mich doch nach Dir!‹ Nun ja, mit der Sehnsucht ist es so eine Sache. Die Schwierigkeit bestand nämlich darin, dass der als Rotkehlchen titulierte Robert Dudley seit geraumer Zeit im Hafen der Ehe festgemacht hatte. An sich kein Grund, die Liaison mit Leicester zu beenden, wie die Amouren gekrönter Häupter beweisen. Es sei denn, die hintergangene Gattin kommt dem Herrn Gemahl auf die Schliche. Ob sich die Dinge im Hause Leicester genauso abgespielt haben, kann ich nicht mit Bestimmtheit sagen. Fest steht jedoch, dass Amy Robsart, kränkelnde Tochter eines Landedelmannes aus Norfolk, eines Morgens im September 1560 tot aufgefunden wurde. Ort des Geschehens: Cumnor Place in Oxfordshire. Todesursache: Genickbruch, verursacht durch einen Treppensturz.

Ein Sturz mit Folgen, wie die sich überschlagenden Ereignisse bewiesen. Kaum war die 28-Jährige nämlich verschieden, als Gerüchte die Runde machten, es sei bei ihrem Tod nicht mit rechten Dingen zugegangen. Gefragt, ob dies zutreffe, gab das Hauspersonal zu Protokoll, nichts Verdächtiges bemerkt zu haben. Im Übrigen sei die Gräfin seit Längerem leidend gewesen, wurde kolportiert, womöglich sei das der Grund, weshalb sie sich die Treppenflucht hinuntergestürzt habe. An deren Fuß, so die übereinstimmenden Aussagen, sei sie von ihrer Kammerzofe tot aufgefunden worden. Die umgehend angeordnete Obduktion gelangte zum gleichen Ergebnis, will heißen: Tod durch Verkettung unglücklicher Umstände.

Und Leicester? Nun ja, was den treusorgenden Gemahl angeht, er weilte zum Tatzeitpunkt außer Haus. Wo und bei wem, ist nicht schwierig zu erraten. Am Sonntag, dem 8. September 1560, hielt sich Dudley – na, wo denn wohl? – in Windsor Castle auf, einen knappen Tagesritt von Cumnor Place entfernt. In Gesellschaft der Königin, wie sich unschwer vermuten lässt.

Das perfekte Alibi, oder?

Dazu passend ein Absatz aus dem Nachlass des Earls of Leicester mit Datum vom 1. September 1560, unterzeichnet von der sogenannten Jungfräulichen Königin: ›Es ist hohe Zeit, dass Du die leidige Angelegenheit zu einem baldigen und für uns beide glückhaften Ende bringst. Je länger Du zögerst, desto geringer die Wahrscheinlichkeit, dass wir in absehbarer Zeit zueinanderfinden werden.‹

Noch Zweifel?

Falls ja, ich kann und will den Betreffenden nicht daran hindern, Leicester und seine königliche Auftraggeberin zu exkulpieren. In einen Satz wie den obigen kann man viel hineininterpretieren, dessen bin ich mir bewusst. Als Anwalt, der ich nun einmal bin, stellt sich die Antwort auf das unvermeidliche »Cui bono?« jedoch anders dar. Unglücksfall oder Mord aus Heimtücke, profitiert hat vom Tod der Amy Robsart nur einer, nämlich ihr Ehemann. Erst jetzt, da seine Gattin das Zeitliche gesegnet hatte – will heißen, da sie die Treppenflucht hinuntergestoßen worden war – war der der Weg für eine Heirat zwischen Dudley und der Königin geebnet.

Warum sie nicht stattfand, war und bleibt Gegenstand von Spekulationen. Die Königin jedenfalls wird mit den Worten zitiert: »Falls Gott meinen Bräutigam nicht zu sich nimmt, werde ich heiraten, sobald ich es einrichten kann.« Aha, sobald sie es einrichten kann. Sagt ja wohl alles, oder nicht? Trotz süßem Rotkehlchen hatte es die Königin nicht eilig, vor den Traualtar zu treten. Böse Zungen behaupteten sogar, Majestät hätten nicht die geringste Neigung dazu verspürt. Woher die Abneigung rührte, ist klar. Bei einer Heirat mit Dudley oder wem auch immer wäre die Gefahr groß gewesen, unter die Fuchtel des hochwohlgeborenen Angetrauten zu geraten. Ergo: besser ungebunden und in einer lockeren Liaison, als verheiratet und Hader ohne Ende.

Ich muss zugeben, die Einstellung hat etwas für sich.

Vor allem, wenn es um das Schicksal des Landes geht.

Moment mal, so war das nicht gemeint. Was ich sagen wollte, ist, die Königin tat gut daran, nichts zu überstürzen. Dudley war nicht der Typ, der sich mit der Rolle des Prinzgemahls abgefunden hätte, daran besteht kein Zweifel. Er war es gewohnt, dass man sich seinen Wünschen fügte – und dass Frauen dazu da waren, das Joch ihrer Ehemänner in Demut zu ertragen. Pech für ihn, dass die Königin nicht im Traum daran dachte und aus einem Holz geschnitzt war, an dem Leicester sich die Zähne ausgebissen hätte.

Am Gefühlsüberschwang, welcher die Liaison befeuerte, änderte dies jedoch nichts. Zweifelsohne war Elizabeth bis über beide Ohren verliebt und Dudley war es auch. Alles hätte so idyllisch sein können, wenn, ja wenn die Launen des Schicksals den Liebenden nicht in die Quere gekommen wären.

Gut aufgepasst, mein Kompliment. Der süffisante Unterton war Absicht. Im Leben geht nicht immer alles nach Wunsch, so auch bei gekrönten Häuptern, wie Shakespeare alias Edward de Vere uns vor Augen geführt hat. Ein Richard II. beispielsweise konnte ein Lied davon singen, was es heißt, auf unsanfte Art vom Thron gestoßen zu werden, und das Monster namens Gloucester ebenso. Als Monarch ist man gegen Überraschungen nie gefeit, man denke nur an Duncan in *Macbeth*. Dass Mörder und

Thronräuber ihre gerechte Strafe bekommen, das gibt es allerdings nur auf der Bühne. Die Wirklichkeit sieht oft anders aus, und es ist eine Fiktion zu glauben, dass England die Ausnahme von der Regel darstellt.

Schon gut, ich werde mich kurz fassen. Sieben Jahre waren seit dem Tod von Dudleys Frau vergangen, als der zum Oberstallmeister gekürte Favorit einen Brief aus der Feder seiner Geliebten erhielt. Ein billet d'amour, welches es in der Tat in sich hatte. Ich zitiere: ›Meine Unpässlichkeit hält weiter an. Du kannst Dir vorstellen, wie mir zumute ist. Alles, nur nicht diese Kalamität, sonst weiß ich mir keinen Rat.‹

Die Königin am Rande der Verzweiflung, eine echte Rarität. Kein vorübergehender Zustand, wie der Brief aus dem Jahr 1567 beweist. Man höre und staune: ›Es fällt mir immer schwerer, die Fassung zu bewahren. Manchmal bin ich so niedergeschlagen, dass ich fürchte, die Staatsgeschäfte könnten Schaden nehmen. Ich wünschte, Du weiltest an meiner Seite, dann fiele es mir leichter, nach außen hin gute Miene zu machen. Fortuna zeigt mir die kalte Schulter, und es hat den Anschein, als liege unser Arkadien in Trümmern. Ich weiß, was Du jetzt denkst. Das Falscheste wäre, den Mut sinken zu lassen, auch wenn die Lage aussichtslos erscheint. Das wäre einer Königin nicht würdig, was auch geschieht, es ist ihre Pflicht, den Widrigkeiten des Erdendaseins zu trotzen.‹

Unpässlichkeit, Kalamität, Widrigkeit. So nannte man das also.

Ich weiß, es klingt absurd, bis zu einem gewissen Grad konnte ich die Königin verstehen. Gesetzt den Fall, sie hätte Leicester geehelicht, was dann? Dann wäre das Kind, welches Elizabeth unterm Herzen trug, unweigerlich als Bastard betrachtet worden. Eine überstürzte Heirat, wenngleich prunkvoll, hätte nicht das Geringste daran geändert. Für diejenigen, denen die Tudors ein Dorn im Auge waren, wäre das ein gefundenes Fressen gewesen. Eidverweigernde Priester, puritanische Eiferer, renitente Katholiken, Ränkespiele vonseiten der Spanier und Zwistigkeiten mit dem König von Frankreich, Probleme gab es mehr als genug. Fazit: Ein Skandal, bei dem die Königin in die Schusslinie geraten wäre, hätte unabsehbare Folgen gehabt, und die galt es um jeden Preis zu vermeiden.

Wie gut, dass es den Earl of Leicester gab. I wo, das ist nicht zynisch gemeint, ganz und gar nicht. Nüchtern betrachtet, gab es ja nicht viele Möglichkeiten, die Malaise der Königin zu beheben. Anne Boleyn, ihre Mutter, hatte ja so ihre Erfahrungen gemacht, was es bedeutet, wenn einem der Ludergeruch der Hurerei anhaftet. Und wenn man im Ruf steht, einen Bastard zur Welt gebracht zu haben. Dabei hatte sich der liebestrunkene Gemahl so viel Mühe gegeben, der Annullierung seiner Ehe mit Gattin Nummer eins und der überstürzten Vermählung mit Ehefrau Nummer zwei den Anstrich der Legalität zu verpassen. Doch er war durchschaut, was zugegebenermaßen nicht besonders schwierig war. Die Londoner jedenfalls nahmen es dem König übel, dass er versuchte, ihnen ein X für ein U vorzumachen. Heirat am 25. Januar, Geburt der Tochter Elizabeth am 7. September. Das roch nicht nur nach Lug und Trug, das stank penetrant zum Himmel.

Die Lehre, die unsere Königin aus den skandalösen Vorgängen zog, liegt auf der Hand. Siehe Brief vom 24. September 1567: ›Nie werde ich vergessen, was Du um meinetwillen auf Dich genommen hast, um mich aus meiner misslichen Lage zu befreien.‹ Misslich, so kann man es natürlich auch ausdrücken. Aber was tut man nicht alles, um die Geburt eines Bastards zu vertuschen. ›Ich stehe zutiefst in Deiner Schuld, wenngleich es unmöglich sein wird, Dich für die erlittene Mühsal zu entschädigen. Wärst Du nicht zur Stelle gewesen und hättest mir den Weg gewiesen, ich weiß nicht, was ich dann getan hätte. Endlich, nach Monaten des Grübelns und der Selbstzweifel, bin ich wieder diejenige, welche ich dereinst gewesen, befreit von der Drangsal, welche mir das Leben zur Hölle gemacht hat.‹

Unpässlichkeit, Kalamität, Widrigkeit, Drangsal. Hört, hört.

Ich darf nochmals zitieren, um der angestrebten Pointe willen: ›Endlich bin ich wieder diejenige, welche ich gewesen.‹

Weitere Fragen überflüssig, sehe ich das richtig?

Wie genau Dudley vorging, um die Schwangerschaft der Königin zu vertuschen, weiß ich nicht. Doch steht fest, dass die Angebetete ihm blind vertraute. Zitat Elizabeth: ›Ich weiß, Du wirst das Richtige tun, um die Angelegenheit mit der gebotenen Diskretion zu handhaben. Tu, was Du für richtig hältst, ich habe vollstes Vertrauen zu Dir. Niemand außer Dir darf Bescheid wissen, wenn dies wirklich Dein Wunsch ist, so werde ich ihm Folge leisten. Was immer auch geschieht, nie werde ich das, was Du um meinetwillen tust, in Zweifel ziehen. Du hast recht mit dem, was Du sagst, je weniger ich weiß, desto besser für mich.‹

Dudley tat also, was er für richtig hielt. Und die Königin war wieder die Gleiche wie früher. Nicht mehr ganz so jungfräulich, wie um des schönen Scheins willen behauptet wurde, dafür aber einer drückenden Sorge ledig.

Moment, nicht so voreilig. Die Geschichte ist noch nicht zu Ende. Nur ein wenig Geduld, dann lasse ich die Katze aus dem Sack.

Szenenwechsel. Wir schreiben das Jahr 1567, insoweit hat sich nichts geändert. Der Schauplatz – man ahnt es bereits – ist indes ein anderer.

Nämlich Netherwood in der Grafschaft Herefordshire.

Nie gehört? Nicht weiter tragisch. Und bei Weitem nicht so schlimm, als würde man den Namen der Hauptprotagonistin der sich anbahnenden Tragödie nicht kennen. Was das betrifft, mache ich mir jedoch keine Sorgen. Ist Lettice Knollys, drittes von insgesamt 16 Kindern des königlichen Schatzmeisters, doch jedermann in London bekannt. Und sei es nur aufgrund ihrer Affären, was ihr den Ruf eines Enfant terrible und die unversöhnliche Feindschaft der Königin bescherte.

Bleiben wir im Jahr 1567, nichts läge mir ferner, als den Leser dieser Zeilen zu langweilen. Und werfen wir einen Blick auf den siebten von insgesamt 14 Briefen aus ihrer Feder, welche sich in dem versiegelten Kuvert befanden. Datierend vom 6. August, wie ich aus nachvollziehbaren Gründen hinzufügen muss: ›Ich muss Dir nicht sagen, wie es um mich steht, das wäre Wasser in die Themse getragen. Es steht schlecht um mich, mehr als schlecht. Zum einen, weil mein ehrenwerter Herr Gemahl es vorzieht, seine Güter in Irland zu inspizieren, anstatt mir in dieser schweren Stunde beizustehen. Und dann wäre da noch der Medicus, dessen Prognose alles andere als ermutigend ausfiel. Ich könne froh sein, wenn ich die Geburt überstünde, ließ er mich wissen. Infolgedessen sei die Möglichkeit, ein gesundes Kind zur Welt zu bringen, eher gering, wenn nicht gar ausgeschlossen. Also noch eine Totgeburt, und was dann?

Doch das war längst noch nicht alles, eine Hiobsbotschaft kommt selten allein. Davon ausgehend, die Geburt würde ein glückliches Ende nehmen, müsse ich Vorsicht walten lassen. Eine weitere Schwangerschaft, so der Medicus, werde mich nämlich das Leben kosten. Schöne Aussichten, findest Du nicht auch?‹

Da die Antwort von Leicester nicht überliefert ist, hier gleich der nächste Brief. ›Du bist so grausam zu mir, warum antwortest Du nicht? Es kann jeden Moment so weit sein, und was tust Du? Du weilst in London, wo ein Bankett das andere jagt, machst einen Bückling nach dem andern, um beim Rennen um die Gunst der Königin nicht ins Hintertreffen zu geraten, vergnügst Dich im Kreis adeliger Damen, die alles tun würden, um mit Dir das Lager zu teilen. Und ich? Ich liege darnieder, kaum fähig, einen Schritt vor die Tür zu machen. Von aller Welt verlassen, auch von Dir, dessen Spross in wenigen Tagen das Licht der Welt erblicken wird. Ich weiß, Du hegst Zweifel, aber lass Dir gesagt sein, dass es Dein Kind ist, welches ich unterm Herzen trage.

Stell Dir vor, was passiert, wenn es die Geburt oder das Kindbett nicht übersteht. Du weißt, Walter wünscht sich nichts sehnlicher als einen Erben, und wir beide wissen, welches Schicksal mir in diesem Fall blühen würde. Mein Gatte würde keine Zeit verlieren und sich nach einer geeigneten Nachfolgerin umsehen, um mir bei nächstbester Gelegenheit die Freundschaft zu kündigen. Will heißen, um mir den Stuhl vor die Tür zu setzen. Ich kenne ihn zwar noch nicht so lange, aber lang genug, um zu wissen, was mir blüht. Nun gut, da wäre noch Penelope, vier Jahre alt und Walter wie aus dem Gesicht geschnitten. Besser als nichts, wie man in unseren Kreisen sagen würde, im Vergleich zu einem Stammhalter jedoch ohne Wert für ihn.

Mag sein, das klingt unmenschlich, aber es ist die Realität. Fazit: Ich stecke in der Klemme, und zwar nicht zu knapp. Hier ein Gatte, mit dem mich eine tiefe Abneigung verbindet, und dort mein Liebhaber, der die Herzlosigkeit besitzt, seine Vaterschaft in Zweifel zu ziehen. Weiß Gott, im Augenblick bin ich wirklich nicht zu beneiden.

Dabei könnten wir beide es so einfach haben. Wäre da nicht die Königin, von deren Gunst Dein Wohl und Wehe abhängt. Und so frage ich Dich: Wäre es denn so schlimm, wenn ich mich von Walter scheiden ließe und mit Dir, der Du ungebunden bist, ein neues Leben anfinge?‹

Ungebunden, dass ich nicht lache. Mir scheint, hier war jemand nicht im Bilde.

Man beachte den Brief vom 15. September, bei dessen Lektüre sich jeder weitere Kommentar erübrigt: ›Du schreibst, Du fürchtest den Zorn der Königin für den Fall, dass unsere Liaison publik werden sollte. Auf die Gefahr, mich zu wiederholen, was, bitte schön, wäre daran so schlimm? Natürlich weiß ich um die Gerüchte, die über Dich und die rothaarige Hexe kursieren, schließlich lebe ich nicht auf dem Mond. Was, frage ich Dich, kann sie uns beiden schon anhaben, ausgerechnet sie, deren Herkunft – höflich ausgedrückt – mit dem einen oder anderen Makel behaftet ist? Nichts, aber auch rein gar nichts. Würdest Du etwas verpassen, wenn Du dem Hof den Rücken kehrtest, Dich auf Deine Güter zurückziehen und den lieben Gott einen guten Mann sein lassen würdest? Natürlich nicht, das weißt Du so gut wie ich. Niemand, die Königin eingeschlossen, wäre imstande, Dir etwas anzuhaben, es ist ja wohl kein Verbrechen, ein geruhsames Leben im Kreise seiner Familie zu führen. Oder bist Du anderer Meinung?‹

Natürlich war Dudley anderer Meinung. Allein, er wagte es nicht, mit der Wahrheit herauszurücken.

Der Mann war wirklich nicht zu beneiden. Zwei Damen gleichzeitig umgarnen, nun ja, das mag ja noch angehen. Aber gleich zwei weibliche Wesen schwängern, noch dazu innerhalb kurzer Zeit – ich weiß nicht. Die eine zehn Jahre jünger als die verhasste Rivalin, Letztere aber immerhin Königin, von der er auf Gedeih und Verderb abhängig ist – für Leicester keine angenehme Vorstellung. Und eine Riesentorheit, mit unabsehbaren Folgen.

Nur nicht verzagen, so lautete Dudleys Devise. Eins stand dem wagemutigen Charmeur klar vor Augen: Käme die Königin dahinter, dass er auf zwei Hochzeiten tanzte, würde sie ihren Rachegelüsten freien Lauf lassen. Das war abzusehen, dazu kannte er sie zu gut. Was also tun, um zu verhindern, dass er auf Nimmerwiedersehen im Tower verschwand?

So lautete die bange Frage.

Doch siehe da, Robert Dudley, von der Königin zum Earl of Leicester und Oberstallmeister gekürt, kam der Zufall zu Hilfe. Das klingt makaber, und ich fürchte, das ist es auch. Besonders wenn man sich vor Augen hält, was am 24. September geschah: ›Meine Herrin, die zwischen Leben und Tod schwebt, begehrt Euch umgehend zu sprechen. Sie befindet sich nicht wohl, umso mehr, als dass die Geburt schwierig und kräftezehrend war. Als ihr Medicus habe ich darüber hinaus die traurige Pflicht, Euch über den Tod des neugeborenen Knaben in Kenntnis zu setzen. Er hat die Geburt nur um wenige Stunden überlebt. Darum äußere ich die Bitte, Mylord, nein, ich beschwöre Euch, umgehend ans Krankenlager meiner Herrin zu eilen, nur Ihr könnt sie aus den Fängen der Verzweiflung befreien.‹

Ich weiß, es klingt beinahe zynisch, wenn ich angesichts des bedrückenden Geschehens das Wort Zufall in den Mund nehme. Noch zynischer, um nicht zu sagen menschenverachtend, ist das Verwirrspiel, das der hochwohlgeborene Robert Dudley inszenierte. Ein Verwirrspiel, bei dem der hartgesottenste Intrigant vor Neid erblassen würde.

Machen wir es kurz, der Leser dieser Zeilen ahnt ohnehin, was passieren wird. Eins vorweg, Leicester ist der abgefeimteste Schurke, der mir je untergekommen ist. Das sage ich mit voller Überzeugung – und eingedenk der Erfahrung, die ich während meiner Anwaltstätigkeit gesammelt habe. Ein paar Zeilen aus einem Brief vom 18. Januar 1568 mögen als Beleg für mein Werturteil dienen: ›Sei unbesorgt, Liebster, der Kleine gedeiht prächtig.‹

Hätte ich es nicht schwarz auf weiß, ich würde mich schwertun, es zu glauben. Bei dem Knaben, vom dem hier die Rede ist, handelt es sich um niemand anderen als den Spross aus dem Tête-à-Tête zwischen Leicester und der ganz und gar nicht mehr jungfräulichen Königin. Es ist so, ich lüge niemandem etwas vor. Aus der Lektüre der Briefe von Lettice Knollys geht dies zweifelsfrei hervor. In wessen Obhut er den Knaben unmittelbar nach der Geburt gab, bleibt jedoch ein Geheimnis, das Leicester mit ins Grab genommen hat. An der Tatsache, dass Lettice über seine Herkunft im Unklaren belassen wurde, besteht hingegen kein Zweifel. Ein veritables Kunststück, das der Earl da vollführt hat, Hut ab. So leid es mir tut, anders kann ich es nicht ausdrücken.

Bleibt die Frage, was Laetitia bewog, nach der Pfeife des gräflichen Liebhabers zu tanzen. Ich kann es mir nur so erklären: Es gab keinen anderen Ausweg für sie. Laut ärztlichem Befund war jede weitere Schwangerschaft mit unkalkulierbaren Risiken verbunden, wie Lettice zu betonen nicht müde wurde. Allein schon deshalb wäre die Geburt des sehnlich erwarteten Erben äußerst unwahrscheinlich, wenn nicht gar utopisch gewesen. Daraus folgt, dass Sir Walter, der gehörnte Gatte, anderweitig Trost und einen Weg gesucht hätte, sich der ungeliebten Gemahlin zu entledigen. Besser Scheidung und die Chance, vielleicht doch noch männlichen Nachwuchs in die Welt zu setzen, als mit Lettice weiterhin unter einem Dach zu leben. So oder so ähnlich werden seine Überlegungen gelautet haben.

Und Lettice? So merkwürdig dies auf den ersten Blick klingen mag, für sie brachte das Arrangement durchaus Vorteile mit sich. Die Gefahr, vom Hof gejagt zu werden, war fürs Erste gebannt, darüber hinaus würde es Mittel und Wege geben, eine erneute Schwangerschaft zu umgehen. Doch halt, wer glaubt, die Geschichte wäre damit zu Ende, der befindet sich im Irrtum. Lettice war nämlich nicht so willfährig, wie es scheint. Alles andere wäre eine faustdicke Überraschung gewesen.

Neun Jahre später, genauer gesagt im Jahre 1576, starb Walter Devereux, Viscount Hereford und Earl of Essex, eines ebenso plötzlichen wie überraschenden Todes. Gerade einmal 35 Jahre alt, wurde er von der Ruhr dahingerafft, nach offiziellen Angaben, falls der Leser dieser Zeilen versteht, was ich meine. Post mortem wurde zwar erklärt, der 1. Earl of Essex sei eines natürlichen Todes gestorben, aber wer Leicester kennt, der weiß, dass er vor nichts zurückschrecken würde. Todesursache: Dysenterie – ein Einfaltspinsel, der *nichts* Böses dabei denkt. Keine zwei Jahre gingen nämlich ins Land, bis Robert Dudley und die verwitwete Gräfin von Essex vor den Traualtar traten. Selbst schuld, wenn man hier keine Teufelei wittert. Es passt ins Bild, dass die Trauung im Geheimen stattfand, will heißen, dass Leicester befürchtete, den Zorn der Königin auf sich zu ziehen. Da bei Hof jedoch nichts geheim bleibt, kam am Ende doch noch alles heraus, unter tätiger Mithilfe von Leicesters Widersachern, wie man sich unschwer vorstellen kann. Die Königin, erwartungsgemäß außer sich, ließ keine Gelegenheit aus, den abgehalfterten Liebhaber zu demütigen. Lettice Knollys freilich trug das Ihre zum Zerwürfnis zwischen den beiden bei, zum einen durch ihr attraktives Äußeres, zum andern durch ihren Hang zum Luxus, mit dem sie die Königin bis aufs Blut reizte. Elizabeth, selbst nicht mehr die Jüngste, machte aus ihrer Antipathie gegenüber Lettice keinen Hehl – und sann auf Rache.

An Robert, dem vermeintlichen Sohn ihrer Rivalin, fand sie dagegen großen Gefallen, und das, obwohl er 34 Jahre jünger war als sie.

Will heißen, sie war völlig ahnungslos, unwissend wie ein kleines Kind.

Und Leicester? Robert Dudley, der einzige Mensch, der Licht ins Dunkel hätte bringen können, starb, als sein Sohn 20 Jahre alt war. Jener Mann also, der zum Trostspender der alternden Königin avancieren sollte.

Ich drücke mich bewusst höflich aus, der Leser dieser Zeilen möge seine eigenen Schlüsse ziehen. Überdies liegt es mir fern, Dinge zu behaupten, die ich nicht beweisen kann, wäre dem nicht so, hätte ich meinen Beruf verfehlt.

Ach ja, mein Beruf, den hätte ich beinahe vergessen. Die Arbeit an meinem Fall mit eingeschlossen. Stuart Brannigan, das war mir während meiner Lektüre klargeworden, war in den Besitz des bestgehütetsten Geheimnisses von England gelangt. Ob mit oder ohne Wissen von Talbot, langjährigem Faktotum des Earls of Leicester, sei dahingestellt. Dessen ungeachtet konnte man davon ausgehen, dass Eileens Bruder über den Inhalt der Briefe und deren Brisanz im Bilde gewesen war. Anders war die Tatsache, dass er sie bei Drapers Tochter zur Verwahrung gegeben hatte, nicht zu erklären. Warum er dies tat, war mir allerdings ein Rätsel. Zweifelsohne fungierte er nur als ausführendes Organ, mehr traute ich ihm einfach nicht zu.

Das brachte mich zu der Frage, wer Brannigan den Auftrag erteilt hatte, als Bediensteter des Earls of Essex anzuheuern. An sich kamen dafür eher solche Kandidaten in Betracht, die noch eine Rechnung mit dem Earl zu begleichen hatten. Feinde hatte sich Essex nämlich viele gemacht, auch und vor allem durch sein herrisches Auftreten. Ich kann mich noch sehr gut erinnern, als ich ein Bankett miterlebte, wo er eine Rede hielt, die als Hommage an die Königin gedacht gewesen war. Ich konnte mich des Eindrucks nicht erwehren, dass es sich zwar um einen ansehnlichen, darüber hinaus aber auch selbstgefälligen und mit einer erklecklichen Portion Hochmut ausgestatteten Edelmann handelte.

Auch rein äußerlich, das wurde mir im Verlauf meiner Lektüre ebenfalls klar, glich er der Königin bis aufs Haar. Robert Devereux, seines Zeichens 2. Earl of Essex, hatte nicht nur Tudor-Blut in den Adern, er sah auch wie ein Mitglied der berühmt-berüchtigten Sippe aus. Längliche, unregelmäßige Nase, breite Gesichtspartie, blässlicher Teint und das rotblonde, bis in den Nacken reichende Haar, den fusseligen Vollbart nicht zu vergessen. Alles Merkmale, die an das Aussehen seines Großvaters in jungen Jahren erinnerten. Der Körperbau, auch das soll nicht unerwähnt bleiben, erinnerte dagegen an den vermeintlichen Stiefvater, der die Dreistigkeit besessen hatte, mit der Intimfeindin der Königin anzubandeln. Und der das Kunststück fertiggebracht hatte, die Identität von Robert Devereux zu verschleiern.

Schlau eingefädelt, Herr Graf, das muss Euch der Neid lassen. Die Königin hatte keine Ahnung, um wen es sich bei dem in Ungnade gefallenen Favoriten handelte. Lettice Knollys, genauso wenig im Bilde wie Elizabeth, hatte ebenfalls keinen Schimmer, wer unter ihrer Ägide zum Mann herangereift war. Was rede ich, ganz England befand sich im Unklaren, dass unsere Monarchin die Order erteilt hatte, ihren eigenen Sohn wegen Hochverrats aufs Schafott zu schicken.

Mission erfüllt, Fall gelöst? Von wegen.

Problem Nummer eins: Der oder die Mörder von Branigan liefen noch frei herum.

Ad zwei: Der oder die Auftraggeber auch.

Oder die *Auftraggeberin*, je nachdem.

Die Ahnung, welche mich in jenem Augenblick befiel, war zu viel für mich. Mein Bedarf an Schauergeschichten war gedeckt, und so beschloss ich, die Arbeit an meinem Fall ruhen zu lassen. Von Ränkespielen, gleich welcher Art, hatte ich genug, ein Grund mehr, die Briefe in meinem Schreibsekretär zu verwahren.

Ein Blick auf die Sanduhr, auf der Oberkante der Postfächer zu meiner Linken platziert, und ich wurde in meinem Entschluss bekräftigt. Seit meinem Eintreffen waren über fünf Stunden vergangen, und wenn mir meine überreizten Sinne keinen Streich spielten, ging es bereits auf Mitternacht zu. Ich war hundemüde, unfähig, einen klaren Gedanken zu fassen.

So erschöpft, dass ich das Aufflackern der Kerze rechts von mir nicht bemerkte.

Ich hatte genug von den Tudors, genug von den Winkelzügen der Mächtigen, genug auch von der Skrupellosigkeit, mit der sie ihre Ziele in die Tat umsetzten. Ich wollte nur noch eins, hinunter in die Küche, um mir einen Punsch nach Art des Hauses zu brauen.

Und dann nichts wie ab ins Bett, Herr Anwalt, morgen ist auch noch ein Tag. Die Kriminellen, ob edlen Geblüts oder nicht, können warten.

»So sieht man sich wieder, Clayton – wer hätte das gedacht.«

Ich wollte aufspringen, mich umdrehen, mich mit geballter Faust auf den Eindringling stürzen. Aber ich konnte es nicht, verharrte wie festgenagelt auf meinem Stuhl. Ringsum herrschte tiefe Dunkelheit, nur die Kerze zu meiner Rechten spendete mattes Licht. »In der Tat, so sieht man sich wieder«, echote ich, die Hände um die Schreibtischkante geklammert. Mir war, als durchlebte ich einen Traum, einen aufwühlenden, nicht enden wollenden, die Gedanken in Fetzen reißenden Traum. »Wie lang bist du schon hier?«

»Lange genug, um über alles Bescheid zu wissen«, tönte es aus der Finsternis, in einem Tonfall, der mich bis ins Mark erschaudern ließ. »Meine Hochachtung, Clayton, ich muss zugeben, ich habe dich unterschätzt.«

»Dann ist es also wahr.«

»Was denn, alter Freund?«

»Na, was wohl?«, brach es aus mir hervor, so harsch, dass die Kerze um ein Haar erloschen wäre. »Dass du Brannigan auf dem Gewissen hast, frag nicht so dumm!«

»So würde ich das nicht ausdrücken, Herr Anwalt«, erwiderte die Stimme hinter mir, samtweich, feminin anmutend und überheblich wie ehedem. »Sagen wir mal so, mir blieb nichts anderes übrig.«

Die Augen starr geradeaus gerichtet, rührte ich mich nicht von der Stelle. Eine wahre Flut von Bildern wirbelte durch meinen Sinn, vermischt mit Reminiszenzen, welche die Tage meiner Jugend wachriefen. »Als einen Unschuldigen zu Tode zu martern? Du glaubst doch nicht, dass ich dir das abkaufe?«

»Unschuldig, dass ich nicht lache«, drang es aus nächster Nähe an mein Ohr, während die Kerze bedrohlich zu flackern begann. Nicht mehr lange, und sie würde bis auf den Stummel heruntergebrannt sein. »Sag mal, Clayton, bist du wirklich so naiv oder tust du nur so?«

»Spar dir die Ironie, Maxwell – und komm zur Sache.«

»Liebend gern«, gab mein ehemaliger Kommilitone zurück, der Hochmut in Person, was meinen Unmut ins Unermessliche trieb. »Du weißt, wie sehr ich es hasse, um den heißen Brei herumzureden.«

Maxwell Barnes, Egozentriker und Jahrgangsbester, Universalgenie und gelehrter als sämtliche Magnifizenzen am Queen's Kollege zusammen. Scharfsinnig, geistreich, herablassend und kühl bis ins Mark, kurzum: eine Person, an der sich schon damals die Geister schieden.

Und ein Mann, der über Leichen ging.

»Was das betrifft, geht es mir wie dir. Du kommst wegen der Briefe, hab ich recht?«

»Wie gesagt, ich habe dich unterschätzt, Clayton.« Barnes stieß einen theatralischen Seufzer aus. »Genau wie die Tunte namens Brannigan.«

»Wer ist denn hier naiv, du oder ich?«

Die Stimme erkaltete im Nu. »Wieso?«

»Erst benutzt du ihn als Lockvogel, und dann lässt du ihn zu Tode foltern. Kannst du mir sagen, wie das zusammenpasst?«

»Du hast dich unter Wert verkauft, Clayton. An der Universität wärst du besser aufgehoben gewesen.«

»Darüber mach dir keine Gedanken, Maxwell. Also: Warum musste Brannigan sterben?«

»Weil er geglaubt hat, er könne mich hinters Licht führen«, gab Barnes zurück, hochfahrend wie ehedem. »Selbst schuld, wenn er versucht, mich zu erpressen. Alles, was recht ist, das konnte ich ihm unmöglich durchgehen lassen.«

»Dich erpressen? Ich verstehe nicht, was du …«

»Tu nicht so, als könntest du nicht bis drei zählen!«, schnitt Barnes mir das Wort ab, während sich seine Falsettstimme vor Jähzorn überschlug. »Zu deiner Information, du hast es hier nicht mit einem Idioten zu tun.«

»Sondern mit einem kaltblütigen Mörder, ich weiß.«

Wider Erwarten blieb meine Provokation ohne Wirkung. Als habe er meine Antwort nicht registriert, fuhr mein Ex-Kommilitone fort: »Er hat für mich gearbeitet, insofern liegst du richtig.« Barnes begann in meinem Rücken auf und ab zu gehen. »Essex ist zwar nicht auf ihn angesprungen, aber was macht das schon. Gelohnt hat sich die Aktion trotzdem, und wie!« Hinter mir ertönte ein Lachen, wie es beklemmender nicht hätte klingen können. »Talbot ein Päderast, auf die Idee wäre ich nicht mal im Traum gekommen. Aber sei's drum, so ist nun mal der Lauf der Welt. Überall wimmelt es von diesem Pack, nicht einmal bei Hof ist man vor ihm sicher. Southampton ist nur ein Beispiel unter vielen, machen wir uns nichts vor.«

»Und wenn schon, was kümmert es dich?«

»Darüber zerbrich dir nicht den Kopf«, warf mein ehemaliger Studienkollege ein, wie ein Professor, der sich mit einem begriffsstutzigen Studenten abmüht. Und ergänzte in selbstgefälligem Ton: »Macht nichts, dafür ist uns Talbot ins Netz gegangen.«

»Uns?«

»Du verlangst doch nicht, dass ich meinen Auftraggeber nenne?«

»Nicht nötig«, zahlte ich mit gleicher Münze heim, »ich kann mir denken, wer dich von der Leine gelassen hat.«

»Ich wusste gar nicht, dass du hellsehen kannst.«

»Außer Cecil kommt wohl kaum jemand infrage, oder was meinst du?«

Die Frage verhallte ungehört. »Wie dem auch sei«, flüsterte der Gefährte vergangener Tage, »so etwas Dreistes wie dieser Talbot ist mir schon lange nicht mehr über den Weg gelaufen. Bildet sich ein, er könne mich an der Nase herumführen, hat man so etwas schon erlebt. Aber nicht mit mir, nicht mit Maxwell Barnes. Um mich zu düpieren, muss man früher aufstehen als ein seniler Päderast.« Barnes atmete stoßweise durch. »Gerissen war er schon, das muss ich zugeben. Aber dummerweise nicht gerissen genug.«

»Inwiefern?«

»Da fragst du noch?« Barnes stieß ein abfälliges Lachen aus. »Denkt, er könne seine Schäflein ins Trockene bringen, indem er den Nachlass bei Brannigan in Verwahrung gibt. Tja, so ist das nun mal. Leider ist der Schuss nach hinten losgegangen. Selbst schuld, wenn man sich so dämlich anstellt wie er.«

»Warum musste Brannigan sterben, Maxwell?«

»Du lässt einfach nicht locker, was, Clayton?«, antwortete Barnes mit einer Gegenfrage, blieb hinter mir stehen und flüsterte in mein Ohr: »Also gut, weil du es bist. Der verlauste kleine Stricher hat versucht, uns zu erpressen. Sage und schreibe 100 Pfund für die Herausgabe der Briefe, das nenne ich dreist. Tja, so kann's gehen – leider ist er an den Falschen geraten. Hat sich in mir getäuscht, die anormale Kreatur, und das nicht zu knapp.«

»Oder du dich in ihm.«

»Falls du auf die Kleine anspielst, Clayton – früher oder später wären wir ihr auf die Spur gekommen.« Die Stimme von Barnes mutierte zu einem schlangenhaften Zischen. »Und dann Gnade ihr Gott, darauf gebe ich dir Brief und Siegel.«

Bebend vor Zorn sprang ich auf, stieß den Stuhl beiseite und packte mein Gegenüber am Kragen. »Wag es nicht, ihr auch nur ein Haar zu krümmen, hörst du?«, fuhr ich den einstmaligen Intimus an, so wütend, dass ich Gefahr lief, die Beherrschung zu verlieren. »Sonst kannst du dein Testament machen, Barnes!«

Die Antwort bestand aus einem unartikulierten Röcheln. »Nimm dich in Acht, Clayton«, presste Barnes hervor, riss sich los und sagte: »Ich kann auch anders, das müsstest du eigentlich wissen.«

»Soll das etwa eine Drohung sein?«

»So etwas in der Art«, entgegnete Barnes, artikulierte ein gequältes Seufzen und fand offenbar nichts dabei, seinen Umhang zurechtzuzupfen. »Ich schlage vor, du besinnst dich, sonst …«

»Sonst was?«

»Andernfalls sähe ich mich gezwungen, Mittel anzuwenden, die ich zutiefst verabscheue.«

»Die gleichen wie bei Brannigan?«

»Damit du Bescheid weißt, Clayton: Ich foltere nicht, sondern lasse foltern.«

»Und wo, bitte schön, liegt der Unterschied?«

»Außerdem vergreife ich mich nicht an Abschaum, so weit müsstest du mich eigentlich kennen.«

»Ein Henkersknecht mit Prinzipien, das lobe ich mir«, gab ich zurück und betrachtete mein Gegenüber, auf dessen Gesicht ein überhebliches Lächeln erschien. Im Schein der Kerze, die jeden Moment erlöschen würde, sah Barnes wie ein dem Erdboden entstiegener Dämon aus, noch blasser, als er mir von früher in Erinnerung war. Kalkweiß im Gesicht, das eine beängstigende Ähnlichkeit mit einem Totenschädel aufwies, Haut wie durchscheinendes Pergament und ein Paar Augenhöhlen, aus denen mir die Pupillen eines gefährlichen Reptils entgegenblitzten. Je länger mein Blick auf Barnes ruhte, desto schwieriger das Unterfangen, menschliche Züge an ihm zu entdecken. Lippen wie ein Strich, Mundwinkel wie zerknittertes Papier, Zähne so gelb wie Schwefel, die Kapuze über die hohe Stirn gezogen. So wahr mein Name Clayton ist, mit dem Kommilitonen aus Cambridger Tagen hatte die Erscheinung aus dem Jenseits nichts gemein. »Du erlaubst, wenn ich dir eine Frage stelle?«

»Aber natürlich, Clayton. So viele du willst.«

»Ich frage mich, wie ein intelligenter Mensch …«

»So tief sinken kann?«, vollendete Barnes und schob sein Kinn bis auf wenige Zoll an mich heran. »Ich will es dir sagen, du Fantast. Auch wenn du mich verachtest, Leute wie ich werden gebraucht. Wir leben in schwierigen Zeiten, unser Land schwebt in höchster Gefahr. Du und deinesgleichen, ihr wollt es zwar nicht wahrhaben, aber es tut not, den Leuten auf die Finger zu schauen. Ich weiß, was du jetzt denkst, Clayton. Niemand hat das Recht, seinen Nächsten auszuspionieren, am allerwenigsten der Monarch. Wer so denkt, Clayton, der verkennt die Situation. *Ein* Herrscher, *ein* Volk, *eine* Religion, so leid es mir für Leute deines Schlages tut, anders geht es wirklich nicht. Oder wäre es dir lieber, Untertan des Königs von Spanien zu sein? Nein? Oder wenn die Königin als verlängerter Arm des Papstes fungieren würde? Würde dich das freuen? Nein? Na also, wusste ich es doch. Die Zeiten sind vorbei, Clayton, und zwar ein für alle Mal. Dumm nur, dass die Papisten das partout nicht einsehen wollen. Dass sie Zwietracht unter der Bevölkerung säen, indem sie versuchen, unser Land zu unterminieren. Eins kann ich dir garantieren, Barrister. Solange noch ein Funken Energie in mir ist, solange werde ich weder rasten noch ruhen, bis der letzte Jesuit, Katholik, Renegat, Quertreiber, Unruhestifter, Päderast oder Hochverräter vom Schlage eines Essex ausgemerzt ist. Glaub mir, mein Freund: Gnade walten zu lassen wäre das Falscheste, was wir mit solchen Parasiten tun könnten. Kreaturen wie Essex müssen umgehend liquidiert werden, damit sie keinen Schaden anrichten. Ich sehe es als meine Pflicht, Schaden von meinem Land und der Königin abzuwenden, und das werde ich tun – ob es dir und anderen Schöngeistern in den Kram passt oder nicht.« Wie berauscht von den eigenen Worten, schnappte Maxwell Barnes nach Luft. »Um deinem Gedächtnis ein wenig auf die Sprünge zu helfen: Alle Welt hat sich über Walsingham mokiert, hat ihn als Schnüffler, Oberspitzel und was weiß ich alles tituliert. Zu Unrecht, wie wir beide wissen. Wäre er nicht gewesen, hätte die Hure aus dem Hause Stuart weiter ihre Fäden gesponnen, mit welchem Ergebnis, muss ich dir nicht sagen. Und jetzt frage ich dich erneut, Clayton: Wäre es dir lieber, von Rom aus an der kurzen Leine geführt und von den Bütteln des Papstes schikaniert zu werden? Wäre es dir recht, wenn die Stiefschwester der Königin wieder auf dem Thron säße und landauf, landab die Scheiterhaufen loderten? Gib Antwort, *Percival*, ich rede mit dir!«

»Schafott oder Scheiterhaufen, wo, bitte schön, liegt der Unterschied?«

»Du kannst froh sein, dass wir unter uns sind«, zischte Barnes, die Zähne vor Wut aufeinandergepresst. »Sonst könnte ich für nichts garantieren.«

Die Drohung, so ernst sie sich auch anhörte, verfehlte ihre Wirkung. »Sag, weshalb du hier bist, *Barnes*«, hielt ich mit fester Stimme dagegen, wohl wissend, worauf mein Ex-Kommilitone hinauswollte. »Und dann sieh zu, dass du von hier verschwindest.«

»Aber, aber, mein Bester«, höhnte die Schreckensgestalt, verschränkte die Arme und ließ den Reptilienblick eine Zeit lang auf mir ruhen. »Wer wird denn gleich so nachtragend sein. Ich möchte dir ein Geschäft vorschlagen, Kamerad. Einen Deal unter Gentlemen, um es präzise zu formulieren.«

XXVII
DIARIUM (XIII)

Zeitpunkt der Niederschrift: 25. Februar 1601, kurz vor Sonnenaufgang

[06.45 h]

MITTWOCH, 25. FEBRUAR 1601, kurz vor dem Morgengrauen. Die Stadt schwirrt von Gerüchten, wobei sich alle nur um dasselbe Thema drehen. So es sich die Königin nicht noch anders überlegt, steht die Exekution des Earls of Essex – die Hinrichtung ihres illegitimen Sohnes, ich muss mich korrigieren! – unmittelbar bevor. Und wie die Dinge liegen, wird Robert Devereux, nach offizieller Lesart 2. Earl of Essex und führender Kopf eines an Dilettantismus unschwer zu überbietenden Staatsstreichs, in Kürze das Schafott erklimmen. Er wird dies mit der Gewissheit tun, der Verbindung seines Vaters Walter mit Lettice Knollys zu entstammen. Lassen wir ihn in dem Glauben, es ist besser so. Ob die Königin davon weiß, ist mir nicht bekannt, und wenn ich ehrlich bin, möchte ich es auch nicht wissen. Ich bin es leid, unentwegt in Abgründe zu blicken – und heilfroh, dass der Fall Brannigan zum Abschluss gekommen ist.

Ich rede von einem Abschluss, denn es wäre unangebracht, bezüglich der Causa Brannigan das Wort »Lösung« in den Mund zu nehmen. Ich gebe es zwar ungern zu, aber was das Angebot von Barnes betraf, gab es für mich kein Zögern. Das Leben von Eileen, die seit ihrer Freilassung nicht mehr von meiner Seite weicht, im Austausch für den Nachlass des Earls of Leicester. Ich denke, es bedarf keiner Begründung, weshalb es mir nicht schnell genug gehen konnte, meinem Ex-Kommilitonen die an Leicester gerichteten Briefe auszuhändigen.

Was im Folgenden geschah, entzieht sich meiner Kenntnis. Nach allem, was ich über Cecil weiß, wäre es ihm zuzutrauen, dass er die Briefe in Verwahrung nahm und die Hintergründe der Geburt seines Intimfeindes für sich behielt. Ein Hochverräter, der gegen die eigene Mutter putscht – keine angenehme Vorstellung, denke ich.

Wie es Eileen und mir seither ergangen ist, möchte der einfühlsame Leser wissen?

Die Antwort lautet: Ein Gentleman genießt – und schweigt.

EPILOG

Mir steht nicht der Sinn danach, einen Blick in die Seele der Männer zu werfen.

I would not open windows into men's souls.

Königin Elizabeth I. von England (1533–1603)

XXVIII
INVESTIGATIO (VII)

Sir Robert Cecil, 1. Earl of Salisbury, Staatssekretär, Lordsiegelbewahrer und Vorsitzender des Kronrats, an Ihre Majestät die Königin

Streng geheim, eilt sehr!

Zeitpunkt der Niederschrift: 25. Februar 1601, kurz vor dem Mittagsläuten

[11.50 h]

Allergnädigste, von Gott dem Allmächtigen über uns gesetzte Herrin!

Wie von Euch befohlen, habe ich damit begonnen, die Hinterlassenschaft des am heutigen Mittwoch bei Tagesanbruch exekutierten Earls of Essex zu requirieren. Unter anderem fielen mir dabei biografische Aufzeichnungen in die Hände, welche sich auf dem von ihm benutzten Schreibpult im Tower befanden. Außer trivialem Geschwätz, mit dem ich Eure Majestät nicht behelligen möchte, findet man dort eine detaillierte Schilderung der Ereignisse vom 8. Februar dieses Monats, welche die Schuld, die Essex auf sich geladen hat, einmal mehr offenkundig werden lässt. Ich darf kurz daraus zitieren:

›Hätte ich nicht den Fehler begangen und wäre auf London marschiert anstatt mir die Kamarilla im Whitehall Palace vorzuknöpfen, dann wäre mein Unterfangen von Erfolg gekrönt gewesen. So aber blieb mir nichts anderes übrig, als die Waffen zu strecken und abzuwarten, bis mich die Häscher der Königin in Ketten legen würden. Für meine Getreuen, darunter Southampton, Rutland, Bedford, Cromwell, Sandys, Mounteagle und Blount, tut es mir unendlich leid, läge es in meiner Macht, ich würde sämtliche Hebel in Bewegung setzen, um den Gefährten in der Not zur Flucht zu verhelfen. Ich dagegen, das sei in aller Deutlichkeit gesagt, ich für meinen Teil stehe zu dem, was ich getan habe. Böte sich die Gelegenheit, würde ich es wieder tun.‹

Ich denke, Majestät sind der gleichen Meinung wie ich: Dem ist nichts hinzuzufügen, der Earl of Essex war und bleibt ein Hochverräter.

Abschließend sei erwähnt, dass ich dem Wunsch Eurer Majestät Folge geleistet und dem Angeklagten unmittelbar vor der Hinrichtung Euren Gruß entboten habe.

Unter vier Augen, ganz so, wie es mir befohlen worden war.

Majestät können unbesorgt sein – Essex wusste von nichts.

Ich denke, das ist auch besser so.

Euer gehorsamer und dem Hause Tudor auf ewig verbundener Diener

Robert Cecil, 1. Earl of Salisbury

Postskriptum: Gemäß der mir von Euch erteilten Weisung habe ich den Agenten B. am gestrigen Dienstag exekutieren und seinen Leichnam am Houndsditch verscharren lassen.

Sic transit gloria mundi, so vergeht der Ruhm der Welt!

AUSWAHLBIBLIOGRAFIE

Textausgabe:

William Shakespeare, *Sämtliche Werke in vier Bänden*, komplett und neu kommentiert, hrsg. u. komment. v. Günther Klotz, aus d. Engl. v. August W. Schlegel, Dorothea Tieck, Wolf Graf Baudissin u. a., Berlin 2009

Sekundärliteratur:

Peter Ackroyd, *Shakespeare. Die Biographie*, München 2008

Peter Ackroyd, *The History of England. Volume II: Tudors*, London 2012

Mark Anderson, *»Shakespeare« By Another Name. The Life of Edward de Vere, Earl of Oxford, The Man Who Was Shakespeare*, New York 2005

Catherine Arnold, *Globe. Life in Shakespeare's London*, London 2015

Hannah Crawforth, Sarah Dustagheer, Jennifer Young, *Shakespeare in London*, London – New York 2014

Hans-Dieter Gelfert, *Shakespeare*, München 2014

British Historic Towns Trust (Hrsg.), *A Map of Tudor London 1520*, London: Old House 2013

Simon Jenkins, *A Short History of England*, London 2011

Dietrich Klose (Hrsg.), *Shakespeare zum Vergnügen: »Habt Ihr auch genug Schnupftücher bei euch?«*, Stuttgart 1999

Kurt Kluxen, *Geschichte Englands*, Stuttgart 1991

Kurt Kreiler, *Der Mann, der Shakespeare erfand. Edward de Vere, Earl of Oxford*, Frankfurt am Main und Leipzig 2009

Robert Lacey, *Robert, Earl of Essex*, London 1971

Neil MacGregor, *Shakespeares ruhelose Welt*, München 2013

Neil MacGregor, *Shakespeare's Restless World. An Unexpected History in Twenty Objects*. London 2014

Urs Jenny, *Der Dichter und sein Doppelgänger*. In: DER SPIEGEL 47/2009, siehe: http://www.spiegel.de/spiegel/print/d-67768129.html

Michael Maurer, *Kleine Geschichte Englands*, Stuttgart 2007

John Michell, *Wer schrieb Shakespeare?*, Frankfurt am Main 2001
John Michell, *Who Wrote Shakespeare?*, New York 1999

Ian Mortimer, *The Time Traveller's Guide to Elizabethan England*, London 2013

Ian Mortimer, *Im Mittelalter. Handbuch für Zeitreisende*, München 2014

Liza Picard, *Elizabeth's London, Everyday Life in Elizabethan London*, London 2004

Nicholas Robbins, *Walking Shakespeare's London*, Northampton, Massachusetts 2005

Stephen Porter, *Shakespeare's London. Everday Life in London 1580–1616*, Stroud, Gloucestershire 2011

Stefana Sabin, *Shakespeare auf 100 Seiten*, Stuttgart 2014

Lytton Strachey, *Elizabeth and Essex*, London 2012

Richard Tames, *Shakespeare's London für 5 Schilling am Tag. Eine Stadt in der Renaissance*, München 2009

Richard Tames, *Shakespeare's London on Five Groats a Day*, London 2009

UWE KLAUSNER
Die Fährte der Wölfe

978-3-8392-1649-1 (Paperback)
978-3-8392-4575-0 (pdf)
978-3-8392-4574-3 (epub)

FAMILIENEHRE Dezember 1423. Eigentlich wollte Bruder Hilpert, Bibliothekar und Kriminalist aus Leidenschaft, dem Kloster Bronnbach nur einen kurzen Besuch abstatten. Doch dann wird Arnold von Stettenberg, Herr über die Gamburg im Taubertal, schwer verletzt aufgefunden. Sein Freund Berengar bittet Bruder Hilpert um Hilfe. Dieser willigt ein, nicht ahnend, dass etwas Schreckliches auf ihn zukommen wird …

UWE KLAUSNER
Engel der Rache

978-3-8392-1267-7 (Paperback)
978-3-8392-3863-9 (pdf)
978-3-8392-3862-2 (epub)

TODESENGEL Rothenburg ob der Tauber im Jahre 1418. Geheimnisvolle Vorfälle halten die Freie Reichsstadt in Atem. Am Anfang steht der Selbstmord einer 14-jährigen Färbertochter, deren eilig bestatteter Leichnam auf rätselhafte Weise verschwindet. Kurze Zeit später schlägt der Leichendieb erneut zu. Als dann auch noch die Frau des Baders tot aufgefunden wird, macht sich große Angst breit. Auf Bitten des örtlichen Franziskanerkonvents beginnt Bruder Hilpert von Maulbronn den mysteriösen Dingen auf den Grund zu gehen …

UWE KLAUSNE
Die Bräute des Satans

978-3-8392-1072-7 (Paperback)
978-3-8392-3507-2 (pdf)
978-3-8392-3506-5 (epub)

MEIN IST DIE RACHE Das Kloster Maulbronn, im Jahre 1417. Die Hennen legen nicht, die Kühe geben kaum Milch, der Wein schmeckt wie Essig. Und als das Bauernmädchen Mechthild der Zauberei verdächtigt wird, ist die Krise perfekt. Bruder Hilpert, der erst vor ein paar Wochen ins Kloster heimgekehrte Bibliothekar, tut alles, um die Gemüter zu besänftigen. Doch das Unheil nimmt seinen Lauf. Kaum hat er mit seinen Ermittlungen begonnen, wird der verkohlte Leichnam eines Mitbruders gefunden. Vom Täter, der auf einem Pergamentröllchen die Buchstaben EST hinterlassen hat, fehlt dagegen jede Spur …

GMEINER SPANNUNG

WWW.GMEINER-VERLAG.DE
Wir machen's spannend

UWE KLAUSNER
Pilger des Zorns

978-3-8392-1019-2 (Paperback)
978-3-8392-3405-1 (pdf)
978-3-8392-3404-4 (epub)

TOD AUF DEM MAIN Mainfranken 1416. Auf der Suche nach Ruhe und Kontemplation macht sich Zisterziensermönch Hilpert von Maulbronn per Schiff auf den Weg von Würzburg in das weit entfernte Kloster Himmerod in der Eifel.
Kaum an Bord, muss Bruder Hilpert die Hoffnung auf eine geruhsame Reise begraben. Anscheinend gibt es keinen Passagier auf der »Charon«, der nicht irgendetwas zu verbergen hätte, und so kommt es, dass die Kette mysteriöser Vorfälle an Bord des Zweimasters einfach nicht abreißen will.

Hilpert wäre nicht Hilpert, wenn er sich damit zufriedengeben würde. Schon bald beschleicht ihn das Gefühl, dass sich auf dem Main eine Katastrophe anbahnt …

UWE KLAUSNER
Die Kiliansverschwörung

978-3-89977-768-0 (Paperback)
978-3-8392-3025-1 (pdf)
978-3-8392-3024-4 (epub)

DER RAUB DER KILIANSRELIQUIEN Würzburg am Main, Anno Domini 1416. Ein unglaublicher Frevel erschüttert die Stadt: Ausgerechnet fünf Tage vor Kiliani, dem höchsten Feiertag der Diözese, werden die Reliquien der drei Frankenapostel Kilian, Kolonat und Totnan gestohlen. Und tausende von Pilgern befinden sich bereits in der Stadt. Die Lage droht zu eskalieren, sollten die Reliquien nicht bis zum Fest des heiligen Kilian am 8. Juli wieder auftauchen.

Berengar von Gamburg, der Vogt des Grafen von Wertheim wird mit der Lösung des Falls beauftragt. Dabei kann er sich der Unterstützung eines ebenso treuen wie scharfsinnigen Freundes gewiss sein: Bruder Hilpert, Bibliothekarius zu Maulbronn und einer der führenden Köpfe des Zisterzienserordens.

GMEINER SPANNUNG

EARL OF ESSEX.